KB055622

로크미디어가
유혹하는
재미있는 세상

ROK
MEDIA
로크미디어

갑질하는 영주님

갑질하는 영주님 38

2021년 12월 10일 초판 1쇄 인쇄
2021년 12월 15일 초판 1쇄 발행

지은이 장대수
발행인 김정수 강준규

기획 이기헌 왕소현 박경무 강민구
책임편집 이정규
마케팅지원 배진경 임혜솔 송지유 이영선

발행처 (주)로크미디어
출판등록 2003년 3월 24일
주소 서울시 마포구 성암로 330 DMC첨단산업센터 318호
Tel (02)3273-5135 **편집** 070-7863-8597 **Fax** (02)3273-5134
홈페이지 rokmedia.com **E-mail** rokmedia@empas.com

© 장대수, 2018

값 8,000원

ISBN 979-11-354-7218-3 (38권)
ISBN 979-11-294-9115-2 04810 (세트)

38

장대수 퓨전 판타지 장편소설

갑질하는 영주님

ROK
MEDIA
로크미디어

Contents

열쇠

까뮤 인근에 위치한 신병 교육대는 한꺼번에 수천 명을 수용할 수 있는 병영 시설을 갖추고 있었다.

이안의 지원 아래 천막으로 지어진 옛 막사들은 철거되고 그 자리에 제대로 된 건물이 들어선 것이다.

"이번엔 꼭 붙어야 하는데."

지난번 신병 모집에서 떨어진 젊은 사내는 부족한 체력과 근성을 기르며 이날을 기다려 왔다.

오래달리기 시험도 있기에 고향에서 틈틈이 연습을 하며 그것도 대비했다.

면접관 앞에서 시험을 치르기 위해 자신의 차례를 기다리던 그는 주변을 둘러봤다.

연병장에 사람들이 긴장한 표정으로 길게 줄을 서 있었다.

'작년보다 응시자가 더 늘어난 것 같아.'

알베른의 병사는 좋은 대우를 받기에 천 명을 뽑는 이번 신병 모집에도 역시나 대거 사람들이 몰렸다.

그렇다고 이들이 단순히 대우가 좋아서 병사가 되려고 온 것은 아니었다.

훌륭한 영주가 이끄는 영지를 앞장서서 지키고 싶다는 열망 때문이기도 했다.

영주인 이안이 진심을 다해 영지를 사랑하는 것을 영지민들도 느끼고 있었던 것이다.

"저기 영주님이시다!"

누군가 외치는 소리에 체력 시험을 보기 위해 줄 서 있던 사람들이 일제히 한쪽을 바라봤다.

말을 탄 이안이 호위들과 함께 신병 교육대로 진입하고 있었다.

시골에서 올라온 영지민들 태반은 이안을 실제로 본 적이 없었다.

작년에 떨어졌다 이번에 재응시를 하기 위해 온 젊은 사내도 마찬가지였다.

체구가 작은 그는 말을 탄 위풍당당한 이안의 모습에 매료된 듯 까치발을 들고 조금 더 영주를 자세히 보기 위해 안간힘을 다했다.

'저분이 영주님이시구나. 왕국에서 제일 강하시다는.'

시골 영지민들에겐 이안이 벨로린 최강의 무인으로 소문이 난 상태였다.

"영주님 만세!"

젊은 사내는 두 팔을 하늘로 치켜들며 외쳤다. 가까이서 영주를 직접 봤으니 이번 시험에서 또 떨어져도 한이 없을 것 같았다.

꺄뮤에 사는 사람들이야 하늘 같은 영주를 자주 봤겠지만 자신은 그렇지 않은 것이다.

"영주님 만세!"

젊은 사내가 먼저 만세를 부르자 연병장에 모인 응시자들이 너 나 할 것 없이 신병 교육대로 들어온 이안을 향해 만세를 부르며 환호했다.

그 뜨거운 열기에 신병 교육대가 들썩였다.

말을 탄 이안은 연병장에 모여 있는 많은 사람들을 향해 활짝 웃으며 손을 흔들어 줬다.

예상보다 뜨거운, 열렬한 환영이었다.

"영주님, 환호가 가라앉지 않습니다. 영주님의 인기가 날로 높아지는 것 같습니다."

호위 장교 론도는 병사가 되기 위해 모인 사람들의 환호성에 자신의 일처럼 뿌듯해하며 말했다.

병사가 되고 싶어서 오는 사람들은 영주에 대한 충성심이 남달랐다. 그것이 고스란히 나타난 것이다.

"오늘 오길 잘했군."

신병 모집에 응해 준 영지민들을 격려하기 위해 예정에 없던 발걸음을 한 이안은 고개를 끄덕였다.

말을 멈춘 채 한동안 사람들의 환호에 화답해 준 이안은 멈췄던 말을 움직였다.

신병 교육대 본관 건물 앞에서 경비대장 잘랭과 수십 명의 병사들이 기다리고 있었다.

본관 앞에 도착한 이안은 말에서 내렸다.

잘랭과 수십 명의 병사들이 예를 표했다.

"영주님을 뵙습니다."

"수고들이 많다."

이안은 부드러운 눈빛으로 신병들을 교육시킬 수십 명의 선임 병사들을 바라보다가 잘랭에게 시선을 돌렸다.

갑작스러운 방문에도 잘랭은 놀라지 않고 차분한 눈빛으로 서 있었다.

"목석같은 사람 같으니. 경비대장은 전혀 놀라지 않는군."

"아닙니다, 영주님. 소신도 놀라고 있는 중입니다. 집무실 회의에서 말씀이 없으셔서 이렇게 오실 줄 몰랐습니다."

갑질하는 영주님

오전 집무실 회의를 참석하고 곧장 신병 교육대로 온 잘랭은 담담히 대답했다.

오늘 광장에서 공개 처형식이 있는 날이라 영주의 방문은 더더욱 예상 못 했다.

"그것이 놀란 모습인가? 놀라게 해 주려고 일부러 말을 안 했는데, 재미가 하나도 없군."

웃음기 섞인 말을 한 이안은 몸을 틀어서 연병장에 모여 있는 사람들을 바라봤다.

병사가 되고자 하는 열의가 멀리 떨어진 이곳에서도 느껴졌다.

"이번에 응시자들이 몇 명이나 되지?"

이안이 묻자 잘랭이 옆으로 다가와 답했다.

"3천 명가량 됩니다."

"1천 명 모집에 3천 명이라……. 이들 중 많은 사람들이 떨어지겠군. 대부분 멀리서 와 준 사람들일 텐데."

이번에 신병을 모집하면 당분간 신병 모집은 없었다.

현재 해군 병력은 4천이 조금 넘었고, 육지를 담당할 경비대 소속의 병사들은 2천 명대 중반이었다.

여기에 오늘 선발될 경비대 소속 신병이 1천 명 추가되면 알베른의 병력은 도합 7천 명대 중반이 되는 것이다.

결코 작은 규모의 병력이 아니었다.

이번 신병 모집도 소금 광산 요새에 배치할 병사들이 필요했기에 충원을 결정한 것이다.

'앞으로 병사들을 더 뽑더라도 다음엔 해군 차례가 될 텐데.'

한동안 깊은 눈빛으로 연병장에 모여 있는 사람들을 바라보던 이안이 잘랭에게 말했다.

"경비대장, 한 5백 명 더 뽑는 건 어떤가?"

"예? 5백 명을 더 말입니까?"

뜻밖의 말에 잘랭은 살짝 놀란 표정을 지었다.

"하하하, 이번엔 좀 놀라는군."

"송구합니다, 영주님."

잘랭은 이안이 자신의 얼굴을 보며 웃자 감정을 드러내며 따라서 미소를 지었다.

"그렇게 웃으니까 좋잖아. 좀 웃으며 살자고, 경비대장."

"예, 영주님. 한데, 신병을 늘리자는 말씀은 농담으로 하신 말씀입니까?"

"아니, 그건 진짜야."

이안은 다시 연병장으로 시선을 돌리며 말을 이었다.

"언제 또 경비대 병사들을 뽑을지 현재로선 기약이 없잖아. 다들 저렇게 병사가 되고 싶어서 결의에 찬 얼굴로 모여 있는데."

"그렇군요."

"하지만 이건 내 생각이고, 경의 의견을 듣고 싶어."

이안은 잘랭을 쳐다봤다.

신병들을 정예 병사로 육성하기 위해 잘랭은 신병과 함께 땅에서 구르는 것을 주저하지 않는다.

그 점을 잘 아는 이안은 너무 많은 신병으로 인해 잘랭에게 부담을 주는 것은 아닌지 염려가 됐다.

"1,500 명을 한꺼번에 뽑아도 괜찮겠나?"

잠시 생각하던 잘랭은 연병장에 모여 있는 신병 응시자들을 바라봤다.

작년에 떨어진 많은 사람들이 이번에 재응시를 했다. 하지만 인정만으로 병사들을 뽑을 수는 없었다.

혹독한 신병 훈련을 견딜 수 있는 사람이 아니면 어차피 중간에 퇴소를 해야 하기 때문이었다.

그래서 모집할 때부터 엄격한 체력 시험으로 신병을 가려 뽑았다.

"소신은 1천 명이든, 1,500명이든 상관이 없습니다. 영주님의 말씀대로 5백 명을 더 선발하는 것으로 추진하겠습니다. 다만, 최소한의 체력 시험을 통과하지 못하면, 그것은 소신도 어쩔 수가 없을 것 같습니다."

"그거야 당연하지. 아무튼 고맙네, 교육하는 게 쉽지 않을 텐데 말이야."

이안은 미소를 지으며 사탕을 하나 건넸다.

주변을 돌아보며 낮게 헛기침을 하던 잘랭은 차마 영주의 사탕을 거부하지 못하고 빠르게 받아 입안에 넣었다.

"감사합니다, 영주님."

"나 때문에 시험이 중단된 것 같은데, 어서 재개하게."

이안도 사탕을 먹으며 말했다.

"예, 영주님."

잘랭은 뒤에 서 있는 장교에게 눈짓을 했다. 그러자 장교
가 병사들과 함께 연병장으로 달려가 다시 신병 시험을 진행
했다.

응시자들이 연병장 곳곳에서 무거운 통나무를 어깨에 짊
어지고 앉았다 일어서기를 50회 채우기 위해 안간힘을 다
했다.

알베른의 병사 시험은 이미 널리 알려진 만큼 준비를 철저
히 해 온 많은 응시자들이 통나무 시험을 가뿐히 통과하고
다음 시험을 준비했다.

하지만 혹시나 해서 와 본 참가자들은 여지없이 통나무 들
기에서 떨어져야만 했다.

"좀 걸을까?"

시험장 상황을 지켜보던 이안이 옆으로 발걸음을 떼자, 잘
랭이 보조를 맞춰 걸음을 옮겼다.

넓은 연병장 한쪽을 걸으며 이안이 나지막하게 말했다.

"요즘 어찌 지내나?"

"잘 지내고 있습니다."

"다른 신하들과는 내가 제법 술을 많이 마신 것 같은데, 경비대장과는 그런 자리가 참 드물었어. 늘 병사들을 교육시키느라 바빠서겠지만 내가 좀 소홀했던 것 같아. 미안해."

"별말씀을요. 소신은 전혀 그렇게 생각하고 있지 않습니다."

이안의 사과에 잘랭은 살짝 당황했다.

연병장 주변의 나무 밑에 도착한 이안이 걸음을 멈추고 잘랭을 물끄러미 바라봤다.

"재무관이 어제 그러더군. 내가 경에게 준 집에서 떠나 작은 집으로 이사했다고 말이야."

"죄송합니다, 영주님. 직접 말씀드렸어야 했는데, 영주님이 반대하실 것 같아서 먼저 이사를 하고 재무관에게 집의 열쇠를 전달했습니다."

잘랭의 집은 까뮤에서 가장 큰 대저택으로 요새처럼 높은 돌담과 넓은 정원, 많은 침실을 갖춘 아름다운 곳이었다.

"2년 전, 그 집을 경에게 준 것은 내 감사의 표시였네. 당시 영지의 재정이 바닥을 치는 상황이라서 내가 해 줄 수 있는, 어떻게 보면 전부였다고 할 수 있지."

"소신도 알고 있습니다. 그래서 소신도 크게 감동을 했습니다."

"이유가 무엇인가? 왜 집을 다시 돌려주려는 것인가?"

이안이 착 가라앉은 목소리로 물었다.

잘랭은 이안의 얼굴을 잠시 쳐다보다 답했다.

"그 큰 집에서 홀로 지내는 것이 지난 2년 내내 늘 부담이 됐습니다. 원로님들도 작은 집에서 지내는데 말입니다. 그래서 2년을 살았으니 지금쯤 떠나는 것이 적절하다 생각했습니다."

"음."

"재무관에게도 말을 했지만 이제 그 대저택을 다시 영주님께 돌려드리고 싶습니다. 영지가 번성하고 있는 만큼 외부에서 손님들이 많이 방문할 테니, 필요하실 때 그 대저택을 활용하시면 좋을 것 같습니다."

"귀빈용 집이 필요하면 내가 더 지으면 되네. 자네가 그 집을 떠날 게 아니라."

이안은 품 안에서 길쭉한 열쇠를 꺼냈다. 잘랭이 재무관에게 돌려준 대저택의 열쇠였다.

"다시 가지고 가게. 홀로 지내는 것이 정 외로우면 좋은 사람을 만나 결혼도 하고 그러면 되지 않나. 난 잘랭 경이 그 집에서 행복하게 살길 바라네."

이안이 열쇠를 내밀며 진심 어린 목소리로 말했다.

잘랭은 언뜻 입가에 미소를 지었다.

집을 받은 2년 전과 집을 돌려준 지금 사이에 영지에서는 많은 일들이 벌어졌다.

자신의 바람보다 이안은 더욱 높은 곳까지 성장했다.

이안이 내민 열쇠를 한동안 바라보던 잘랭은 정중히 고개를 숙였다.

"말씀은 감사하나 그 집은 제게 어울리지 않습니다."

"고집은."

이안은 잘랭이 뜻을 꺾지 않자, 더는 강요하지 않고 열쇠를 품에 다시 넣었다.

깊은 눈빛으로 잘랭을 지그시 바라보던 이안이 자신의 말이 있는 곳으로 향하며 말했다.

"생각이 바뀌면 얘기하게. 언제든 이 열쇠를 돌려줄 테니."

"예, 영주님."

잠시 후 말에 올라탄 이안은 많은 사람들이 시험을 치르고 있는 연병장 일대를 둘러보다가 잘랭에게 말했다.

"그럼 수고하게, 경비대장. 난 그만 광장에 가 봐야겠어."

"와 주셔서 감사합니다, 영주님."

말 위에서 잘랭을 바라보던 이안이 말 머리를 돌려 앞으로 달려갔다.

론도가 이끄는 10여 명의 호위들이 그 뒤를 따라붙었다.

들판에 지어진 신병 교육대를 벗어난 이안은 한동안 말을 몰다가 중간에 말을 멈추고 뒤돌아봤다.

'대체 무슨 일일까······. 설마 영지를 떠날 준비라도 하는 건가?'

이안은 무거운 눈빛으로 조금 전 나온 신병 교육대를 응시했다.

2년 전 준 대저택을 자신과 상의도 없이 재무관에게 돌려줬다는 것은 평소 잘랭의 행동과는 사뭇 달랐다.

'내가 너무 깊이 생각한 건가?'

"영주님, 광장에서 사람들이 기다리고 있을 것입니다."

이안이 움직일 생각 없이 멀리 떨어진 신병 교육대를 바라보고 있자, 론도가 조심스럽게 말을 꺼냈다.

"그래, 가야지."

이안은 고개를 끄덕이며 다시 말을 출발시켰다.

까뮤 광장 북쪽에 높은 단과 교수대가 설치되어 있었다.

그리고 그 옆으로 교수대를 세운 일단의 죄수들이 어색한 표정으로 서 있었다.

"젠장, 누가 보면 우리가 교수형당하는 줄 알겠네."

"그러게 말이에요. 재수 없게."

틸라우그와 테일란은 잔뜩 인상을 썼다.

애덤의 처형식을 기다리는 광장의 많은 사람들이 죄수복을 입은 그들을 뚫어지게 쳐다보고 있었다.

죄수들은 처형식이 끝나자마자 교수대를 해체하기 위해

대기하는 중이었다.

이것은 모두 재무관의 지시였다.

영주의 석상과 업적비가 세워진 신성한 광장에 교수대를 오래 방치하고 싶지 않다는 뜻이다.

"그럴 거면 처형을 들판에서 하든가. 점심도 안 주고. 배고파 죽겠네."

틸라우그는 냉랭한 시선으로 자신을 바라보고 있는 구경꾼에게 쫓아가서 주먹으로 한 대 치고 싶었다.

"이게 다 그 애덤인지 뭔지 하는 사형수 자식 때문이다. 개자식이 왜 약 제조법을 훔치려 해서 우리에게까지 피해를 주는 거야."

광장의 사람들과 가까이서 마주 보는 게 불편해진 틸라우그는 자신의 등 뒤에 서 있는 세르지를 돌아보며 말했다.

"야, 자리 바꿔. 니가 앞에 서."

"간수가 아까 자리를 이탈하지 말라고 했잖소."

세르지가 간수 핑계를 대며 앞에 서지 않으려 했다. 그도 군중의 시선을 맨 앞에서 받는 것이 싫었다.

"너 때문에 재무관에게 맞은 엉덩이가 아직도 욱신거려, 이 새끼야. 좋게 말할 때, 자리 바꿔."

"당신이 날 괴롭히지 않았다면 내가 재무관에게 왜 감옥을 바꿔 달라고 요구했겠소?"

세르지가 의외로 강단 있게 나오자 틸라우그가 슬며시 한쪽 눈썹을 위로 올리며 나지막하게 말했다.

"너 때문에 일하다가 다친 사람이 한두 명이야? 그래서 내가 정신교육을 시킨 거잖아. 안 그래?"

"거기 왜 떠드나! 조용히 못 해!"

간수가 다가오자 틸라우그는 앞을 바라보며 화를 억눌렀다.

간수가 원래 있던 자리로 돌아가자 틸라우그가 이를 갈며 말했다.

"야, 테일란."

"왜요."

"나 오늘 저 새끼 죽이고 나도 이 교수대에서 사형이나 당해야겠다. 도저히 못 참겠다."

"마음대로 해요. 대신 겨울옷은 나 주고 가요."

테일란의 말에 틸라우그는 어이없다는 듯 그를 노려봤다.

"아직도 겨울옷 타령이냐?"

"말했지만 그 옷은 우리 어머니가 보내 주신 옷이니까요."

"인정머리 없는 새끼. 네놈 좋은 일 시키기 싫어서 안 죽어, 이 자식아."

"애초에 죽을 생각도 없었으면서."

코를 비비던 테일란은 광장을 바라봤다.

"그나저나 영주는 왜 이리 안 오는 거죠, 짜증 나게."

그의 말이 끝나기 무섭게 광장에 가득한 인파가 좌우로 갈

라졌다.

그리고 그 사이로 이안이 말을 타고 호위들과 함께 교수대가 설치된 장소로 천천히 다가왔다.

"와아아아! 영주님 만세! 알베른 만세!"

"이안 알베른! 이안 알베른!"

군중의 함성과 연호 소리에 이안은 만면에 미소를 지으며 손을 좌우로 흔들었다.

신병 교육대에서 울리던 환호 소리에 조금도 뒤지지 않는 뜨거운 반응이었다.

군중과 시선을 나누며 광장의 길을 천천히 통과한 이안은 교수대 앞에 이르러 말에서 내렸다.

"오셨습니까, 영주님."

문관과 재무관을 비롯한 관청의 많은 관리들이 허리를 깊숙이 숙이며 예를 표했다.

말고삐를 병사에게 넘긴 이안은 수십 명의 관리들을 잠시 바라보다가 문관과 재무관에게 조용히 말했다.

"최소한의 관리만 참석하라고 지시했잖은가. 왜 다들 여기 모여 있는 거야?"

문관이 나서서 답했다.

"영주님, 저희 관리들도 경각심을 가져야 하지 않겠습니까? 경우는 다르나 영지가 성장할수록 중앙 관청의 많은 관리들이 안 좋은 유혹에 빠질 수도 있습니다. 경각심을 일깨워 미연에 그것을 방지하는 것이 영지에 도움이 될 것이라 판단했습니다."

"관리들은 잘하고 있잖은가. 난 이들을 믿네."

이안은 신뢰 가득한 눈빛으로 문관과 재무관 뒤에 늘어서 있는 수십 명의 관리들을 바라봤다.

행정과 돈을 주무르는 중앙 관리들은 이미 예전에 이안에게 한 번씩 호되게 엉덩이를 맞았다.

그 뒤로 특별한 문제가 벌어지진 않았다.

물론, 감사원의 엄격한 감시의 시선이 관리들을 살피고 있긴 했지만, 그것이 아니라 해도 이제 알베른의 관리들은 각자의 자리에서 최선을 다해 주고 있었다.

"다음엔 이런 자리에 부르지 않는 게 좋겠어."

"예, 영주님."

문관이 미소를 지었다. 신하들을 신뢰하는 영주가 오늘따라 거인처럼 보였다.

"위로 오르시지요."

재무관이 머리 높이로 제작된 단을 두 손으로 공손히 가리켰다. 단은 교수대와 연결되어 있었다.

이안은 나무 계단을 통해 단을 오르려다가 옆으로 시선을 돌렸다.

교수대 앞에 죄수들이 줄지어 서 있었다.

"저들은 왜 여기 있지?"

이안이 묻자 재무관이 그쪽을 힐끔 쳐다보며 답했다.

"사형이 집행된 후, 바로 단과 교수대를 해체하기 위해 대기시켰습니다. 신경 안 쓰셔도 됩니다, 영주님."

"그래."

이안은 자신과 시선이 마주친 테일란이 재빨리 고개를 돌리는 모습에 피식 웃으며 단 위로 올라갔다.

준비된 의자에 앉은 이안은 양옆에 서 있는 문관과 재무관을 잠시 바라보다가 고개를 끄덕였다.

"시작하지."

"예, 영주님."

재무관이 손짓을 하자 호송용 마차에 있던 애덤이 마차 밖으로 끌려 나왔다.

발목이 부러진 그는 혼자서 걸을 수 없었기에 건장한 체격의 병사들이 양옆으로 붙어서 그를 거의 들다시피 해 끌고 왔다.

머리가 산발이 된 애덤은 광장에 가득한 날 선 군중의 시선에 압도돼 몸을 덜덜 떨었다.

죽음이 아무렇지도 않다는 듯 행동해 왔지만, 그는 누구보다도 자신의 목숨을 아꼈다.

단으로 끌려가며 애덤은 사람들을 향해 외쳤다.

"자, 잠깐. 내, 내가 죽을 정도로 죄를 지은 건 아니잖아. 사람을 죽인 것도 아니고, 고작 약 제조법이라고!"

"입 닥쳐! 이 나쁜 자식아!"

군중이 야유를 퍼부었다. 누구도 애덤의 편은 없었다.

"자온! 자온 어디 있어! 어서 나와서 말해! 날 변호하라고!"

단 끝에 설치된 교수대를 목격한 애덤은 창백해진 얼굴로 자온을 찾았다.

"저놈의 입을 막아라."

이안이 차가운 목소리로 지시를 내리자 론도가 직접 움직였다.

단 밑으로 내려간 론도는 막 단 아래에 도착한 애덤의 얼굴을 주먹으로 올려 쳤다.

올려 치는 론도의 주먹에서 묵직한 파공음이 났다.

퍼억!

고래고래 소리를 지르느라 목이 아팠는지 잠시 고개를 아래로 숙이고 있던 애덤은 턱이 바스라지고 이가 모두 산산조각 났다.

"커헉!"

비명과 함께 머리가 등 뒤로 크게 젖혀진 애덤은 피를 토하며 몸을 부르르 떨었다. 병사들이 양옆에서 그의 팔을 붙잡고 있지 않았다면, 그대로 쓰러졌을 것이다.

"으으으으."

턱과 입이 한꺼번에 박살 난 애덤은 뭐라 말을 하고 싶어도 턱이 제대로 움직여지지 않았다.

"데리고 가."

"예, 론도 님."

병사들은 애덤을 단 위로 끌고 올라갔다.

론도의 주먹 한 방에 전신의 기운이 모두 빠져나간 애덤은 병사들이 이끄는 대로 끌려갔다.

잠시 후, 애덤은 이안 앞에 무릎이 꿇려졌다.

의자 손잡이에 손을 올리고 앉아 있던 이안이 위엄 있는 목소리로 말했다. 평소 사람을 편안하게 만들어 주는 부드러운 목소리가 아니었다.

"네놈은 끝까지 반성의 기미가 없구나."

방금 전 자온의 이름을 떠들던 애덤의 행태에 이안은 분노하고 있었다.

게다가 알베른의 신약을 폄훼하며 자신의 죄를 아무것도 아닌 것처럼 만들려 했다.

"네가 고작이라고 말한 약 제조법으로 이 영지가 되살아났고, 수많은 사람들이 목숨을 구했다. 네놈이 함부로 말할 수 있는 그런 약이 아니다."

"으으으으."

말을 할 수 없는 애덤은 비굴한 몸짓으로 살려 달라고 애원을 했다.

"나는 작년에도 너와 같은 자를 처형했다. 그 자리에서 난 알베른의 신약을 훔치려는 자는 극형으로 다스린다고 이 광장에서 천명을 했다. 너도 분명 알고 있었을 것이다."

이안의 말에 애덤의 눈빛이 흔들렸다.

"너 따위에게는 판결문도 아깝구나. 재무관, 이자에 대한 판결문은 없다."

"예, 영주님."

판결문을 준비해 온 재무관은 공손히 대답했다.

"이자에 대한 사형을 집행한다. 즉시 시행하도록 해."

"예!"

"으으으!"

애덤은 바닥에 납작하게 달라붙어 버티려 했다. 하지만 병사들은 가볍게 애덤을 들어서 교수대로 끌고 갔다.

굵은 밧줄이 목에 걸리자 애덤은 사색이 되어 광장을 둘러봤다. 자온을 찾아봤지만 그녀는 어디에도 보이지 않았다.

등 뒤로 손이 묶인 애덤은 결국 체념을 하고 고개를 푹 숙였다.

그때 그의 시선이 교수대 밑에 늘어서 있던 죄수들에게로 향했다.

틸라우그가 입 모양으로 그를 향해 욕을 하며 비웃고 있었다.

"지옥으로나 꺼져, 이 새끼야."

"크으으으!"

체념했던 애덤이 틸라우그의 비웃음에 감정이 폭발해 몸부림을 쳤다.

그 순간, 애덤의 발밑 바닥이 푹 꺼지며 아래로 열렸다.

덜컹!

오싹한 소리와 함께 애덤의 몸이 밑으로 떨어졌다.

"커억!"

목뼈에 금이 간 애덤은 숨이 막히는 고통에 컥컥대며 괴로워하다가 잠시 후 몸이 축 늘어졌다.

광장에 모인 사람들은 애덤의 죽음을 전혀 동정하지 않았다. 신약의 제조법을 훔치려 한 것은 영지민들 모두에게 위해를 가한 것이나 다름없었기 때문이었다.

사형 집행 장면을 냉정한 눈빛으로 지켜보던 이안이 의자에서 일어나 교수대 앞에 섰다.

그는 광장에 모인 영지민들에게 큰 목소리로 외쳤다.

"본 영주는 공개 처형식을 다시는 하고 싶지 않았다! 광장은 축제가 벌어져야 하고, 그대들의 즐거운 웃음소리가 넘쳐나야 한다. 광장은 내게 그런 곳이었으면 했다."

이안의 말에 영지민들이 숙연한 표정을 지었다.

"하지만 작년에 이어 올해도 이런 불미스러운 일이 생겼다! 외부의 적들에게 우리의 단호함을 보여 주기 위해 어쩔 수 없이 공개 처형식을 집행했으나, 본 영주는 심히 안타깝기 그지없다. 그래서 그대들에게 미안한 마음이다!"

"영주님! 저희들은 괜찮습니다!"

광장에 모인 사람들이 이안의 말에 눈물을 글썽였다.

이안이 자신의 전속 악단을 이틀에 한 번꼴로 광장으로 보내 음악을 연주하게 한 이후로, 까뮤 사람들에게 광장은 더욱 소중한 장소가 됐다.

잠시 말을 끊고 광장의 사람들을 따뜻한 눈빛으로 바라보던 이안이 죽은 애덤을 손으로 가리켰다.

"그러나 나는 생각했다. 이 소중한 광장을 지키기 위해서라도 나는 앞으로도 단호하게 대처하기로 말이다. 이후로도, 알베른의 신약을 노리는 자들은 맹세코 끝까지 추적해 반드시 단죄할 것이다!"

"와아아아!"

"이안 알베른! 이안 알베른!"

군중이 이안의 이름을 뜨겁게 외쳤다.

연호하는 사람들의 얼굴을 모두 눈에 담겠다는 듯 오랫동안 서서 광장의 사람들을 지켜보던 이안은 몸을 돌려 단을 내려갔다.

"재무관, 수고했어."

"아닙니다, 영주님."

재무관은 눈가를 훔치며 말했다.

이안의 진심이 깃든 말이 광장에 모인 영지민들뿐만 아니라 재무관과 같은 신하들의 마음도 울렸던 것이다.

갑질하는 영주님

광장을 축제의 장소로 만들고 싶다는 이안의 말 속에는 평화롭게 살고 싶어 하는 그의 순수한 마음도 녹아 있었다.

"우는 건가?"

"울기는요. 눈에 뭐가 들어갔습니다."

재무관의 대답에 이안은 빙그레 웃으며 재무관의 어깨를 다독이고는 말에 올라탔다.

말 위에서 재무관과 문관, 수십 명의 관리들을 담담히 바라보던 이안이 말했다.

"자, 그만 다들 관청에 가서 밀린 업무들을 보라고."

"예, 영주님."

이안이 호위들과 함께 떠나자 신하들이 허리를 깊이 숙였다.

광장에 모여 있던 수많은 사람들도 누가 시키지 않았지만 성으로 향하는 이안의 뒷모습을 바라보며 머리를 깊숙이 숙였다.

훌륭한 영주에 대한 마음속에서 우러나오는 존경의 표시였다.

아리나 요새

성내의 많은 사람들이 분주하게 움직이고 있었다. 보넌 대영주가 내일 출정식을 갖고 전선으로 떠나기 때문이다.

전장으로 가는 사람들은 전쟁에 대한 두려움 대신 반드시 싸워 이기겠다는 의지에 불타오르고 있었다.

롤만보다는 자신들이 섬기는 보넌이 왕으로서 자격이 있다고 생각하기 때문이다.

'봄과 함께 전쟁이 다가오고 있어.'

창밖을 내다보던 보넌의 막내딸 로린의 표정은 무거웠다.

봄 날씨라 해도 무방한 푸근한 기온에 성내에 심어진 나무들이 기지개를 켜고 있었지만, 그녀의 표정은 반대로 어두웠다.

비단 앞으로 벌어질 전쟁 때문만은 아니었다.

출산 이후 몸이 허약해져 병을 얻은 언니, 이자벨 때문이기도 했다.

창가에서 몸을 돌린 로린은 침대로 다가가 잠이 든 이자벨을 내려다봤다.

청각에 장애가 있는 이자벨은 어려서부터 로린과 수화로 대화를 나누며 의사소통을 해 왔다.

어머니가 돌아가신 후 슬퍼하던 로린을 이자벨은 열심히 수화를 하며 위로하려 애를 썼다.

자신도 슬프지만 애써 감정을 다잡으며 동생인 로린을 먼저 챙겼다.

한동안 침대에 누워 있는 이자벨을 아련한 눈빛으로 바라보던 로린이 몸을 돌릴 때였다.

잠이 든 줄 알았던 이자벨이 로린의 손을 붙잡았다.

돌아선 로린에게 이자벨이 수화로 말을 했다.

-내 걱정 말고 다브렘과 함께 행복하게 지내. 난 금방 괜찮아질 거야.

파리한 안색의 이자벨이 희미하게 미소를 지었다.

보넌은 내일 출정식을 갖지만 로린은 그것과 무관하게 남편과 성을 떠나 자신들만의 삶을 꾸려 갈 예정이었다.

-미안해, 언니. 힘들 때 떠나서.

로린이 수화로 말했다.

-아니야. 각자 자신들이 살아갈 삶의 몫이 있는 거야. 미안해할 것 없어.

-언니.

로린은 누워 있는 이자벨의 손을 꼭 붙잡고 한동안 그녀의 얼굴을 바라보다가 몸을 돌렸다.

복도로 나온 로린이 손으로 눈물을 닦을 때였다.

"괜찮아?"

복도 벽에 기대어 서 있던 다브렘이 벽에서 등을 떼며 조용히 물었다.

"괜찮아요."

이자벨의 집에서 나온 로린은 분주하게 움직이는 사람들을 지나쳐 남편과 함께 머물고 있는 숙소로 들어갔다.

털썩.

침대에 몸을 던진 로린은 답답한 표정으로 침실 천장을 올려다봤다.

"왜 착한 사람들은 늘 고통에 시달려야 하죠? 우리 언니는 천사 같은 사람인데."

"신이 바보 같으니까. 똑똑했다면 그런 일은 벌어지지 않았겠지."

로린이 누워 있는 침대에 엉덩이를 걸친 다브렘은 탁자 위의 검을 바라봤다.

우여곡절 끝에 5백 년 전 알카스 신전에 봉헌된 린암 왕의 검을 찾아왔지만, 보넌은 검을 한 차례 뽑아 보고는 사위인 다브렘에게 그냥 줘 버렸다.

"언니는 건강을 회복하겠죠?"

"그러길 기원해야지."

"나와 첫째 언니는 하고 싶은 대로 하면서 살았어요. 하지만 둘째 언니는 그렇지 않아요."

"미안한가 보네?"

다브렘이 로린의 옆에 나란히 누웠다.

"마음이 편친 않아요."

"그렇게 걱정되면 언니 옆에 더 있으면 되잖아. 병이 나을 때까지만이라도."

다브렘의 말에 로린이 깜짝 놀란 표정으로 그를 쳐다봤다.

"하지만, 당신은 이 성에서 하루라도 빨리 떠나고 싶어 했잖아요."

"그게 뭐 중요한가? 당신이 중요하지."

침대에서 일어선 다브렘은 유리잔에 포도주를 따르며 말을 이었다.

"당신이 장인어른의 행동에 실망해서 이곳에 정이 떨어진 줄 알았어. 하지만 역시 가족을 깊이 사랑하는군."

"그 가족에서 아버지는 빼 주세요."

여전히 보넌에게 화가 나 있는 로린은 침대에서 일어났다.

"언니가 병이 나을 동안 당신은 이곳에서 뭘 할 거예요?"

"글쎄."

술을 한 모금 마신 다브렘이 로린을 물끄러미 쳐다봤다.

"나도 이번 전쟁에 참전해야겠지."

"뭐라고요? 아버지에게 그렇게 당하고도 그런 말이 나와
요?"

"진정해, 장인어른을 위해서가 아니니까."

화를 내는 로린에게 다브렘이 차분하게 말했다.

"이번 전쟁에 패하면 당신 언니와 조카가 위험해질 수도
있어. 그리고 당신의 추억이 깃든 이 성안의 모든 것들이 파
괴될 수도 있고. 난 그것을 막고 싶은 거야."

다브렘의 말에 로린의 눈빛이 흔들렸다.

"장인어른과 함께 나도 내일 전선으로 갈게. 아내가 아프
고 갓난아이까지 둔 샤르엘 형님도 가는데, 옆에서 도와줘
야지."

"여보."

로린은 어떻게 말을 해야 좋을지 선뜻 판단을 내릴 수가
없었다.

술잔을 비운 다브렘은 린암 왕의 검을 자신의 허리에 찼
다.

"장인어른을 만나고 올게."

"장인어른, 포테아그 가문의 딘버릭 영주가 7천의 병사들을 이끌고 영지를 출발했다고 합니다."

서재에서 전선이 표시된 군사지도를 살펴보던 보넌은 샤르엘의 보고에 고개를 끄덕였다.

"딘버릭 영주도 영지의 병사들을 대부분 동원했군."

보넌의 출정과 때를 맞춰 남부 영주들도 일제히 군사를 이끌고 전선으로 향하고 있었다.

영지의 운명이 결정되는 중요한 전쟁이기에 병사를 증원한 영지도 많았다.

포테아그 가문을 상징하는 작은 크기의 깃발을 집어 든 보넌이 지도에 표시된 전선으로 옮겼다.

왕국 남부에 위치한 영지들 중 병사들이 아직 출발하지 않은 곳은 테니마르 가문과 알베른 가문, 단 두 곳뿐이었다.

테니마르는 애초에 백 명도 안 되는 영지군을 보유하고 있어서 이번 전쟁에 응할 수 있는 입장이 아니었다.

그리고 알베른 가문은 중립을 선언한 곳이다.

"이안 영주가 함께하지 않는 것이 참으로 아쉽구나."

에뉴딘의 장례식 때 로즈에서 이안과 술을 마시며 자신의 젊은 시절 얘기까지 나누었던 보넌은 쓴웃음을 지었다.

이안은 자신이 품기엔 너무 큰 사내가 되어 버렸다. 그가 중립을 지켜 주는 것만으로도 다행이라 할 수 있었다.

보넌은 지도 위에 놓인 몽페르도 가문의 깃발을 응시했다.

몽페르도 가문의 1만이 넘는 대기병단은 벌써 이틀 전 그들의 영지를 출발해 인근 영지에 진입한 상태였다.

보넌은 그들의 막강한 전투력을 크게 기대하고 있었다.

지도를 바라보던 보넌이 고개를 들어 책상 앞에 서 있는 샤르엘을 쳐다봤다.

"샤르엘."

"예, 장인어른."

"네가 원한다면 이번 출정에서 너를 제외하도록 하겠다. 성에 남아 이자벨을 돌보겠느냐?"

보넌의 물음에 샤르엘은 잠시 생각하다 답했다.

"말씀은 감사하나 개전 초기가 가장 중요합니다. 저도 힘을 보태겠습니다."

샤르엘은 개인적으로 전쟁을 원치 않았지만 피할 수 없다면 이겨야만 했다. 그것이 가족을 위하는 길이었다.

"음, 나도 이자벨이 아파서 무척이나 마음이 좋지 않다. 할 수만 있다면 이 전쟁을 미루고 싶지만, 그럴 수 없는 것이 현실이다."

"알고 있습니다, 장인어른."

두 사람이 이자벨 얘기를 하고 있을 때, 바깥에 있던 호위가 문을 두드리고 들어왔다.

"대영주님, 다브렘 경이 찾아왔습니다."

"들여보내."

"예, 대영주님."

잠시 후, 서재 안으로 다브렘이 들어왔다. 그는 샤르엘에게 눈인사를 하고는 책상 뒤에 앉아 있는 보넌에게 가볍게 인사를 했다.

"며칠 만에 인사를 드리는 것 같습니다."

"음, 그래. 내일 떠난다고 들었다. 작별 인사를 하려고 온 것이냐?"

보넌이 막내 사위인 다브렘에게 말했다.

"아닙니다. 저도 내일 전선으로 함께 가겠다는 말씀을 드리려고 왔습니다."

"뭐라고?"

보넌과 샤르엘은 동시에 놀란 표정을 지었다.

다브렘은 알카스 신전에 봉헌된 린암 왕의 검을 찾기 위해 1년을 고생했다.

그로 인해 보넌과 로린은 원수지간처럼 되었고.

당연히 다브렘이 로린과 함께 미련 없이 성을 떠날 줄 알았다.

한데, 전쟁을 돕겠다는 것이다.

"이유가 무엇이냐?"

보넌이 묻자 다브렘은 옆에 서 있는 샤르엘을 힐끔 쳐다봤다.

"로린이 이자벨과 조금 더 함께 지내고 싶어 합니다. 그러니 저도 여기에 남아 뭐라도 해야 하지 않겠습니까?"

"로린과 이자벨 때문이라는 것이냐?"

"그렇습니다."

"음…… 그래, 알겠다. 이유야 어쨌든 네가 돕겠다고 하니 나로서는 놀랍고 기쁜 마음이구나. 앞으로 샤르엘과 함께 큰 역할을 해 줬으면 한다."

자리에서 일어선 보넌이 책상 앞으로 나와 샤르엘과 다브렘의 어깨를 토닥여 줬다.

"그럼 저희들은 나가 보겠습니다, 장인어른."

"그렇게 해."

서재를 나온 샤르엘은 복도를 걸으며 다브렘에게 말했다.

"이자벨 때문에 남는다는 것이 사실인가?"

"그렇습니다, 형님. 한편으론 형님 혼자 이 전쟁의 짐을 짊어지게 하는 게 신경 쓰이기도 했습니다."

걸음을 늦춘 샤르엘이 다브렘을 깊은 눈빛으로 바라봤다.

"고맙네."

"고맙긴요. 우리는 가족이 아닙니까? 장인어른은 가족처럼 느껴지지 않지만요, 하하하!"

시원하게 웃는 다브렘의 모습에 샤르엘도 오래간만에 미소를 지었다.

두 사람은 멈췄던 걸음을 다시 옮겼다.

햇빛이 들어오는 복도를 걷던 다브렘이 물었다.

"전장에서 이안 영주를 만날 일이 있을까요?"

"글쎄, 이안 영주는 어느 편도 아니라서 전장에서 보기는 힘들 것 같은데. 한데, 그건 왜 묻는 건가?"

"알카스 신전에서 돌아와 보니 온통 이안 영주 얘기만 들려오더군요. 형님도 그를 칭찬하시지 않았습니까? 그래서 실제로 그를 한번 만나 보고 싶었습니다."

"기회가 되면 만날 수 있겠지."

욘디아르산맥 깊은 곳에서 서식하는 몬스터들은 열흘 전 갑자기 나타난 몬스터 사냥꾼들에게 호되게 당하고 있었다.

"이놈들 봐라?"

이안을 서로 잡아먹겠다고 덤벼들던 덩치 큰 몬스터들이 살기 위해 본능적으로 뿔뿔이 흩어지고 있었다.

"끝까지 덤벼야지!"

이안은 코끼리처럼 거대한 몬스터들의 사체 위에 올라가 여러 갈래로 도망치는 몬스터들을 향해 검기를 날렸다.

유도탄처럼 날아간 빛나는 검기들이 몬스터들의 두개골을 관통했다.

캬아아아!

외마디 괴성을 지른 몬스터가 수십 미터 높이의 폭포에서 떨어져 아래로 추락을 했다.

풍덩!

거대한 물보라가 쳤고, 이안은 검을 거두었다.

"잡아도 잡아도 끝이 없군. 어디서 이렇게 귀신처럼 숨어 있다 나타나는 건지."

혀를 찬 이안은 어두워지는 산속을 바라보다가 인근의 또 다른 폭포로 향했다.

흩어져서 사냥 중인 원로들과 만나기로 한 장소였다.

날이 저물자, 각자 떨어져서 몬스터들을 사냥한 그로만과 반언이 동시에 모습을 드러냈다.

지난 열흘간 산을 타고 돌아다니며 몬스터를 사냥한 원로들의 행색은 산사람과 다름이 없었다.

이안의 행색도 마찬가지였다.

폭포 옆에서 모닥불을 피우고 원로들을 기다리고 있던 이안이 자리에서 일어나 그들을 맞이했다.

"오늘도 고생하셨습니다."

"아닙니다, 영주님."

그로만은 미소를 지었다. 영지를 위해 몬스터를 잡는 것이 이렇게 즐거움을 선사할 줄은 몰랐다.

"영주님, 제가 오는 길에 작은 멧돼지를 한 마리 잡았습니다. 얼른 손질을 할 테니 오늘 저녁은 이 멧돼지도 구워서 먹지요."

반언이 어깨에 짊어진 멧돼지를 폭포가에 내려놓으며 말했다.

"그럴까?"

이안은 미소를 지었다.

얼마 후, 세 사람은 모닥불 주위에 둘러앉아 수프와 함께 구운 멧돼지 고기를 저녁으로 먹기 시작했다.

다들 시장했기에 멧돼지 고기는 빠르게 줄어들었다.

든든히 배를 채운 세 사람은 모닥불을 바라보며 말없이 편하게 앉아 술을 들이켰다.

초강자로 한 시대를 풍미했던 그로만과 반언, 그리고 앞으로 몇 세대에 걸쳐 이름을 남기게 될 이안.

이렇게 세 사람이 한자리에 모여 모닥불을 바라보며 묵묵히 술을 마시는 것은 매우 자연스럽게 느껴졌다.

"오늘이 여기서 보내는 마지막 밤이군요. 원로님들이 힘을 써 주셔서 몬스터들이 많이 사라졌습니다."

내일은 까뮤로 돌아갈 예정이었다.

"영주님이 더 고생하셨지요."

그로만이 담담히 말을 했다.

이들 세 사람은 소금 광산 일대는 물론, 요새 건설에 필요한 자재를 옮길 때 사용할 수송로 주변까지 몬스터들을 찾아

내 깔끔하게 정리했다.

그것도 모자라 이들은 욘디아르산맥 깊은 곳으로 들어가서 최대한 몬스터들을 토벌한 것이다.

"영주님, 곧 전쟁이 시작되겠지요?"

모닥불에 나무토막을 던져 넣던 반언이 말했다. 이안은 술을 한 모금 마신 후 답했다.

"그렇겠지."

"누가 이기기를 바라십니까? 중립이라고 해도 마음속으로 지지하시는 사람이 있을 것 아닙니까?"

"글쎄."

이안은 피식 웃을 뿐 대답해 주지 않았다.

"영주님이 왕이 되겠다고 하셨으면 옆에서 신나게 검을 휘두를 수 있었을 텐데, 참으로 아쉽습니다."

반언의 말에 이안과 그로만은 둘 다 고개를 절레절레 흔들었다.

"평생 전장에서 지냈으면서 아직도 전장이 그리운 거냐?"

그로만의 물음에 반언은 술을 비우며 말했다.

"그립기는요. 그냥 영주님 옆에서 싸우면 그게 무엇이든 재밌으니까 그러는 거죠."

"어린아이도 아니고."

"형님도 나이를 거꾸로 드셔 보세요. 남은 인생이 즐거워질 테니까, 크하하하!"

반언이 크게 웃자 이안과 그로만도 낮게 웃으며 술잔을 기울였다.

"영주님, 영지에 돌아가시면 아리나 요새에 가신다고 하셨죠? 저도 따라가면 안 됩니까?"

"안 돼. 반언 원로는 그로만 원로를 도와서 배를 마저 완성시켜야지."

"저 없어도 되는데요. 안 그렇습니까, 형님?"

반언이 도움을 요청하듯 쳐다봤다. 그로만은 턱을 매만졌다.

"아니, 난 네 도움이 꼭 필요하다. 그러니 영주님을 따라다니며 귀찮게 할 생각은 마라."

"으이구, 정말."

반언은 투덜거렸고 이안은 빙그레 웃으며 술잔을 비웠다.

밤이 깊도록 술을 마시며 얘기를 나누던 세 사람은 그렇게 욘디아르산맥에서의 마지막 밤을 보냈다.

병사들이 묵직한 상자들을 들고 영주관 안으로 들어갔다.

계단을 통해 지하로 내려간 그들은 복도를 지키는 경비들을 지나쳐 재무관이 서 있는 석실로 들어갔다.

"다른 것과 섞여선 안 된다. 그것들은 이쪽에 놓아라."

"예, 재무관님."

병사들은 재무관이 가리킨 곳에 금화가 든 상자들을 보기 좋게 내려놓았다.

장부를 들고 병사들이 나르는 금화 상자들을 흐뭇하게 바라보던 재무관은 미소를 지었다.

'오늘 저녁은 아무것도 먹지 않아도 배가 부르겠군.'

영지의 발전을 위해 꾸준히 돈이 지출되고 있었다. 돈에 구애받지 않고 영주가 마음껏 정책을 펼칠 수 있으려면, 이 금고에 돈이 말라서는 안 된다.

"수고했다. 그만 나가 보거라."

"예, 재무관님."

병사들이 석실을 나가자 재무관은 석실에 비치된 장부에 오늘 들어온 돈의 내역을 기록했다.

"세일라가 죽으니 미샹크의 전쟁배상금이 바로 처리되는 군."

로즈 가문의 파렐이 미샹크가 지불해야 할 전쟁배상금 40만 금화를 한꺼번에 가지고 온 것이다.

전쟁배상금이 든 금화 상자를 다시 한번 흐뭇하게 쳐다본 재무관은 금고를 나섰다.

지상으로 올라간 재무관은 영주관 1층 홀에서 론도와 얘기를 나누고 있는 이안과 마주쳤다.

'욘디아르에서 돌아오셨군.'

재무관은 반가운 얼굴로 서둘러 이안에게 달려가 허리를 숙였다.

"영주님."

"어, 재무관."

방금 전 영주관에 도착한 이안은 재무관을 쳐다봤다.

"별일 없었지?"

"그렇습니다, 영주님. 욘디아르는 잘 다녀오셨습니까?"

관청의 업무만 아니었으면 재무관도 이안을 따라 욘디아르로 가서 몬스터를 토벌하고 싶었다.

"잘 다녀왔어. 원로들과 함께 요새가 들어설 자리와 수송로, 그리고 그 주변의 꽤 넓은 범위까지 몬스터들을 사냥했지."

"수고 많으셨습니다, 영주님. 영주님의 외양만 봐도 얼마나 고생하셨을지 상상이 됩니다."

"고생은. 그래도 혹시 모르니까 요새 건설 기간 동안 병사들이 경비를 철저히 해야 할 거야."

"예, 영주님."

욘디아르산맥의 소금 광산과 지리적으로 가장 가까운 곳에 위치한 데닝 마을엔 요새 건설에 사용될 자재들이 이미 준비가 되어 있었다.

"근데, 무슨 좋은 일이라도 있나? 얼굴에서 웃음기가 사라지지 않는군."

"그게 말입니다, 영주님. 파렐 경이 미샹크가 지불하기로 했던 전쟁배상금을 모두 가지고 왔습니다. 지금 막 영주님의 금고에 가져다 놓았습니다."

"오, 그래? 시니아스 대영주가 약속을 지켰군."

이안은 흡족한 표정으로 고개를 끄덕였다.

세일라가 죽은 마당에 전쟁배상금을 미샹크에 자꾸 재촉할 수도 없었다. 하지만 시니아스는 로즈에서 이안에게 약조한 대로 40만 금화를 잊지 않고 보내 준 것이다.

"파렐은 돌아갔나?"

"아닙니다. 오늘 도착해서 아직 까뮤에 있습니다. 내일 떠난다 했습니다."

"로즈 가문의 사신으로 매번 고생이 많군. 그를 불러 저녁을 함께해야겠어. 재무관이 가서 내가 저녁 식사에 초대했다고 전하도록 해."

"알겠습니다, 영주님. 그리고 한 가지 더 말씀드릴 게 있습니다. 물길과 저수지를 만들기 위해 코페나를 조사한 브러스 기술 감독관이 정식으로 보고서를 제출했습니다."

이안의 눈빛이 반짝거렸다.

에뉴딘의 장례식에 참석하러 가는 길에 코페나에서 브러스 감독관을 만나 중간보고를 받긴 했었다.

하지만 그땐 조사가 한창 진행 중이었다.

"내용이 궁금하군."

"소신이 관청에 돌아가는 대로 보고서를 바로 올리겠습니다, 영주님."

"그렇게 해 주면 고맙겠어."

많은 사람들이 라인딘 악단의 연주를 감상하기 위해 광장에 몰려들었다.

소년 악사 라인딘의 지휘 아래 악단에 속한 연주자들이 열정적으로 연주를 했다.

다가온 봄을 축하하듯 악단의 연주 소리는 어느 때보다 경쾌하고 밝았다.

'평화롭군.'

사람들 틈에 끼어 라인딘 악단의 연주를 감상하던 파렐은 몸을 돌려 마차에 올라탔다.

더 이상 듣고 있으면 전쟁터로 가야 할 자신의 전의가 몽땅 사그라질 것 같았다.

지그시 눈을 감고 있던 그는 마차 문을 두드리는 소리에 눈을 뜨고 창밖을 쳐다봤다.

재무관이 서 있었다.

파렐이 급히 마차에서 내렸다.

"재무관님."

"놀라게 해서 미안합니다, 파렐 경."

"아닙니다."

재무관은 연주 소리가 들리는 광장 쪽을 바라보며 말했다.

"연주 소리가 멋지지요?"

"아, 예. 로즈성의 악단과 비교해도 손색이 없군요."

로즈성에도 대영주를 위한 악단이 있었다. 주로 연회에 동원되는데, 그들은 이렇게 외부에서 대중을 위해 연주를 하진 않는다. 대영주와 계약한 이상, 그들의 음악은 대영주의 것이었기 때문이다.

"한데, 무슨 일로."

"영주님께서 파렐 경을 저녁 식사에 초대하셨습니다."

"이안 영주님께서 돌아오셨습니까?"

"예, 조금 전에 오셨습니다. 로즈 가문과 알베른 가문의 우의를 위해 열심히 노력해 주시는 파렐 경을 영주님은 마음 깊이 생각하고 계십니다."

재무관은 파렐을 치켜세웠다.

"제가 특별히 한 일이 있겠습니까? 오히려 이안 영주님이 저를 볼 때마다 환대해 주셨지요."

"하하하."

겸손하게 파렐이 말하자 재무관은 껄껄 웃었다. 로즈에서 두 사람은 제법 친해진 상태였다.

"그럼 저녁때 뵙겠습니다. 제가 숙소로 가겠습니다."

"아닙니다. 재무관님을 번거롭게 해 드려선 안 되지요. 저혼자 가겠습니다."

파렐도 알베른성은 잘 알고 있었다. 일전에 그곳의 별관에서 머물기도 했었다.

"오해하시는군요. 저도 그 자리에 참석합니다."

재무관은 헛기침을 하며 말했다.

"그렇군요."

파렐이 멋쩍은 표정을 지었다.

이안이 만찬실에 들어서자 조용히 대화를 나누고 있던 재무관과 파렐이 자리에서 일어섰다.

"영주님을 뵙습니다."

"파렐 경, 미안하오. 보고서를 읽느라 시간 가는 줄 몰랐소. 그래서 좀 늦었소."

이안은 하얀 천이 깔려 있는 긴 식탁으로 다가가며 사과를 했다.

"아닙니다, 영주님. 오래 기다리지 않았습니다."

파렐은 정중히 말했다. 이안은 파렐에게 미소를 보인 뒤상석에 착석했다.

"내가 원래 음식을 준비시키고 늦는 성격이 아닌데, 아무튼 미안하오. 초대하고 늦게 와서. 어서 앉으시오."

"감사합니다."

파렐과 재무관이 의자에 앉았다.

식탁엔 풍성한 요리가 차려져 있었다. 파렐을 위해 이안이 신경을 쓴 것이다.

"일단 먹으면서 얘기합시다. 사실 내가 배가 많이 고프오."

격의 없는 이안의 행동에 파렐은 속으로 고개를 끄덕였다. 잘나가는 영주라고 해서 거드름을 피우거나 마음에도 없는 가식적인 예의는 이안에게서 찾아볼 수 없었다.

세 사람은 요리장이 정성을 다한 음식을 먹기 시작했다.

"재무관님에게 들었습니다. 직접 몬스터를 토벌하고 오셨다고 말입니다."

"그렇소. 욘디아르산맥의 몬스터들은 내게도 골치 아픈 존재들이라오."

"그래도 소금 광산이 발견됐다니, 축하드립니다."

"고맙소."

빙그레 미소를 지은 이안은 손을 뻗어 파렐과 재무관에게 술을 따라 줬다.

"배상금을 가지고 왔다던데, 혹 로즈 가문에서 대신 지불한 것이오?"

이안의 물음에 파렐은 고개를 가로저었다.

"아닙니다. 미샹크에서 준비한 것을 제가 가지고 왔을 뿐입니다."

"그렇구려. 큰일을 앞두고 여러모로 바쁠 텐데 일부러 와줘서 고맙소."

"별말씀을요."

"자, 복잡한 일은 잠시 내려놓고 우리 다시 만났으니 술이나 드십시다."

"그럴까요?"

로즈에 돌아가면 전선으로 떠나야 하는 파렐은 이안의 말에 무거운 마음을 떨치며 술잔을 들었다.

세 사람은 화기애애한 분위기 속에서 술과 음식을 즐겼다.

식탁의 음식 접시들이 하나둘 바닥을 드러낼 때쯤, 파렐이 조심스럽게 말을 꺼냈다.

"영주님, 한 가지 여쭤볼 게 있습니다."

"말씀해 보시오."

음식을 남겨서는 안 된다는 생각에 열심히 음식을 먹던 이안이 부드럽게 대꾸했다.

"핀넬슨 왕가를 무너트리는 데 혁혁한 공을 세운 롤만의 장수 슐노반이 얼마 전 알베른을 방문했다고 들었습니다. 사실입니까?"

음식을 먹던 이안이 손길을 멈추고 파렐을 쳐다봤다. 슐노반이 다녀간 것을 로즈 가문에서 파악한 것 같았다.

"맞소, 그런 일이 있었소. 한데 그건 왜 묻는 것이오?"

"시니아스 대영주께서 궁금해하고 계십니다. 슐노반은 이번 전쟁에서 가장 주의해야 할 적장이니까요."

"이해하오만, 여기는 중립 지역이오. 누가 온다 한들 내가 일부러 막을 이유는 없지 않겠소?"

"물론 그렇긴 합니다만……."

"슐노반은 내 초대를 받고 온 것이오."

이안의 말에 파렐의 눈빛이 흔들렸다. 이안은 술을 몇 모금 마신 후 말을 이었다.

"그리고 나는 로즈에서 시니아스 대영주도 내 영지로 초대했었소. 슐노반이 먼저 왔을 뿐이오."

"그렇군요."

"나는 파렐 경을 친구라 생각하오. 또한 슐노반도 내 친구요."

옆에서 이안의 말을 듣던 재무관은 묵묵히 고개를 끄덕였다. 오직 이안만이 저런 말을 할 수 있는 위치에 있었다.

"전쟁으로 인해 내가 아는 지인들이 서로 검을 겨누며 싸워야 하는 것이 안타깝소. 누구의 편도 들어 줄 수 없으니까. 하지만 그렇다 하여 그들을 만나지 않을 이유 또한 없소. 내가 파렐 경과 시니아스 대영주를 만나는 것처럼, 슐노반을 만나는 것은 자연스러운 일이오."

이안의 솔직함에 파렐은 얼굴을 붉혔다.

내심 이안이 롤만과 슐노반에게서 거리를 뒀으면 하는 마음이 있었기 때문이다.

"심기를 불편하게 해 드려서 죄송합니다, 영주님."

"아니오, 시니아스 대영주께서 경을 통해 내게 질문을 던진 것이라 생각하오."

차분히 말을 한 이안이 술잔이 빈 파렐의 잔에 담담한 얼굴로 술을 따라 줬다.

"대영주께는 내가 한 말을 그대로 전해 주면 될 것 같소."

"그리하겠습니다. 대영주도 오해는 없으실 겁니다."

파렐은 이안이 따라 준 술을 입가로 가져갔다. 그 모습을 이안이 물끄러미 바라봤다.

'어쩌면 파렐은 아리나 요새에서 슐노반과 싸우게 될지도 모르겠군.'

로즈 가문이 왕성으로 진격하려면 아리나 요새를 반드시 통과해야만 한다.

슐노반이 이 시점에 아리나 요새에 괜히 가 있는 것이 아닐 것이다.

슐노반을 만나기 위해 아리나 요새를 방문할 예정이었던 이안은 파렐의 앞날이 보이는 것 같아 왠지 마음이 무거워졌다.

"그래, 미샹크의 영주는 누가 되는 것이오?"

이안은 복잡한 생각을 머리에서 지우며 파렐에게 물었다.

"아직 결정된 것이 없습니다. 퀼츠의 어린 자식들이 남아 있긴 하지만, 대영주께서는 그들을 마음에 두지 않고 계십니다. 미샹크 가문의 가신들 역시 그런 대영주님의 의중을 느꼈는지 퀼츠의 자식들을 적극적으로 옹호하지 않고 있고요."

"미샹크는 우리와 이웃하는 영지요. 좋은 사람이 영주가 되어 앞으로 협력하는 관계가 되었으면 하는 바람이오."

"저도 그리되길 바랍니다. 사실, 지난번에 왔을 때 퀼벤 형님에게 미샹크 영주 자리를 권한 적이 있었습니다."

뜻밖의 말에 이안과 재무관이 놀란 표정으로 파렐을 바라봤다.

"하지만 꺄뮤에서의 삶이 더 좋다고 완강히 거절하더군요. 신발을 만드는 일이 미샹크에서 영주가 되는 것보다 더 행복하다면서 말입니다."

"험, 퀼벤 경이 그런 말을 했단 말이오?"

이안은 괜히 헛기침을 했다. 영주직 대신 꺄뮤에서 사는 것이 더 행복하다고 한 퀼벤의 말에 어깨가 올라오고 가슴이 뿌듯해졌다.

꺄뮤에 사는 게 조금이라도 불편했다면 자식들을 위해서라도 영주가 되려 했을 것이다.

"오늘도 만나 봤소?"

이안이 넌지시 묻자 파렐은 고개를 끄덕였다.

"예, 하지만 돌아온 대답은 같았습니다. 퀼벤 형님은 진심으로 까뮤를 좋아하고 있습니다."

"그렇구려. 뭐 어쩔 수 없지. 퀼벤 경이 미샹크 영주가 되어 준다면야 나는 더할 나위 없이 기쁘겠지만 억지로 강요할수는 없는 일이니까."

"저도 그렇게 생각합니다."

파렐은 퀼벤의 결정이 처음엔 이해가 안 됐지만 지금은 마음속으로 깊이 이해를 하고 있었다.

"훌륭한 저녁 식사였습니다. 몬스터를 토벌하고 오시느라 피곤하셨을 텐데, 일부러 이렇게 시간 내주셔서 만찬 내내 감사했습니다."

영주관 앞에 대기 중인 마차에 오르기 전 파렐은 이안에게 진심이 섞인 감사의 뜻을 전했다.

술을 많이 마신 파렐의 얼굴은 밤에도 붉게 보일 정도로 불그스름했다.

"좋았다니 다행이오."

옅은 미소를 지은 이안은 재무관이 들고 있던 서신을 받아서 파렐에게 건넸다.

저녁 식사를 마친 이안이 조금 전 서재에서 작성한 편지였다.

"대영주께 약속을 지켜 줘서 고맙다 전해 주시오."

"예, 영주님."

서신을 받아 품 안에 넣은 파렐은 영주관 앞에 서 있는 이안과 재무관을 깊은 눈빛으로 바라봤다.

'또 만날 수 있을까.'

사력을 다해야 하는 전쟁을 앞둔 파렐은 한동안 두 사람을 바라보다가 작별 인사를 했다.

"그럼 가 보겠습니다, 영주님."

"잘 가시오, 파렐 경."

파렐이 탄 마차가 영주관 앞에서 멀어져 갔다.

마차가 보이지 않을 때까지 지켜보던 재무관이 이안에게 말했다.

"이번 전쟁에서 파렐 경이 무사할까요?"

"글쎄, 나도 앞날은 알 수 없으니까."

"전쟁의 승패와 관계없이 파렐 경은 무사했으면 좋겠습니다."

파렐과 정이 쌓인 재무관의 말에 이안은 빙그레 웃으며 그를 돌아봤다.

"그래, 나도 그랬으면 좋겠군."

욘디아르에서 돌아온 다음 날 이안은 정보부장 콘스로부

터 여러 건의 정보를 보고받았다.

대부분 전쟁과 관련된 보고였다.

서재에 있는 회의용 탁자에서 정보부장과 마주 앉아 보고서를 읽던 이안은 그것을 탁자에 내려놓았다.

"내가 욘디아르에 있는 동안 몽페르도 가문도, 이웃한 로벨롱 가문도 모두 군사를 이끌고 전선으로 출발했군. 아니, 테니마르 가문을 제외한 남부 영지의 모든 영주들이 병사들을 이끌고 북상하고 있어."

이틀 전엔 보넌 대영주가 출정식을 가지기도 했다.

남부의 모든 세력들이 전선으로 총집결하는 형세였다.

"로즈 항구 앞바다엔 이번 전쟁에 참전할 2백 척이 넘는 전함들이 대기 중이라고 합니다."

콘스의 말에 이안은 지도를 들여다봤다.

강한 해군을 보유한 로즈 가문의 전함들은 그 목적지가 명확했다.

바다와 연결된 이리아니강을 통해 내륙 안으로 깊숙이 들어가 벨로린 왕성을 타격하려는 것일 터.

"아리나 요새가 이번 전쟁의 최대 격전지가 될 가능성이 높겠군."

이안의 말에 콘스가 고개를 끄덕였다.

"그렇습니다, 영주님. 아리나 요새는 바다에서 내륙으로 들어오는 배들의 가장 큰 관문일 뿐만 아니라 육로상에서도 중요한 위치를 점하고 있어서, 시니아스 대영주는 그곳을 반드시 뚫어야 할 입장입니다."

"아더 왕이 재임 기간 중에 가장 큰 공사를 벌인 게 바로 이 아리나 요새를 증축한 것이라고 했었지?"

"예, 막대한 재정을 투입해 최대 10만 명의 군사가 장기간 머물 수 있는 거대한 요새로 탈바꿈시켰습니다. 증축 기간만 10년이었습니다."

콘스는 아리나 요새가 표시된 지도로 시선을 옮기며 말을 이었다.

"이미 지난 일이지만 만약 바르체딘이 롤만 왕에게 항복하지 않았다면, 핀넬슨 왕실을 추종하는 세력들은 아마도 이 아리나 요새로 집결해서 재기를 꿈꿨을지도 모릅니다."

"그만큼 공략하기 쉽지 않은 요새라는 뜻이로군."

찻잔을 들어 차를 한 모금 마신 이안이 창밖을 지그시 응시했다.

"낯설지 않아."

"예? 무엇이 말입니까?"

콘스가 묻자 이안은 다시 고개를 돌려 그를 바라봤다.

"로즈 가문이 처한 상황 말이야. 트웰도 비슷했거든. 트웰이 롤만을 공격하려다가 어디서 고꾸라졌는지 경도 알고 있지?"

"물론입니다. 보레나 요새가 아닙니까?"

"그때도 그랬어. 당시 트웰은 롤만의 대영지를 공격하고자 병사들을 태운 보급선들과 해군들이 탄 전함들을 이끌고 강을 타고 진군했어. 그러다 보레나 요새의 함정에 빠져 전멸에 가까운 피해를 입었지."

이안의 지적에 콘스는 크게 고개를 끄덕였다.

"그 말씀이셨군요."

이안은 자리에서 일어나 서재 창문을 활짝 열었다. 시종장이 일꾼들에게 정원의 분수대를 청소시키고 있었다.

"난 현장에서 그것을 모두 지켜봤다. 롤만 왕은 자신에게 유리한 싸움 환경을 만드는 데 탁월한 능력을 지닌 사람이야. 아리나 요새를 점령하기 위해 섣불리 들어갔다간 아마 제2의 보레나 요새 사태가 벌어질 거야."

"시니아스 대영주도 보레나 요새의 일을 잘 알고 있으니 조심하지 않겠습니까?"

"그렇겠지. 하지만 인간은 말이야, 생각보다 단순해서 같은 실수를 반복하는 경향이 있어. 롤만 왕은 그 점을 파고들려 할 거야."

콘스는 무거운 얼굴로 이안의 말을 인정할 수밖에 없었다. 전장의 흐름을 제대로 읽지 못하면 전략적 오판을 할 여지는 얼마든지 있었다.

하지만 그것은 시니아스 대영주뿐만 아니라 롤만 왕도 마찬가지였다.

이안은 창가에서 돌아서며 말했다.

"아무튼 두고 보면 알 수 있겠지. 수고했어, 정보부장."

"아닙니다, 영주님."

"보고서는 다 읽어 봤으니까, 가지고 가서 다른 신하들과도 정보를 공유하도록 해."

"알겠습니다, 영주님."

탁자 위의 보고서를 집어 든 콘스는 자리에서 일어섰다.

"그런데 영주님, 내일 아리나 요새를 방문하신다고 하셨는데, 혹 특별한 이유라도 있으십니까?"

"그냥 궁금해서 가 보는 거야. 슐노반도 만나기로 했고."

"그러시군요."

콘스는 창가 앞에 서 있는 이안을 바라봤다.

어제는 시니아스의 사람인 파렐을 만나고 내일은 롤만의 사람인 슐노반을 만난다.

아무리 중립을 선언했다고 하지만 일각에선 의심의 눈초리가 쏟아질 수도 있었다.

하지만 이안은 그런 것에 구애받지 않았다.

"영주님, 그럼 나가 보겠습니다."

"같이 나가자고. 분수대에 가 봐야겠어."

서재를 나선 이안은 영주관 복도를 걷다가 담담한 목소리로 물었다.

"그 사람과는 잘돼 가나?"

"예? 누굴 말씀하시는지……."

이안과 함께 걷던 콘스가 이안을 쳐다봤다.

"전에 우릴 도와줬던 상인 있잖아. 내게 과일도 선물로 주고 했던."

"아, 페트샤 말씀이시군요."

"두 사람 잘 어울리던데, 그 뒤로는 진전이 없었나?"

이안은 콘스와 페트샤가 서로를 좋아하는 것을 알고 있었다. 콘스는 얼굴을 붉혔다.

"바빠서……."

"페트샤가 코페나 항구에 상점도 열었던데, 다 이유가 있는 게 아니겠나? 관심 좀 가지도록 해."

"송구합니다, 영주님."

"나중에 내가 확인해 볼 거야."

이안이 걸음을 멈추고 정색을 하자, 콘스는 쑥스러워하며 대답했다.

"그렇지 않아도 조만간 만나기로 했습니다, 영주님."

"그래? 그거 잘됐군."

이안은 빙그레 웃으며 콘스의 어깨에 다정하게 손을 둘렀다.

"잘해 보라고. 페트샤와 결혼을 하게 되면 내가 큰 선물을 할 테니까."

"감사합니다, 영주님."

얼굴이 재차 붉어진 콘스가 작은 목소리로 대답했다.

벨로린 왕국의 젖줄과 같은 거대한 이리아나강의 강변을 따라 높은 성벽을 갖춘 웅장한 요새가 서 있었다.

그 크기가 가늠이 안 되는 거대한 요새는 성벽 위로 마차 두 대가 동시에 다닐 수 있을 만큼 성벽의 폭이 넓었다.

아리나 요새로 불리는 이 난공불락일 것 같은 이 요새 옆에는 오래된 항구도시가 있었다.

바로 요새 이름과 같은 아리나 항구도시였다.

벨로린 왕국이 건국되기 이전부터 존재했던 도시로, 예로부터 이 지역의 중심지 역할을 해 왔다.

대영주들이 롤만에게 최후통첩을 한 시한이 점점 다가오며 아리나에도 전운이 감돌고 있었지만, 거리엔 여전히 사람이 많았고, 항구 선착장엔 배들이 자유롭게 오가고 있었다.

롤만은 전쟁 분위기가 고조되고 있음에도 사람들에게 주어진 일상의 자유로움을 구속하지 않았다.

전쟁을 일으키는 것은 그가 아닌 대영주 측이라는 것을 보여 주기 위함이었다.

'서대륙으로 가는 배편을 왜 알아본 거지?'

그라일라를 추적하는 중인 황실 원로 딜울프는 미간을 찌푸리며 아리나 거리를 걸었다.

항구에서 조사를 해 보니, 그라일라와 함께 다니는 데카트란 녀석이 서대륙행 배편을 알아보고 다닌 것이다.

'빌어먹을, 마녀가 서대륙으로 건너가면 곤란한데.'

서대륙엔 황실의 연락책도 없었고, 거점도 없었다.

드노웨아에서부터 벨로린의 아리나까지 그라일라를 추적해 온 딜울프는 마음이 급해졌다.

그는 동료 원로들이 머물고 있는 여관으로 들어갔다.

"큰일이오. 마녀가 서대륙으로 가려고 하는 것 같소."

숙소에 도착한 딜울프가 목소리를 높이며 말을 했다.

하지만 방 안에서 차를 마시고 있는 세인스와 그레네스는 차분했다. 예상과 다른 그들의 반응에 딜울프가 의자에 앉으며 다시 한번 다급히 말했다.

"지금 내 말 못 들었소? 서대륙으로 가려 한다니까! 서대륙으로 가 버리면 그녀를 놓칠 수도 있소. 그러니 당장 손을 써서 그 마녀를 잡아야 하오."

"이제 그만 마녀를 놓아줍시다."

황실 원로들 중 유일한 여자 검사인 그레네스가 찻잔을 내려놓으며 말했다.

"당치 않은 소리! 낮술을 드셨소!"

벌컥 성을 내는 딜울프에게 마법사 세인스가 서신을 내밀었다.

"흥분하지 말고 읽어 보시오."

황제의 직인이 찍힌 서신에 움찔한 딜울프는 두 손으로 공손히 서신을 열어 안의 내용을 읽어 내려갔다.

그의 표정이 시시각각 변해 갔다.

"마녀를 포기하라니……."

흔들리는 눈빛으로 서신을 탁자에 내려놓은 딜울프는 두 원로들을 바라봤다. 이제야 왜 이들의 반응이 이토록 차가웠는지 이해가 됐다.

"폐하의 명이오. 마녀를 더 이상 쫓지 말라는. 그러니 그녀가 무엇을 하든 이제 우리는 손을 떼야 하오."

세인스의 말에 딜울프는 이를 악물며 말했다.

"그다음엔 어쩔 것이오? 용체가 파괴된 마당에 용의 심장이라도 있어야 폐하께서 힘이 나시지 않겠소?"

그의 말에 원로들의 표정이 무거워졌다.

얼마 전 용체가 파괴됐다는 비보에 세 원로들은 분한 마음을 금치 못했다.

그런데 이제 용의 심장도 눈앞에서 포기해야만 하는 상황이다. 세인스가 한숨을 내쉬며 말했다.

"나도 아쉽소. 하지만 폐하께서도 고심 끝에 내리신 결정 같으니, 신하 된 도리로 그것을 따라야 하지 않겠소?"

"대체 다른 원로들은 폐하 옆에서 뭘 하는 것인지 모르겠군. 용체도 지키지 못하고."

딜울프가 울분을 터트리며 그동안 참아 왔던 화를 폭발시켰다.

다른 두 원로들은 말이 없었다.

그들은 용체가 어쩌다 파괴됐는지 자세한 내막을 아직 모르고 있었다. 돌아가서 직접 들어야만 했다.

"시페로스에 있는 남부 거점으로 오라 하시니, 내일 출발합시다."

세인스가 말했다. 굳은 표정으로 팔짱을 끼고 앉아 있던 딜울프가 흥분을 가라앉히며 말문을 열었다.

"시페로스에는 왜 오라 하시는 것 같소?"

"가 보면 알 수 있지 않겠소."

"젠장."

의자에서 벌떡 일어선 딜울프는 품 안에서 꺼낸 그라일라의 초상화를 노려보다가 잘게 찢어 바닥에 던져 버렸다.

공중에서 떨어지는 종잇조각들을 바라보며 딜울프가 말했다.

"정말 수상하지 않소?"

"뭐가 말이오?"

그레네스가 물었다.

"마녀의 행보 말이오. 드노웨아의 분지에서는 난데없이 뚱뚱한 사내놈이 합류하고. 이젠 서대륙으로 가려 하고 있소. 이 비밀을 밝혀내는 것이 어쩌면 폐하께 큰 도움이 될 수도 있소.”

“흠, 확실히 수상하긴 하지만…….”

그레네스가 턱을 매만지자 딜울프가 목소리를 낮추며 말했다.

“마녀와 같이 다니는 그 어린놈을 납치해서 추궁해 봅시다. 밖으로 혼자 잘 싸돌아다니니 납치할 기회가 있을 것이오. 어떻소?”

“글쎄, 세인스 경은 어찌 생각하시오?”

그레네스가 슬며시 옆에 앉아 있는 세인스를 쳐다봤다.

대마법사 데일런이 죽었다는 소식에 마음이 심란한 상태인 세인스가 고개를 가로저었다.

“난 반대요. 그 어린놈을 건드리면 마녀가 나설 것이오. 폐하의 명을 받은 이상 괜한 분란은 삼갑시다. 난 좀 쉬어야겠소.”

세인스가 방을 나가자 딜울프가 콧방귀를 뀌었다.

“흥! 망할 늙은이가 매번 반대만 하는군.”

“가까운 데일런이 죽었다고 하지 않소. 그를 탓하지 맙시다.”

그레네스도 방을 나갔고, 홀로 남은 딜울프는 창가로 다가가 거리를 내려다봤다. 이곳에서 멀지 않은 곳에 마녀 일행이 머물고 있었다.

“빌어먹을, 대체 용체는 어쩌다 파괴되었단 말인가!”

까뮤를 출발해 아리나 요새로 향하던 이안은 산 정상에서 왼편에 펼쳐진 드넓은 평원을 응시했다.

끝도 보이지 않는 병사들의 긴 행렬이 이어지고 있었다.

"서부 지역 영주 연합군이야."

서로 다른 영지의 병사들이 각자의 영지 깃발을 앞세우고 들판을 통과하고 있었는데, 그 수가 못해도 10만은 되어 보였다.

그리고 각종 물자를 실은 마차의 행렬과 2만 기 정도의 기병들.

─기강이 엄정해 보이는구나.

블란조르의 말에 이안이 고개를 끄덕였다. 멀리서도 엄정한 군기가 느껴졌다.

"그러게. 소속이 다른 영지군들이 저 정도 기강을 유지하는 게 쉽지 않을 텐데. 그만큼 병사들도 이번 싸움에 집중하고 있다는 거겠지."

서부 연합군은 롤만의 왕실 서부 직할령과 맞닿아 있는 전선으로 향하는 중이었다.

한동안 저들의 진군하는 모습을 바라보던 이안은 시선을 돌려 멀리 아리나 방향을 응시했다.

서부 연합군의 운명은 결국 아리나 요새에서 결정이 될 것이다.

그 장벽을 넘는다면 로즈 가문의 해군과 함께 왕성에 도착하는 기쁨을 맛볼 것이고, 그러지 못하면 무수히 많은 시체만을 남길 것이다.

"전쟁을 지켜보는 것도 쉽지 않은 일이야."

무거운 눈빛으로 말을 한 이안의 모습이 산 정상에서 순식간에 사라졌다.

날씨는 화창했고, 아리나 항구의 선착장엔 머리카락이 휘날릴 정도로 바람이 제법 불었다.

바람을 맞으며 항구에 정박해 있는 한 상선에 오른 데카트는 주위를 두리번거렸다.

갑판에 쌓여 있는 짐들을 상선의 일꾼들이 갑판 아래 짐칸으로 옮기고 있었다.

"서둘러라!"

깐깐한 인상의 늙은 상인이 일꾼들을 재촉하고 있었다.

데카트는 상인에게 다가갔다.

"안녕하세요."

뒤돌아선 상인은 데카트를 보며 헛기침을 했다.

"자네군."

"바쁘시네요."

"뒤늦게 온 짐이 있어서 말일세."

"그러시군요."

일꾼들이 짐을 옮기는 것을 잠시 바라보던 데카르트는 품에서 가죽 주머니를 꺼냈다.

"여기 어제 약속한 뱃삯입니다."

데카르트는 어제, 온종일 항구를 뛰어다닌 끝에 어렵게 서대륙행 배편을 구했다.

여객선이 없어서 서대륙행 상선을 얻어 타야만 했다.

"자네 포함해 세 명이라고 그랬지?"

뱃삯을 확인한 상인이 물었다.

"네, 저기 일행입니다."

데카르트가 가리키는 곳을 늙은 상인이 쳐다봤다.

수십 미터 떨어진 선착장 한쪽에 은발의 젊은 여자와 뚱뚱한 사내가 서 있었다.

"아내인가?"

"예?"

당황한 데카르트는 말을 더듬었다.

"아, 아닙니다. 제가 모시는 주인님이십니다."

"흠, 귀족 가문의 높은 분이신가 보군."

"제게는 그렇습니다. 이제 이 배에 타도 됩니까?"

상인은 금화가 든 묵직한 주머니를 손으로 만지작거리다

가 고개를 끄덕였다.

큰돈을 주는데 마다할 이유가 없었다.

"승선을 허락하겠네. 다만, 지금은 짐을 싣느라 어수선하니 조금 있다 배에 오르게."

"감사합니다."

밝은 표정으로 꾸벅 인사를 한 데카르트는 배에서 내려 일행이 기다리는 곳으로 걸어갔다.

"그라일라 님, 아직 짐 정리가 덜 돼서 조금 있다 타야 한다고 합니다. 죄송하지만 여기서 좀 더 기다리셔야 될 것 같습니다."

"알았다."

"다리 아프실 텐데 여기 앉아서 기다리십시오."

데카르트는 뚱뚱한 사내, 바킬라가 등에 메고 있던 커다란 짐 가방을 받아서 바닥에 내려놓고 그 위에 손수건을 깔았다. 그러자 그럴듯한 의자가 되었다.

"나를 놀림감으로 만들 생각이냐?"

사람들이 분주하게 오가는 선착장에서 가방을 깔고 앉을 생각은 없었는지 그라일라가 차가운 목소리로 말했다.

"치워라, 그냥 서 있겠다."

"예, 그라일라 님."

머쓱해진 데카르트가 손수건과 가방을 치우려고 할 때였다. 바킬라가 가방 위에 냉큼 앉았다.

"내가 대신 앉을게."

"형이요?"

데카트는 바킬라를 편하게 형이라고 부르고 있었다.

"세상을 돌아다녔더니 나는 다리가 아파."

눈치 없이 말하는 그에게 데카트는 눈짓을 했다.

"일어서요."

"왜?"

"그래도 그라일라 님이 서 계시는데…….”

"놔둬라. 인간도 아닌 자가 인간 흉내를 내고 싶어 하는데."

무심한 목소리로 그라일라가 말했다.

바킬라는 그녀의 말에 마음의 상처를 입었는지 시무룩해진 얼굴로 가방에서 일어섰다.

"데카트, 나도 서 있을게."

"…….”

데카트는 바킬라를 위로하고 싶었지만 그라일라가 옆에 있어서 말을 아껴야만 했다.

그라일라는 여전히 바킬라에게 마음을 열지 않고 일정한 거리를 두고 있었다.

어색해진 분위기 속에서 데카트가 말했다.

"그라일라 님, 상점에서 사 올 게 생각났습니다. 금방 다녀오겠습니다."

"나도 같이 가자."

바킬라는 그라일라와 단둘이 있는 게 부담스러웠는지 데카트를 따라가려 했다.

"형, 금방 올게요. 나 없는 사이 상선에서 부르면 그라일라 님을 모시고 먼저 타 계세요."

데카트는 빠른 걸음으로 선착장을 벗어나 상점이 밀집된 거리로 향했다.

"하마터면 깜빡할 뻔했어."

그라일라가 즐겨 마시는 차의 찻잎이 조금밖에 남지 않았다. 서대륙까지는 오래 걸린다고 하니 배에서 마실 찻잎을 미리 구입해 놓는 게 좋았다.

"어서 오십시오, 손님."

"안녕하세요. 여기 딩보롱차 있나요?"

"가격은 저렴하지만 맛까지 저렴하진 않은 훌륭한 차 딩보롱 말씀입니까?"

단정한 차림새의 가게 주인은 우아한 말투로 말했다.

데카트는 주인의 말투가 재밌었는지 웃으며 대꾸했다.

"네, 저 크기로 한 통만 주세요."

데카트는 주먹보다 조금 큰 크기의 둥근 통을 가리켰다.

"알겠습니다, 손님. 잠시만 기다리십시오. 준비해 드리겠습니다."

"고맙습니다."

주인이 찻잎을 통에 담는 것을 지켜보던 데카트는 문이 열리는 소리에 뒤를 돌아봤다.

후드로 얼굴을 반쯤 가린 노인이 안으로 들어오고 있었다.

가게 내부를 둘러본 노인은 계산대 앞에 서 있는 데카트 옆에 멈춰 섰다.

"어서 오십시오, 손님. 잠시만 기다려 주십시오. 곧 주문을 받겠습니다."

딩보롱차를 준비하던 주인이 친절하게 말했다. 노인은 별말 없이 고개를 끄덕였다.

'검을 차고 있어.'

데카트의 시선이 몸을 덮은 후드 사이로 보이는 노인의 검으로 향했다.

"손님, 여기 차가 준비됐습니다."

"아, 네."

노인에게서 시선을 뗀 데카트가 돈을 지불했다.

그리고 사선으로 멘 작은 가방을 열어 차통을 집어넣으려는 순간, 번쩍이는 검이 데카트의 목덜미에 와 닿았다.

말할 수 없이 빠른 쾌검이었다.

초강자 딜울프가 음산한 목소리로 말했다.

"이놈아, 손가락 하나라도 까딱했다간 모가지가 날아갈 것이다."

"왜, 왜 이래요?"

데카트가 굳은 표정으로 딜울프를 쳐다봤다.

"얌전히 나를 따라오너라. 죽고 싶지 않으면."

"이봐, 내 가게에서 뭐 하는 거야!"

가게 주인이 계산대 밑에 놔둔 장검을 뽑아 들어 딜울프의 팔을 찔렀다.

검을 좀 휘둘러 본 솜씨였다.

예상치 못한 가게 주인의 돌출 행동에 눈빛이 차가워진 딜울프는 데카트의 목을 겨눴던 검을 움직여 가게 주인의 목을 가차 없이 베어 버렸다.

붉은 피가 가게 천장까지 튀었다.

"커헉!"

검을 떨어트린 가게 주인이 피를 분수처럼 내뿜으며 계산대에 엎어졌다.

가게 주인을 간단히 정리한 딜울프는 곧장 데카트의 목에 검을 겨누려 했다.

하지만 데카트는 두 번 당할 생각이 없었다.

바람처럼 몸을 숙여 자신의 발치에 떨어진 가게 주인의 검을 집어 든 데카트는 일어서며 딜울프의 상체를 사선으로 베어 올렸다.

번쩍!

눈부신 붉은 검광이 아래에서부터 위로 솟구쳤고, 딜울프의 안색이 변했다. 데카트의 검에서 매서운 기운이 뿜어져

나오고 있었다.

그는 다급히 상체를 젖히며 뒤로 물러났다.

콰앙!

가게 천장이 폭발하며 돌 조각들이 우수수 떨어졌다.

"왜 가게 주인을 죽였어!"

분노한 데카르트가 검을 피한 딜울프에게 고함을 쳤다.

딜울프는 차가운 얼굴로 말했다.

"마녀를 따라다니는 개종자 놈아, 너도 죽고 싶지 않으면 순순히 항복하는 게 좋을 것이다."

"듀크웨일의 수하구나!"

데카르트가 검 끝으로 딜울프를 겨누며 소리쳤다.

"폐하의 존함을 함부로 부르다니."

딜울프는 길게 시간을 끌고 싶지 않았다. 마녀가 알아채기 전에 부상을 입혀서라도 어서 빨리 납치를 해야 했다.

검에 포스를 주입한 딜울프가 제대로 검을 휘두르자 가게 안의 바닥이 일순간에 폭발하며 그 잔해들이 쏜살처럼 가게 중앙에 서 있는 데카르트에게 날아갔다.

콰콰쾅!

날카로운 수많은 돌 조각들이 암기처럼 데카르트의 몸을 강타했다. 그러나 오히려 돌 조각들이 먼지처럼 부서졌고, 데카르트는 멀쩡했다.

"이 개자식아! 왜 우리들을 따라다니며 못살게 구는 거냐!"

돌먼지를 뚫고 나온 데카트가 검으로 딜올프를 내리쳤다.

초강자 딜올프에게 맞서 데카트는 처음부터 전력을 다해 싸웠다.

—아직 넌 약하다. 뒤를 쫓는 자들이 네게는 버거울 수도 있다. 만약 마주치게 된다면 처음부터 전력을 다해 싸워라.

그라일라가 해 준 경고의 말을 떠올린 데카트는 그래서 처음부터 전력을 다했다.

"이놈이!"

화산처럼 분출되는 데카트의 강한 힘에 일시적으로 당황한 딜올프는 검에 힘을 모아 마주 휘둘렀다.

콰앙!

두 사람의 검이 충돌하자 3층으로 된 건물이 균열이 가며 흔들렸고, 1층에 위치한 가게는 외벽과 문이 한꺼번에 박살이 나 길거리로 튕겨져 나갔다.

"뭐야!"

거리의 사람들이 깜짝 놀라며 부서진 가게를 쳐다봤다.

뭉게구름처럼 피어오르는 두꺼운 먼지를 뚫고 데카트가 튀어나왔다.

그의 상체는 피로 물들어 있었다.

"하아, 하아."

부러진 검을 바닥에 버린 데카트는 선착장 방향으로 달려갔다.

"네 이놈!"

팔이 하나 잘린 딜울프가 곧바로 가게에서 뛰어나와 악귀 같은 얼굴로 데카트의 뒤를 미친 듯이 쫓아갔다.

"죽여 버리겠다!"

뜻밖에 팔을 잃은 딜울프는 수치심과 분노로 이성을 상실한 상태였다.

원로들의 반대에도 불구하고 단독으로 나선 그는 쉽게 생각했던 납치가 수포로 돌아갔다는 사실이 믿기지가 않았다. 게다가 한쪽 팔이 잘리다니.

"네놈을 반드시 죽이고 말겠다!"

도망치는 데카트를 향해 딜울프가 쫓아가며 검기를 날렸다.

데카트가 허공으로 몸을 솟구쳤고, 검기는 거리에 세워져 있는 짐마차와 충돌했다.

콰쾅!

짐마차가 폭발을 하며 화염이 솟구쳤다.

"이리 와라, 이 개종자 놈아! 다시 싸우자!"

불길이 치솟는 짐마차를 맨몸으로 관통한 딜울프는 땅을 박차며 앞으로 쭉쭉 달려 나갔다.

"저놈들을 잡아라!"

거리를 순찰하던 순찰조장이 이 상황을 목격하고는 호각을 부르며 그들의 뒤를 쫓았다.

전쟁 분위기 때문에 치안에 더 힘을 쏟는 상황이라 도시엔 순찰병들이 거미줄처럼 깔려 있었다.

호각 소리에 반응한 병사들이 호각 신호에 맞춰 여기저기서 튀어나왔다.

"비켜라!"

앞을 가로막는 병사 몇을 어깨로 밀쳐 날려 버린 딜울프는 가까워진 데카트를 향해 차가운 눈빛으로 검을 집어 던졌다.

엄청난 포스가 담긴 그의 검이 번개 줄기처럼 스파크를 내뿜으며 데카트에게 날아갔다.

우우우웅!

검이 지나간 거리의 돌바닥이 검에서 뿜어져 나오는 힘을 견디지 못해 새카맣게 타며 연속해서 폭발을 일으켰다.

뒤를 돌아본 데카트의 표정이 굳어졌다.

피하기엔 너무 늦었다.

딜울프의 팔을 자르긴 했지만 그것은 순전히 운이었다. 본 실력으로는 감당하기 벅찬 상대였다.

이를 악문 데카트가 검과의 충돌을 대비했다.

콰앙!

귀를 먹먹하게 만드는 요란한 폭음과 함께 뜨거운 바람이 데카르트의 전신을 훑고 지나갔다.

그러나 데카르트는 전혀 피해를 입지 않았다.

누군가 대신 딜울프의 검을 막아 낸 것이다.

"그, 그라일라 님."

"멍청한 녀석."

고개를 돌려 등 뒤에 서 있는 데카르트를 힐끔 쳐다본 그라일라는 다시 앞을 바라봤다.

딜울프가 용맹하게 돌진해 오고 있었다.

"마녀야! 이 순간을 기다려 왔다!"

절단된 팔 부위에서 많은 피를 뿌리며 달려온 딜울프가 허리에 꽂아 둔 단검을 뽑아 들고는 허공으로 비상했다.

태양을 가리며 하늘 높이 솟구친 딜울프가 그라일라의 정수리를 향해 단검을 쭉 뻗으며 매처럼 빠르게 떨어져 내렸다.

"애잔하구나."

차가운 눈빛으로 중얼거린 그라일라가 하늘 향해 손을 내뻗었다.

검은 기류가 그녀의 손에서 뿜어져 나와 하늘에서 떨어지는 딜울프의 방어막을 간단히 뚫고 들어가 그대로 그의 가슴을 관통해 버렸다.

"허억!"

활활 불타오르던 딜울프의 눈에서 급속도로 생기가 빠져

나갔다.

쿠웅!

그라일라의 발치에 힘없이 추락한 딜울프는 숨이 끊어졌는지 미동도 하지 않았다.

"꼼짝 마!"

거리에 몰려든 병사들이 그라일라와 데카트를 빙 둘러 포위를 했다.

말을 탄 기병들과 궁수들도 연이어 나타났다.

"너희들은 누구냐! 누군데 거리에서 함부로 싸우고 사람을 죽이는 것이냐!"

순찰병들을 지휘하는 순찰대장이 엄한 목소리로 추궁하듯 외쳤다.

그라일라는 거리를 가득 메운 많은 병사들을 차갑게 둘러보며 말했다.

"내가 누군지는 너희들이 알 필요 없다."

"뭐라고?"

"길을 터라. 우리는 이곳을 곧 떠날 사람들이다."

"건방진."

순찰대장이 병사들에게 공격 신호를 보내려 할 때였다. 묵직한 목소리가 순찰대장의 옆에서 흘러나왔다.

"멈춰라."

순찰대장은 옆을 쳐다봤다. 슐노반이 서 있었다.

"슐노반 님."

"너희들이 상대할 수 있는 사람이 아니다. 내가 알아서 할 테니, 물러나 있어라."

순찰대장은 고개를 숙였다.

"명을 받들겠습니다."

순찰대장의 지시를 받은 병사들이 썰물처럼 뒤로 물러났다.

슐노반은 천천히 그라일라 일행에게 다가갔다.

그라일라를 뚫어지게 쳐다보던 슐노반은 그 옆에 서 있는 데카트를 바라봤다.

"오랜만이군, 족장의 아들."

"다, 당신은 슐노반."

데카트는 10여 년 전 거인족 사람들에게 잔인하게 살해된 슐노반의 가족을 기억하고 있었다.

"그래, 날 잊지 않고 있었군."

거인족 섬의 사람들 중에 유일하게 슐노반에게 돌팔매질을 하지 않은 사람이 바로 데카트였다.

데카트를 바라보던 슐노반은 그라일라에게로 시선을 돌렸다.

"대화를 나누고 싶소. 시간을 내주시오."

슐노반의 말에 그라일라가 냉랭하게 대꾸했다.

"너와 무슨 대화를 나눈단 말이냐? 나는 배를 타야 하니,

막지 마라."

"어느 배를 탈지는 모르나, 이 상태로는 그 배도 정상적으로 운항하기 힘들 것이오."

그라일라는 옆으로 고개를 돌려 멀리 선착장 방향을 쳐다봤다. 그녀와 일행이 탈 상선이 떠날 준비를 하고 있었다.

하지만 상선의 주인이 아무리 돈을 많이 받았다 해도 병사들이 막으면 배를 출발시키려 하지 않을 것이다.

그녀가 아무리 강해도 힘으로 모든 것을 해결할 수는 없는 노릇이다.

"어떻게 된 일인지 내가 알아야 지금의 이 상황이 원만히 해결되지 않겠소?"

그라일라는 미간을 찌푸리며 거리를 둘러싼 병사들을 훑어 봤다.

"실로 귀찮게 하는구나."

"그라일라 님."

데카르는 그라일라에게 속삭이듯 낮게 말했다.

"왜인지 모르지만 슐노반이 우리를 도우려는 것 같습니다. 배를 타기 위해서라도 그의 대화 요청을 받아들이시는 게 좋을 것 같습니다."

부상을 입어 상체가 피로 물든 데카르를 잠시 바라보던 그라일라는 고개를 돌려 슐노반에게 말했다.

"너는 내가 누군지 아느냐?"

"그렇소. 당신이 데카르트와 그곳을 떠날 때, 난 그 자리에 있었소."

슐노반이 말한 그곳이 거인족 섬이라는 것을 그라일라는 쉽게 짐작했다.

"그럼 그때 인간들을 데리고 온 것이 너였구나."

그라일라는 거인족 마을에서 듀크웨일과 싸운 후 바로 떠났기에 미처 슐노반의 존재를 인지하지 못하고 있었다.

슐노반은 그라일라의 질문에 침묵했다.

거인족 섬에서 벌어진 사건을 굳이 많은 사람들이 지켜보는 데서 언급할 이유는 없었다. 그것은 그라일라도 마찬가지였다.

"좋다, 대화에 응하겠다. 대신 우리가 탈 배에서 너와 대화를 하겠다."

슐노반은 고개를 끄덕였다.

"알겠소. 배로 갑시다."

"이 선실이 제가 사용하는 방입니다. 이 배에서 가장 넓은 곳이지요."

늙은 상인이 공손히 말하며 슐노반을 자신의 방으로 안내했다.

"넓은 탁자와 의자도 갖춰져서 여러 사람이 대화를 나눌 수 있습니다. 뒤에 창문도 있어서 시야도 좋습니다."

늙은 상인은 필요 없는 말까지 떠들어 댔다. 핀델슨 왕실을 무너트리는 데 지대한 공을 세운, 롤만 왕의 최강의 장수가 자신의 배에 나타났기 때문이다.

갑판 후미의 방을 가볍게 둘러보던 슐노반은 긴장한 상인에게 말했다.

"고맙소. 나는 저들과 대화가 끝나는 대로 이 배에서 내릴 것이오."

"예, 슐노반 님. 마실 거라도 준비해 드릴까요?"

"됐소. 출항이 늦어져서 미안하오."

슐노반이 창밖으로 보이는 항구 앞 강물을 바라보며 굵은 목소리로 말했다.

"아닙니다, 슐노반 님. 내일 떠나도 좋습니다."

"누가 내일 떠나도 좋단 말이냐!"

등 뒤에서 들리는 서늘한 목소리에 늙은 상인은 깜짝 놀라며 뒤를 돌아봤다.

선실 입구에 얼음처럼 차가운 인상의 그라일라가 서 있었다.

"약속한 대로 오늘 출항해라."

"무, 물론입니다."

상인은 그라일라를 어렵게 대했다. 조금 전 갑판에서 그라일라가 슐노반에게 하대를 하는 것을 목격했기 때문이다.

'분명 범상치 않은 신분일 거야.'

"당신은 그만 나가 보시오."

슐노반의 말에 상인은 공손히 허리를 한 번 숙인 뒤, 선실을 나갔다.

상인이 나가자 그라일라는 데카트와 함께 선실 안으로 들어갔다.

데카트는 상처를 치료하고 새 옷으로 갈아입은 상태였다.

"앉으시오."

자신의 방은 아니지만 두 사람에게 의자를 권한 후, 슐노반도 의자에 앉았다.

"여기서 이런 식으로 만나게 될 줄은 몰랐소. 다시는 만날 일이 없을 거라 생각했는데."

"너는 듀크웨일과 한패가 아니더냐? 그런데 왜 호의를 베푸는 척하는 것이냐? 네 의도가 궁금하구나."

"첫 번째, 난 듀크웨일과 한패가 아니오. 가족의 복수를 위해 그와 잠시 손을 잡았을 뿐. 지금은 가는 길이 전혀 다르오."

슐노반은 데카트를 바라봤다.

"내 가족에게 무슨 일이 있었는지, 그것은 옆에 앉아 있는 데카트에게 차후 들어 보시오."

"이미 들어서 알고 있다."

"그렇소?"

쓴웃음을 지은 슐노반은 말을 계속했다.

"두 번째, 난 호의를 베푸는 척하는 것이 아니오. 당신과 벌어질 큰 싸움을 막아 애꿎은 병사들의 희생을 막으려 하는 것일 뿐. 그러니 당신에게 호의를 베푸는 척하는 것이 아니라 아군을 위해 행동하는 것이오."

"적어도 솔직한 면은 있구나."

그라일라는 차가운 미소를 지었다.

슐노반이 중간에 개입하지 않았으면 거리는 병사들의 피로 물들었을 것이다.

"이제 아까 벌어진 일의 경위를 말해 줬으면 하오."

"내가 말할게요."

데카트가 나섰다. 일의 시작은 자신이었기 때문이다.

"거리에서 죽은 노인은 듀크웨일의 수하입니다. 상점에서 가게 주인을 죽이고 날 납치하려다 저렇게 된 거죠."

"듀크웨일의 수하라…… 음."

슐노반은 굳은 표정으로 미간을 잔뜩 좁혔다.

"믿지 못하겠다는 것이냐?"

그라일라의 말에 슐노반은 고개를 가로저었다.

"그게 아니라 이상해서 그러는 거요."

"뭐가 이상하단 말이냐?"

"듀크웨일이 당신을 쫓는 이유를 알고 있소?"

"흥! 뻔하지 않느냐, 내가 가진 용의 심장 때문이겠지."

슐노반은 활짝 열린 창문에서 들어오는 햇빛을 받아 반짝이는 그라일라의 긴 은발에 잠시 시선을 두다가 말했다.

"모르고 있구려. 단순히 용의 심장을 차지하기 위해서가 아니오. 그는 고대 용을 부활시키기 위해 그것이 필요했소."

"뭐라고?"

생각지도 못한 말이었다. 놀라는 그라일라에게 슐노반이 계속 말했다.

"용체와 용의 심장. 고대 용의 부활을 위해 필요한 것들이오. 이 중 용체를 확보한 듀크웨일은 용의 심장을 찾아 거인족 섬으로 가게 된 거요."

"그래서 그토록 끈질기게 날 쫓아왔던 것이구나."

그라일라의 눈빛이 차가워졌다.

"하지만 이제 고대 용의 부활은 물 건너갔소."

"무슨 소리냐, 그게?"

그라일라가 고개를 들어 슐노반을 쳐다봤다. 비록 순수 혈통을 가진 거인족보다 체구는 작았지만 슐노반은 보통의 인간들보다 훨씬 큰 존재였다.

그래서 가까이서 그의 얼굴을 보려면 고개를 들 수밖에 없었다.

"듀크웨일이 숨겨 놓은 용체가 파괴돼 재로 변했기 때문이오."

"하하하, 꼴좋군. 그라일라 님을 괴롭히더니 말이야."

데카르트가 기뻐하며 웃음을 터트렸다.

그라일라는 잠시 생각하다 차분하게 말했다.

"용체가 파괴되다니, 자연적으로 그리될 리는 없을 텐데. 누가 용체를 부순 것이냐?"

"미안하지만 그건 말해 줄 수 없소. 이해해 주시오."

"흠, 그래?"

그라일라가 노려봤지만 술노반은 입을 꾹 다물었다.

'대체 누구일까?'

그라일라는 속으로 크게 놀라고 있었다. 용이 남긴 것들은 모두 인간들이 쉽게 다룰 수 없었다. 또한 그만큼 큰 가치가 있었다.

용체 역시 마찬가지였을 것이다.

'용체를 부수다니. 지금 이 세상 사람들 중에 그만한 이가 있던가?'

용의 심장의 힘으로 무려 천 년이나 살아온 그라일라는 용과 관련된 물건이 얼마나 대단한 것들인지 누구보다 잘 알고 있었다.

그렇기에 용체를 파괴한 사람을 궁금해할 수밖에 없었다.

"그런데 이런 이야기를 왜 내게 해 주는 것이냐?"

"오늘 일과 관련이 있어서요. 용체는 파괴됐고, 고대 용의 부활도 불가능하게 됐소. 용의 심장이 전처럼 반드시 필요한 상황이 아닌데, 오늘 같은 사건이 벌어졌으니 이상하지 않소? 게다가 치밀한 계획 아래 행한 납치도 아닌 것 같고."

"네 말뜻은 알겠다. 하지만 그게 뭐가 중요하겠느냐? 나는 일의 과정 따윈 관심 없다. 앞으로 내 눈에 듀크웨일의 수하들이 보이면 불문하고 다 죽이겠다."

차갑게 말을 한 그라일라는 자리에서 일어섰다.

"이제 되었느냐?"

"서대륙엔 왜 가는 것인지 물어봐도 되겠소?"

슐노반은 천천히 의자에서 일어서며 물었다.

"알 필요 없다. 너도 용체를 파괴한 자가 누구인지 말하지 않았잖느냐?"

"하하하! 그것을 마음에 담아 두고 계셨소?"

슐노반이 큰 소리로 웃자 그것을 지켜보는 데카트는 마음이 조마조마했다.

혹시 심기가 불편해진 그라일라가 슐노반에게 손을 쓸까 싶어서였다. 하지만 다행히 그런 일은 벌어지지 않았다.

"흥!"

그라일라는 차가운 표정으로 몸을 돌렸다.

세 사람은 방을 나서 갑판으로 향했다.

갑판엔 순찰대장이 이끄는 병사들이 도열해 있었고, 그 뒤로 바킬라가 병사들 흉내를 내며 창을 든 사람처럼 부동자세로 서 있었다.

갑질하는 영주님

"저 사람은 누구지?"

슐노반이 병사 흉내를 내는 바킬라를 눈으로 가리키며 데카트에게 물었다.

"그게…… 짐꾼요. 짐이 많아져서."

"짐꾼?"

피식 웃은 슐노반은 갑판 중앙에 멈춰 섰다. 그는 그라일라를 바라보며 나지막하게 말했다.

"협조해 줘서 고맙소. 그리고 난 개인적으로 당신에게 깊은 위로를 전하고 싶소. 내가 만약 그 긴 세월 동안 동굴에 갇혀 있었다면, 나는 아마 미쳤을 것이오."

그라일라의 눈빛이 흔들렸다.

"그럼 잘 가시오."

돌아선 슐노반은 순찰대장에게 명했다.

"철수한다."

"예, 슐노반 님."

슐노반이 병사들과 함께 하선하자, 데카트는 길게 숨을 토하며 그라일라에게 말했다.

"죄송합니다. 제가 조심했으면 이렇게 시끄러운 상황은 벌어지지 않았을 겁니다."

"네 잘못이 아니다. 상인에게 가서 배를 출발시키라고 해라."

그라일라는 배에서 내린 슐노반의 뒷모습을 한동안 바라

보다가 몸을 돌려 선실로 들어갔다.

"이안 영주님이 오셨다고?"

말에서 내린 아리나 요새 사령관 그렉이 부관을 쳐다봤다.

"그렇습니다, 사령관님. 슐노반 경을 만나기 위해 오셨습니다."

"귀한 분이 오셨군. 그래, 지금 어디 계시느냐?"

롤만 왕이 깊이 신뢰하는 대신 그렉이 반가워하며 말했다.

"슐노반 경이 요새 밖에 계셔서 일단 사령부 접견실로 모셨습니다. 그게 격에 맞는 것 같아서 말입니다."

부관의 말에 그렉은 빙그레 웃으며 그의 어깨에 손을 올렸다.

"잘했다. 내가 이안 영주를 만나고 싶어 하는 것을 알고 있었더냐?"

"전부터 제 앞에서 그런 말씀을 자주 하셨지 않습니까?"

롤만 왕이 왕성에서 즉위식을 가질 때 그렉은 롤만을 대신해 그의 대영지를 관리하느라 그 자리에 참석하지 못했었다.

그래서 이안이 왕성에서 큰 활약을 한 것을 소식으로만 들었다.

'이안 영주가 아니었으면 그날 큰일이 났을 테지.'

왕성의 일 때문인지 그렉은 이안을 더 높이 평가하고 있었다.

아리나 요새 인근에 위치한 방어 진지를 점검하고 돌아온 그렉은 요새 중심부에 위치한 사령부 본관 건물 안으로 들어갔다.

20여 년 전, 롤만 왕과 함께 대영주 가문 쟁탈전에 참전하기도 했던 그렉은 어느새 백발이 성성한 노인이 되었지만, 여전히 눈빛은 살아 있었다.

'과연 어떤 사람일까? 소문대로일까?'

잔뜩 기대를 품은 그렉은 접견실 문을 열고 안으로 들어갔다.

슐노반을 기다리다 잠이 쏟아진 이안은 등받이가 높은 의자에 머리를 기댄 채 졸다가 문이 열리는 소리에 급히 눈을 뜨고 앞을 쳐다봤다.

갑옷 차림의 나이 지긋한 노인이 문 앞에 서 있었다.

"험, 죄송합니다. 문을 두드리고 들어왔어야 하는데요."

"아, 아닙니다."

당황한 이안이 입가를 닦으며 의자에서 서둘러 일어섰다.

슐노반이 오겠거니 하며 편히 잠이 들었는데, 뜻밖에도 다른 사람이 들어왔다.

"처음 뵙겠습니다. 아리나 요새 사령관 그렉이라고 합니다."

그렉이 이안에게 다가와 정중히 인사를 건넸다.

"아, 그렉 사령관님이셨군요. 알베른의 영주 이안 알베른입니다. 만나서 반갑습니다."

이안이 어색하게 웃으며 인사를 했다.

"요새를 방문하셨다는 소식을 듣고 인사차 왔습니다. 불쑥 찾아와 결례를 한 것은 아닌지 모르겠습니다."

"결례라니요, 서로 만나 인사를 나누는 것이 무슨 결례가 되겠습니까? 더군다나 이곳은 사령관님의 요새가 아닙니까? 잘 오셨습니다."

이안은 언제 졸았냐는 듯 맑은 눈빛으로 겸손히 말했다.

"그리 말씀해 주시니, 마음이 좀 놓입니다."

"앉으시지요. 접견실 의자가 푹신하니 좋더군요. 덕분에 조금 전까지 꿀잠을 잤습니다."

이안이 담백하게 웃으며 말했다.

'허어, 역시 듣던 대로 소탈하고 꾸밈이 없군. 그랬기에 전하의 인정을 받는 것이겠지.'

그렉은 한눈에 이안의 됨됨이를 꿰뚫어 봤다.

그렉은 이안의 맞은편에 앉으며 부드럽게 말했다.

"제가 요새 사령관으로 부임하니 아리나 도시의 귀족들이 의자를 몇 개 선물했습니다. 제 집무실에 놓자니 말씀하신 대로 너무 편안해서 업무에 집중이 안 되더군요. 그래서 접견실에 놓아둔 게 이 의자들입니다."

"그렇군요. 어쩐지 잠이 솔솔 온다 했습니다."

이안이 의자 팔걸이를 손으로 어루만졌다.

"마음에 드신다면 돌아가실 때 이 의자를 같이 보내드리겠습니다."

"예? 하하하!"

이안은 소리 내어 웃으며 손사래를 쳤다.

"말씀은 감사하나, 잠이 오는 의자를 가지고 있으면 제가 게을러질 것 같군요. 이 의자들은 접견실 손님들에게 잠시나마 편안함을 주는 용도로 쓰이는 게 가장 좋을 것 같습니다."

"그렇습니까?"

미소를 지으며 이안을 물끄러미 바라보던 그렉이 입을 뗐다.

"늦었지만 감사합니다, 이안 영주님."

"뭐가 말입니까?"

이안이 의아한 눈빛으로 그렉을 쳐다봤다.

"왕성에서 전하를 도와주시지 않았습니까? 중립을 선언하셨던 분이 그런 결정을 내리시기 쉽지 않았을 것입니다."

"그 일 말씀이시군요."

이안은 식어 버린 찻잔을 잠시 바라보다가 답했다.

"섭섭하실지 모르나, 제가 나선 것은 전하를 위해서가 아니었습니다. 피에테와 그 무리로 인해 왕성 사람들이 극심한 피해를 당하기에 나선 것입니다."

"의도야 그렇다 해도 전하를 도운 것은 변함이 없습니다. 전하께서 즉위식을 무사히 마치셨다는 소식을 멀리서 듣고 얼마나 다행이다 싶었는지……."

그렉은 그 당시가 생각나 감정이 복받쳤는지 눈시울을 붉히며 접견실 천장을 올려다봤다.

"괜찮으십니까?"

이안은 살짝 당황하며 물었다. 노장 그렉은 감정이 풍부한 사람 같았다.

"죄송합니다. 전하께서 왕이 되신 것을 생각하면 아직도 이 심장이 두근거리고 과거에 고생했던 많은 일들이 떠올라 눈물을 참을 수가 없습니다."

급기야 눈물을 떨어뜨린 그렉이 주름 가득한 손으로 눈가를 훔쳤다. 눈물이 멈추지 않자 그렉은 당혹스러워했다.

"부끄럽습니다, 이안 영주님. 이러려고 온 것이 아닌데."

"아닙니다. 이해합니다."

이안은 깨끗한 손수건을 꺼내 그렉에게 내밀었다.

"이것을 사용하십시오."

"고맙습니다."

그렉은 손수건을 받아 눈물을 닦아 냈다. 벅차오르던 감정이 진정되자 그렉이 민망한 듯 말했다.

"영주님의 손수건을 더럽혔군요."

"손수건이야 원래 그런 용도가 아니겠습니까? 신경 안 쓰셔도 됩니다."

이안은 손수건을 받아 그대로 품 안에 넣었다.

그렉이 우는 모습을 보자 이안은 영지에 있는 자신의 신하들이 떠올랐다.

그들도 그렉처럼 이안을 위해 눈물을 흘릴 수 있는 사람들이었다.

'고마운 사람들.'

영지의 신하들을 생각하던 이안의 귓가로 그렉의 말이 들려왔다.

"부관에게 듣기론 슐노반 경을 만나기 위해 오셨다고 하던데."

"그렇습니다. 한편으론 소문이 자자한 아리나 요새가 궁금하기도 했고요."

"그러셨군요."

미소를 지은 그렉은 고개를 끄덕이며 자리에서 일어섰다.

"그럼 안내할 사람을 보내 드릴 테니, 요새를 둘러보시지요. 슐노반 경이 언제 요새로 복귀할지 모르니까요."

"그래도 되겠습니까?"

이안도 그렉을 따라 자리에서 일어섰다. 언제 올지도 모르는 슐노반을 접견실에서 계속 기다리는 것도 따분한 일이었다.

아리나 도시를 벗어나 말을 타고 홀로 요새로 복귀하던 슐노반은 숲길에서 말을 멈춰 세웠다.

나무 뒤에서 갑자기 후드를 깊게 눌러쓴 사람이 걸어 나와 그의 길을 막아섰기 때문이다.

슐노반은 차가운 시선으로 그를 내려다보며 말했다.

"무슨 일이냐?"

길을 막은 사람이 후드를 등 뒤로 넘겨 얼굴을 드러냈다.

"안녕하셨소, 슐노반 경."

"너……"

회색 눈동자를 가진 주름 가득한 노인을 바라보던 슐노반이 말에서 내렸다.

얼굴을 보인 자는 거인족 섬에 갈 때 동행했었던 듀크웨일의 신하인 마법사 세인스였다.

"슐노반 경이 아리나에 있을 줄은 몰랐소."

"나도 의외다. 너희가 그라일라를 자극해 이 아리나를 위험에 빠트리려 했다는 것이."

싸늘한 표정의 슐노반이 세인스의 복부를 주먹으로 가격했다. 깜짝 놀란 세인스가 급히 푸른빛의 마법 방패로 몸을 보호했다.

쾅!

벼락 치는 소리와 함께 마법 방패가 산산조각 나며 세인스의 몸이 실 끊어진 연처럼 뒤로 날아갔다.

"뭐 하는 짓이냐!"

숲에서 숨어 지켜보던 원로 그레네스가 튕기듯 뛰어나와 슐노반에게 검을 휘둘렀다.

수십 가닥의 붉은 검기들이 슐노반을 향해 폭풍처럼 날아갔다.

슐노반은 맹렬한 기세로 날아오는 붉은 검기들을 주먹으로 가볍게 막아 내며 그레네스에게 쇄도했다.

콰콰콰쾅!

슐노반의 주먹에 맞은 검기들이 큰 소리와 함께 힘없이 사라졌다.

그레네스는 쇄도해 오는 슐노반을 피하지 않고 콧방귀를 뀌며 마주 검을 휘둘렀다.

"네놈이 얼마나 강한지 보자꾸나!"

싸울 의도로 온 것은 아니었지만 그레네스는 호승심이 생겼다. 용암처럼 이글거리는 그레네스의 포스검이 슐노반의 전신을 압박하며 다가왔다.

그녀는 황실 원로 중에서도 실력을 인정받은 초강자였다.

순간적으로 각성을 한 슐노반이 푸른 빛이 어린 팔뚝으로 그레네스의 검을 막아 냈다.

그리고 눈이 커진 그레네스의 옆구리를 반대편 주먹으로

순식간에 강타했다.

콰앙!

포스의 기운으로 옆구리를 보호했지만 그레네스는 전신이 부서지는 듯한 충격을 받으며 조금 전 세인스가 튕겨져 들어 갔던 숲 방향으로 날아갔다.

쿠쿠쿵!

나무를 여러 그루 부러뜨리며 땅에 처박힌 그레네스는 피를 울컥 토하며 앞을 쳐다봤다.

슐노반이 숲 안으로 천천히 걸어 들어오고 있었다.

"이놈!"

그레네스가 검을 움켜쥐고 일어서서 다시 싸우려 할 때, 세인스가 그녀 앞을 가로막으며 소리쳤다.

"진정하시오, 슐노반! 우린 싸우려고 온 것이 아니오!"

"아리나는 내가 지키는 곳이다."

"그것을 우리가 어떻게 알았겠소? 우린 아리나에 피해를 주려고 온 것이 아니오. 믿어 주시오."

세인스의 말에 슐노반은 발걸음을 멈췄다.

"그라일라 일은 어떻게 된 것이냐?"

"동료 원로가 독단적으로 벌인 일이오. 우리가 알았을 땐 이미 마녀의 손에 그가 죽어 있었소. 그리고 당신이 나타났고."

세인스는 복부가 아팠는지 미간을 잔뜩 찌푸리며 말했다.

차가운 시선으로 세인스와 그 뒤에 검을 들고 서 있는 그레네스를 바라보던 슐노반은 근처 바위에 엉덩이를 걸쳤다.

"너희들은 듀크웨일의 명령에 절대복종하는 자들이 아니던가? 그런데 어떻게 그자가 독단적으로 일을 벌인 것이냐?"

"그건……."

잠시 망설이던 세인스는 사실대로 말했다. 슐노반은 이미 자신들에 대해 많은 것을 알고 있어서 숨긴다는 것이 무의미했다. 오히려 오해를 풀어 황제의 부담을 줄여 줘야 한다.

"폐하께서 마녀를 추적하는 일을 중단하라고 명하셨소. 하지만 죽은 딜울프 원로는 그것을 받아들이지 못하고 오늘 일을 벌인 것이오. 아무래도 그것이 폐하를 진정으로 위하는 길이라고 믿었던 것 같소."

세인스는 무거운 눈빛으로 말했다.

"네 말대로라면 그가 그라일라를 공격했어야지, 왜 일행을 납치하려고 한 것이냐?"

"마녀를 어찌 혼자 감당할 수 있겠소? 딜울프는 용의 심장을 노린 것이 아니오."

"그럼 무슨 짓을 하려 한 것이냐?"

"딜울프는 마녀의 행보에 뭔가 비밀이 숨겨져 있다고 믿고 있었소. 그래서 그 비밀을 알아내면 폐하께 큰 도움이 될 거라 생각하고 마녀의 수족인 젊은 녀석을 납치하려 한 것이오."

"흠, 그라일라의 행보에 비밀이 숨겨져 있다라……."

슐노반은 서대륙행 배를 타고 떠난 그라일라의 얼굴을 떠올렸다. 세인스 말대로 어떤 목적이 있어서 움직이는 것 같긴 했다.

"날 왜 찾아온 것이냐?"

슐노반은 팔짱을 끼고 두 사람을 바라봤다.

그레네스는 어느새 검을 거두고 세인스 옆에 서 있었다.

세인스는 쿨럭거리다가 말했다.

"부탁할 게 있어서 왔소. 죽은 동료의 시신을 우리에게 넘겨주시오. 무덤이라도 만들어 주고 싶소."

"그것 때문에 왔나?"

"그렇소. 당신과 우리들은 모르는 처지도 아니니 선의를 베풀어 주면 고맙겠소. 부탁드리오."

세인스는 정중하게 부탁을 했다.

슐노반은 잠시 생각하다가 바위에서 일어섰다.

"내일 아리나 관청으로 가서 그의 시신을 찾아가라. 내가 말을 해 놓겠다."

"고맙소."

슐노반이 승낙을 하자 세인스가 착잡한 표정으로 감사를 표했다.

죽은 딜울프와 매번 의견이 달라 언쟁을 벌였어도 그는 평생을 함께한 동료였다.

추적대를 함께 이끈 세인스와 그레네스는 딜울프의 죽음에 깊이 슬퍼하고 있었다.

슐노반은 두 사람을 바라보다가 몸을 돌려 자신의 말이 있는 곳으로 걸어갔다.

그리고 다시 요새로 향했다.

'아름다운 풍경이야.'

아리나 요새 성벽 위에서 이안은 이리아니강을 바라보고 있었다.

풍요의 신으로부터 이름을 따온 이리아니강은 내륙에서 발원해 바다로 흐르는 큰 강이다.

따사로운 햇빛 속에 배들이 오가는 모습이 무척 낭만적으로 보였다.

하지만 인근에 롤만 왕의 전함들이 강변을 따라 길게 정박해 있어서인지 불안해 보이기도 했다.

요새 성벽 위에서 벨로린을 대표하는 강을 응시하던 이안은 옆으로 시선을 돌렸다.

'신형 투석기뿐만 아니라 저런 것도 가져다 놨군.'

성벽 중간중간 세워진 첨탑에는 거대 쇠뇌가 설치되어 있었고 그것들은 강을 지나는 배들을 겨누고 있었다.

다섯 명이 한 조가 되어 작동시키는 거대 쇠뇌는 초강자의 몸도 갈기갈기 찢어 버릴 만큼 위력적인 화살을 날려 보낼 수 있었다.

이 쇠뇌들은 롤만이 신형 투석기를 보낼 때 함께 보낸 것으로, 이것들 역시 신형 투석기를 설계한 장인의 손을 거친 물건들이었다.

정확도와 위력이 개선된 신형 쇠뇌들이 아리나 요새 첨탑에 수없이 배치된 것이다.

"이안 영주!"

첨탑을 바라보던 이안이 몸을 돌려 뒤를 쳐다봤다.

슐노반이 성큼성큼 걸어오고 있었다.

"아리나에 진짜 왔구려."

이안 앞에 도착한 슐노반이 반가운 얼굴로 웃으며 말했다.

"당연하지. 난 빈말은 안 해."

"나 때문에 온 게 아니라, 이 요새가 궁금해서 온 것이 아니오?"

이안은 헛기침을 하며 답했다.

"뭐, 그게 그거지. 그냥 요새만 둘러보고 갈 수도 있었다고."

"하하하! 아무튼 잘 와 주었소. 자, 내 숙소로 갑시다."

슐노반은 이안과 성벽을 내려가며 말했다.

"오래 기다리게 해서 미안하오."

"미안해할 것 없어. 내가 무작정 찾아온 거잖아."

"그렉 사령관에게 들었소. 접견실에서 만났다고 말이오."

"맞아, 의자가 편안해서 잠을 자고 있었는데, 눈떠 보니 서 있더라고."

이안이 머리를 긁적이며 말을 하자 계단을 내려가던 슐노반은 웃으며 담담히 말했다.

"사령관이 저녁 식사에 영주를 초대하고 싶다고 하던데, 어떻게 하시겠소?"

"어떡하긴, 당연히 가야지. 벌써부터 배가 고프다고."

"그럼 내 숙소에서 간단히 술로 목을 축이고 저녁은 그와 함께 먹읍시다."

성벽에서 내려온 이안과 슐노반은 넓은 아리나 요새 내부를 걸은 끝에 슐노반의 숙소에 도착했다.

"이곳이 내가 머무는 곳이오."

이안은 슐노반의 거처를 바라봤다. 요새 안에 있는 별관 중 한 곳이었다.

"혼자 지내나?"

"아니오. 내 시중을 드는 병사가 한 명 있소."

슐노반이 문을 두드리며 말했다.

하지만 문을 두드려도 안에서 나오는 사람이 없었다.

"곧 나올 거요."

슐노반은 이안을 계속 세워 두기 미안했는지 헛기침을 하며 재차 문을 두드렸다. 슐노반이 손에 힘을 조금 줬는지 커다란 별관의 문이 들썩일 정도로 문이 요란하게 흔들렸다.

슐노반이 몇 차례 문을 두드린 끝에 앳된 병사가 허겁지겁 문을 열고 나왔다. 별관에 배속되어 슐노반의 시중을 드는 어린 병사였다.

"다녀오셨습니까, 슐노반 님."

병사는 다급히 뛰어왔는지 숨소리가 거칠어져 있었다.

"왜 이리 늦게 문을 여는 것이냐? 또 졸고 있었던 것이냐?"

"아, 아닙니다. 벽난로 청소를 하느라 오신 줄 몰랐습니다."

손과 얼굴에 검은 가루가 묻어 지저분한 병사의 모습에 슐노반은 피식 웃으며 말했다.

"인사해라. 이분은 알베른의 영주님이시다."

깜짝 놀란 병사는 고개를 조아리며 공손히 인사를 했다. 소문으로만 접한 명성 높은 알베른의 영주였다.

"제3별관 배속병 루크라고 합니다! 영주님을 뵙게 되어 영광입니다!"

"그래, 루크 병사. 반갑구나. 몇 살이냐?"

"열다섯입니다!"

루크는 힘차게 대답했다.

"그래, 나이는 어리지만 패기는 대단하구나."

"감사합니다!"

이안이 루크의 어깨를 부드럽게 토닥이고는 슐노반을 따라 집 안으로 걸어 들어갔다.

'내 어깨를 두드려 주셨어.'

숙였던 고개를 든 루크는 흥분된 얼굴로 현관문을 닫고 뒤돌아섰다.

슐노반과 이안이 거실로 향하고 있었다.

급히 뛰어간 루크가 슐노반에게 말했다.

"차를 준비해 드릴까요?"

"차는 됐고, 술을 가지고 오너라."

"예, 슐노반 님!"

루크가 급히 술을 가지러 갔다. 그 뒷모습을 잠시 바라보던 이안이 거실 의자에 앉으며 조용히 물었다.

"나이 어린 병사를 둘 정도로 이곳에 병사가 부족한가?"

"하하하! 그럴 리야 있겠소."

슐노반은 탁자를 사이에 두고 이안과 마주 앉았다.

"저 나이대의 병사는 이 요새에서 루크가 유일하오. 사고로 죽은 부친의 뒤를 이어 특별히 이른 나이에 병사가 되었소. 부친이 죽으며 고아가 된 루크는 부친이 병사로 근무하던 이 아리나 요새가 집이나 마찬가지요."

"그런 사정이 있었군."

이안은 고개를 끄덕였다.

"여기 술을 가지고 왔습니다."

루크가 탁자 위에 술병과 술잔을 조심스럽게 내려놓았다.

"수고했다. 이안 영주님과 긴히 나눌 말이 있으니 그만 물러가라."

"알겠습니다, 슐노반 님. 저어 그런데 저녁은 어떻게……."

"사령관님과 함께 저녁을 먹기로 했으니 준비할 필요 없다."

"예, 그럼 물러가겠습니다. 필요하신 게 있으면 불러 주십시오."

예의 바르게 인사를 한 루크는 두 사람을 방해하지 않기 위해 거실을 나섰다.

"아리나 요새를 둘러보시니 어떻소? 로즈 가문이 피눈물을 흘리게 될 것 같소?"

슐노반이 이안의 술잔에 술을 따라 주며 물었다.

"아무리 난공불락의 요새라도 결국 사람이 지키는 곳이 아닌가?"

"하하하!"

호탕하게 웃은 슐노반이 자신의 커다란 술잔을 손에 들었다.

"맞는 말씀이오. 요새가 아무리 튼튼하고 신형 투석기를 배치한다 해도 결국 싸움은 사람이 하는 것이지. 드십시다."

두 사람은 잔에 가득한 술을 한 번에 비웠다.

"오늘 도시에서 그라일라를 만났소."

슐노반의 빈 잔에 술을 따라 주려고 술병을 들던 이안이 동작을 멈추고 그를 바라봤다.

"내가 알고 있는 그 그라일라 말인가?"

"그렇소."

이안은 슐노반에게 술을 따라 준 후 자신의 잔에도 술을 따랐다.

"놀랍군. 그녀가 이렇게 가까운 곳에 있었다니."

느슨해졌던 이안의 마음가짐이 일순간에 팽팽하게 조여지며 날카로워졌다.

용의 심장을 가진 그라일라는 그 존재 자체만으로 이안에게 경각심을 줄 수 있는 사람이었다.

"지금도 이곳에 있나?"

"아니오. 아까 항구에서 서대륙행 상선을 타고 도시를 떠났소."

술을 한 모금 한 슐노반은 오늘 그라일라를 만나게 된 과정을 이안에게 말해 주기 시작했다.

흥미로운 시선으로 데카트 납치 시도와 그라일라의 등장, 배 안에서의 대화, 그리고 죽은 동료의 시신을 찾기 위해 슐노반 앞에 나타난 세인스 이야기까지 모두 들은 이안은 고개를 끄덕이며 말했다.

"다행이군. 그라일라를 잘 구슬려서 큰 싸움이 벌어지는 것을 막았으니."

"그라일라가 차가운 성격이긴 했지만 직접 대화를 나눠 보니 말이 안 통하는 상대는 아니었소. 먼저 공격하지만 않으면 피해를 입힐 것 같지도 않았고."

"잘됐군. 그녀를 자극하지만 않으면 세상은 평화롭겠어."

용의 심장을 가진 그라일라를 상대하려면 세상은 많은 피를 흘려야 할지 모른다.

굳이 그럴 이유는 없었다.

'스스로가 원해서 용의 심장을 가지게 된 것도 아니고.'

천 년 전 족장인 부친에 의해 용의 심장을 갖게 된 그라일라에 대해 이안은 인간적인 동정심을 가지고 있었다.

'천 년을 동굴에 갇혀 지내다니.'

이안은 옆에 서 있는 블란조르를 바라봤다. 블란조르처럼 그라일라도 큰 고통을 겪은 것이다.

"그나저나 듀크웨일이 용의 심장을 포기했군. 비록 원로 중 한 명이 오늘 사고를 치긴 했지만."

"늦게나마 정신을 차린 것 같아 다행이오. 에스카도 듀크웨일 옆에서 덜 고생할 테고."

술노반이 에스카 얘기를 꺼내자 이안은 은근히 말했다.

"아무래도 에스카를 좋아하는 것 같단 말이야."

"또 그 소리요? 아니라니까 몇 번을 말하오!"

슐노반이 얼굴을 붉히며 언성을 높이자 이안은 빙그레 웃으며 술을 들이켰다. 술잔을 탁자에 내려놓은 이안이 물었다.

"그나저나 그라일라가 왜 서대륙으로 가는 걸까?"

"물어봤지만 대답해 주지 않았소."

"동대륙이 갑자기 싫어졌을 리는 없겠고, 뭔가 이유가 있겠지?"

"이유가 있겠지."

슐노반도 동의하듯 고개를 끄덕였다.

"서대륙에 가 본 적 있나?"

이안의 물음에 슐노반은 술잔을 들며 말했다.

"이야기는 많이 들었지만 직접 간 적은 없소."

"나도 그래. 한번 가 보긴 해야 하는데."

대형 상선이 넘실거리는 이리아니강의 강물을 헤치며 앞으로 나아가고 있었다.

어두운 밤이 되자 바람이 강해졌고 강물의 출렁임도 낮보다 더 심해졌다. 바다의 심한 파도에 비할 바는 아니었지만 밤새 배 안의 사람들을 괴롭힐 정도는 됐다.

많은 물품을 싣고 멀리 서대륙으로 향하는 늙은 상인은 좌우로 흔들리는 배의 벽을 잡고 한 선실 앞에 섰다.

"이보게, 데카트!"

상인이 선실 문을 두드리며 데카트의 이름을 불렀다. 잠시 후, 데카트가 선실 문을 열고 고개를 내밀었다.

"부르셨습니까?"

"잠깐 들어가도 되겠나?"

"예, 들어오세요."

상인은 데카트와 바킬라가 사용하는 작은 선실로 들어갔다. 그라일라는 옆 선실을 홀로 사용하고 있었다.

원래 선실 하나만 내어 주려고 했으나, 슐노반이 그라일라를 정중히 대하는 것을 보고는 상인은 선실을 하나 더 제공한 것이다.

"다쳤다는 곳은 괜찮은가?"

"좀 아프긴 하지만 그럭저럭 견딜 만합니다. 한데, 무슨 일로……."

상인은 코를 후비고 있는 바킬라를 힐끔 쳐다본 뒤 데카트에게 가지고 온 약통을 건넸다.

"받게, 이 약을 바르면 다친 곳이 빠르게 나을 것이네."

"무슨 약입니까?"

데카트는 주먹만 한 약통을 받으며 물었다.

"알베른 외상약이네."

"알베른 외상약요?"

데카르트는 처음 들어 본다는 듯 고개를 갸웃했다.

"어허, 자네 이 유명한 약을 모르나? 알베른 영지에서만 생산되는 아주 효험이 뛰어난 외상약이네. 지금까지 나온 외상약 중에서 가장 뛰어난 약이지."

"그렇습니까?"

데카르트는 상인이 준 약을 새삼스럽게 쳐다봤다.

"웃돈을 줘야 구할 수 있는 만큼 인기가 좋아. 아마 오늘 바르면 내일은 거동하기가 훨씬 수월할 거네."

"귀한 약이군요. 고맙습니다. 잘 쓰겠습니다."

데카르트가 기뻐하자 상인이 헛기침을 하며 의자에 앉았다. 그리고 은근한 어조로 물었다.

"궁금한 게 있는데 물어봐도 되겠나?"

"예, 물어보십시오."

"자네가 모시는 분의 진정한 신분이 무엇인가? 낮에 보니 보통 분이 아니신 것 같은데."

데카르트는 난감한 표정을 지었다.

"서대륙을 가려면 한참을 가야 하는데 내가 그분이 누군지 알아야 제대로 대접할 수 있지 않겠는가?"

상인은 그라일라의 진정한 신분이 궁금했다. 그래서 아끼는 약을 주며 정보를 얻으려 했다.

"그냥 제 주인님이십니다. 특별히 말씀드릴 신분은 없습니다."

"그럴 리가 있나. 슐노반 경이 조심하는 것을 보면 존귀한 신분일 텐데."

"정말입니다."

"그러지 말고 좀 알려 주면 안 되겠나?"

코를 후비던 바킬라가 상인의 어깨를 툭 치며 나섰다.

"그냥 주인이라잖아요."

"지금 코 후비던 손으로 날 친 건가?"

불쾌한 표정으로 자리에서 일어난 상인이 바킬라를 노려봤다.

"어깨를 만진 건 이쪽 손인데요?"

바킬라가 말을 하며 오른손을 들었다. 그런데 갑자기 바킬라의 손이 손목과 붙어 있지 않는 것처럼 한 바퀴 회전을 했다.

"어어!"

손이 마차 바퀴처럼 돌아가는 믿을 수 없는 모습에 상인이 뒷걸음질을 쳤다.

"왜 놀라죠?"

바킬라가 웃으며 다시 한번 손을 회전시켰다.

"그만해요."

바킬라의 앞을 가로막은 데카르트가 상인에게 사과를 했다.

"죄송합니다. 이 형이 장난이 심해요. 그리고 손은 의수예요."

"그, 그렇지? 사람인 이상 저럴 수가 없지."

이마에 흐르는 식은땀을 닦아 낸 상인은 웃고 있는 바킬라를 쳐다봤다.

낮에 갑판에서 병사들 흉내를 낼 때부터 좀 이상하다 싶었다.

'장난이 심한 게 아니라, 좀 덜떨어진 것 같은데.'

미간을 찌푸린 상인은 헛기침을 하며 말했다.

"쉬게."

"약 잘 쓰겠습니다."

데카르트는 상인이 나가자 바킬라에게 말했다.

"상인과 문제를 만들면 안 돼요. 갈 길이 멀잖아요."

"미안해. 그래도 내가 귀찮게 하는 상인을 쫓아냈잖아."

웃고 있는 바킬라를 어이없다는 듯이 쳐다보던 데카르트는 상의를 벗었다.

진짜 약이 효과가 있는지 발라 볼 생각이었다.

'이게 그렇게 대단하다고?'

가슴을 감싼 피가 묻은 천을 풀어낸 데카르트는 약통을 열었다. 머리를 시원하게 해 주는 상쾌한 향이 났다.

"내가 발라 줄게."

"아니에요. 제가 바를게요."

데카르트는 약을 손에 듬뿍 묻혀 가슴에 난 검상에 발랐다.

약이 순식간에 꿰맨 상처에 스며들었고, 잠시 후엔 통증이 가라앉았다.

"형, 진짜 이 약 좋은데요? 바르자마자 효과가 느껴져요."

"그래? 다행이다."

상처 부위에 약을 넉넉하게 바른 데카트는 천으로 다시 가슴을 감싸고 상의를 입었다.

바킬라는 그 모습을 바라보다가 물었다.

"넌 언제까지 그라일라를 따라다닐 거냐?"

"영원히요."

"네 수명은 길어야 백 년일 거야. 그라일라는 네가 죽은 후에도 계속 살아 있겠지. 그래도 따라다닐 거냐?"

바킬라는 나무 침대에 걸터앉으며 물었다.

데카트는 약통을 가방에 넣고 뒤돌아섰다. 그의 눈빛엔 결연한 의지가 담겨 있었다.

"물론이죠."

그렉이 초대한 저녁 식사 자리엔 그의 장성한 아들들도 있었다. 모두 네 명이나 되었고, 그들 모두 뛰어난 장수들이었다.

이안을 저녁 식사에 초대한 것은 자식들을 그에게 소개하기 위한 그렉의 의도도 포함되어 있었다.

물론 나쁜 의도는 아니었기에 이안은 미소를 지으며 슐노반과 함께 저녁 식사를 잘 마치고 별관으로 돌아왔다.

"이안 영주, 이제 본격적으로 술을 마십시다. 루크, 술은 가지고 왔느냐?"

"예, 사령부 식당에서 슐노반 님의 명이라 말하고 술을 받아 왔습니다."

루크는 낑낑대며 자신의 몸통만 한 술통을 들고 와 거실 탁자 옆에 내려놨다.

"수고했다. 내가 싸우는 법을 나중에 또 한 수 가르쳐 주마."

"감사합니다."

루크는 밝은 표정으로 물러갔다.

이안은 술통의 뚜껑을 열고 꽃병처럼 생긴 병에 술을 퍼 담아 탁자 위에 올려놓는 슐노반에게 물었다.

"저 병사에게 싸우는 기술을 전수해 주고 있었나?"

"내 수발을 드는 것도 인연인데, 그 정도는 해 줄 수 있지 않겠소?"

슐노반의 말에 이안은 옅은 미소를 지었다. 부모 없이 요새를 집 삼아 있는 어린 병사가 마음에 쓰인 것 같았다.

"자, 마십시다."

슐노반은 일부러 아리나 요새까지 찾아 준 이안이 고마웠는지 시종일관 미소를 짓고 있었다.

술잔을 부딪친 두 사람은 크게 웃으며 술을 마시기 시작했다. 이미 적지 않게 술을 마셨지만 두 사람은 마치 처음 술을 마시는 것처럼 전혀 흔들림 없이 술을 마셔 댔다.

두 사람이 한참 술을 마시고 있을 때였다.

현관문 두드리는 소리가 들려왔다.

"제가 나가 보겠습니다!"

루크는 즐겁게 술을 마시는 두 사람을 방해하지 않기 위해 재빨리 현관으로 뛰어가 문을 열었다.

"어!"

루크는 자신도 모르게 입으로 소리를 내며 뒤로 한 걸음 물러났다.

횃불을 든 병사들이 별관 앞에 가득했고, 그렉 사령관이 공손한 자세로 한 노인 옆에 서 있었다.

"안에 슐노반 경과 이안 영주님이 계시느냐?"

그렉이 물었고, 루크는 정신없이 고개를 끄덕이며 답했다.

"그, 그렇습니다, 사령관님."

"가서 전하께서 오셨다고……."

"아, 그만."

롤만이 손을 들어 그렉의 말을 막았다.

"자네는 그만 병사들과 함께 돌아가게. 나중에 얘기하세."

"예, 전하."

루크는 눈앞의 노인이 롤만 왕이라는 사실에 너무 놀라 몸이 굳어졌다.

"저, 전하."

루크가 바닥에 엎드리자 롤만은 부드럽지만 위엄이 깃든 목소리로 말했다.

"어린 나이에 병사가 됐구나. 그만 일어나거라."

"예, 전하."

홀로 별관 안으로 들어선 롤만은 천천히 걸음을 옮겨 거실로 향했다.

밖에 분위기가 이상하다 싶었는지 이안과 슐노반은 술잔을 내려놓고 자리에서 막 일어서고 있었다.

"반가운 사람들이 여기 다 모여 있었군."

롤만이 거실로 들어서며 미소를 지었다.

"밖이 시끄럽다 했더니 왕이 행차하셨군. 여긴 갑자기 어쩐 일이오?"

슐노반이 웃으며 롤만을 맞이했다.

"그렉을 만나러 왔네. 한데, 이안 영주가 와 있다는 말에 곧장 여기로 왔지."

롤만은 고개를 돌려 이안을 바라봤다. 이안을 보는 롤만의 시선엔 호감이 가득했다.

"뜻밖의 만남이 주는 즐거움이 크오, 이안 영주."

"그러게 말입니다. 여기서 뵙는군요."

갑자기 등장한 롤만을 보며 잠시 놀랐던 이안이 담담히 웃으며 말했다.

"얼마 전 큰일을 해결하셨다 들었소. 고생하셨소, 영주."

이안이 용체를 파괴한 사실을 롤만도 알고 있었다. 슐노반이 아리나 요새로 오기 전에 그 사실을 말해 준 것이다.

"별말씀을요."

"이렇게 셋이 모인 것도 오랜만인데, 합석해도 괜찮겠소?"

롤만의 말에 이안은 자리를 가리켰다.

"물론입니다. 잔 하나만 추가하면 되는데 그것이 어려울 게 있겠습니까?"

"고맙소."

세 사람은 탁자에 둘러앉았다.

슐노반이 멍하니 서 있는 루크에게 말했다.

"이 녀석아, 뭘 그렇게 넋을 놓고 서 있느냐? 왕 처음 보냐?"

"……예, 오늘 처음 뵙습니다."

"아, 그렇지. 네가 왕을 봤을 리가 없겠구나. 아무튼 그만 보고 어서 가서 술잔을 하나 더 가지고 오너라."

"예!"

루크는 유리로 된 술잔을 서둘러 가지고 와 롤만이 앉아 있는 탁자 앞에 조심스럽게 내려놓았다.

'슐노반 님과 이안 영주님, 게다가 전하까지 한자리에서

보게 되다니. 평생 이런 일이 또 있을까?'

루크는 자신에게 이런 행운이 다시는 오지 않을 거라고 생각했다.

"수고했다. 다시 부를 때까지 물러가 있어라."

"예, 슐노반 님."

루크가 거실을 나가자 슐노반이 롤만의 잔에 술을 따라 줬다.

"전쟁 준비가 잘되어 있는지 확인하러 온 것이오?"

"확인은. 굳이 내가 눈으로 보지 않아도 그렉과 자네가 있는데. 계획대로 알아서들 잘했을 테지."

롤만은 이안을 바라보며 말을 이었다.

"남부 전선으로 가기 전에 자네와 그렉의 얼굴이나 보려고 온 것이야. 그런데 이렇게 이안 영주를 만났으니, 오늘 참 잘왔다 생각하고 있네."

"왕성을 비우고 전선으로 가신단 말입니까?"

이안이 눈을 빛내며 물었다.

"보넌을 상대하려면 그래야 되지 않겠소?"

롤만이 빙그레 웃으며 술잔을 들었다.

"자, 드십시다."

세 사람은 술잔을 들어 입가로 가져갔다.

연거푸 술을 마신 슐노반이 입가에 묻은 술을 손으로 닦아 내며 말했다.

"마음 독하게 먹고 이번 전쟁에 임하시오. 전쟁을 질질 끌수록 희생도 커지는 법이니."

전쟁이 장기전으로 돌입하면 양측 모두 희생이 늘어날 수밖에 없었다. 백성들 또한 그만큼 고통을 당하고.

"내 뜻도 자네와 조금도 다름이 없네. 하나, 조급해지면 이길 것도 못 이기는 법이라네. 실수가 늘고 운도 달아나지."

차분하게 말을 한 롤만은 흰 수염을 훑어 내렸다.

"나는 이제껏 큰 전쟁을 두 번 치렀네. 한 번은 20여 년 전, 복수를 겸한 대영주 가문 쟁탈전을 벌인 것이고, 또 한 번은 얼마 전에 핀델슨 왕가와 싸운 것이지. 물론, 크로티와 국경에서 전투를 벌인 적도 있지만 그건 예외로 하지."

술잔을 손에 든 롤만은 잔을 내려다보며 말을 이어 갔다.

"솔직히 말해 난 두 전쟁에서 한 번도 진다고 생각해 본 적이 없었네. 그러나 이번 전쟁은 그때와 달라. 승리에 대한 확신이 없는 전쟁은 이번이 처음이네."

롤만답지 않은 약한 모습에 슐노반이 굵은 눈썹을 위로 올리며 말했다.

"사람 힘 빠지게 그런 말은 왜 하는 것이오? 갑자기 늙은 것이오?"

"원래 난 늙은이가 아닌가? 하하하!"

껄껄 웃은 롤만이 의자에 등을 기대며 희미한 미소를 지었다.

"왕성에서 지내보니 아더 왕이 느꼈을 왕좌에 대한 무게감이 일면 이해가 되더군. 일인자가 되기 위해선 감당해야 할 것이 적지 않아."

이안과 롤만은 아리나 요새 성벽 위를 느린 걸음으로 걷고 있었다.

슐노반은 만취해 숙소에서 곯아떨어진 상태였다.

"이안 영주, 용체가 탐나지 않았소?"

성벽 위를 걷던 롤만이 이안에게 나지막하게 물었다.

"탐나긴 했죠. 하지만 용체가 없어도 잘 살고 있는데 굳이 무리하고 싶진 않았습니다."

"그런 마음을 갖는 게 쉬운 게 아니오."

걸음을 멈춘 롤만이 요새 앞에 흐르는 어두운 강으로 시선을 돌렸다.

"아무리 강자라도 더 강해지고 싶은 욕구가 있는 게 아니겠소."

이안은 별말 없이 롤만 옆에 서서 그가 바라보는 강을 함께 응시했다.

물끄러미 강을 바라보던 롤만이 입을 뗐다.

"나는 이안 영주에게 왕좌를 물려줘야 한다고 내심 생각하고 있었소. 이안 영주는 일전에 그럴 뜻이 없다고 잘라 말했지만 말이오."

강을 바라보던 이안이 고개를 돌려 롤만을 쳐다봤다.

"사람은 시간이 흐르면 변하기 마련이고 세상을 보는 시각도 달라지오. 당장은 영지에 만족하지만 훗날 영주가 왕이 되고자 할 수도 있다고 생각을 했소."

말을 멈춘 롤만이 이안을 바라봤다.

"그래서 혼자 행복한 상상을 했소. 내가 죽기 전 이안 영주에게 왕관을 물려주고, 모친의 성을 따 세운 헤샤이스 왕조가 이안 영주의 이름 아래 더욱 번창하는 행복한 상상을 말이오."

"전⋯⋯."

"알고 있소."

롤만이 미소를 지으며 다시 강으로 시선을 돌렸다.

"아무리 시간이 흐르고 세상이 변해도 영주의 마음은 변하지 않을 거라는 것을. 용체를 미련 없이 성화로 태워 없애 버리는 사람이 어찌 변하겠소."

성벽에 손을 올린 롤만의 눈빛이 깊어졌다.

"전쟁의 바람이 불어오고 있소. 나는 이번에도 기필코 승리할 것이오. 날 믿고 따라와 준 사람들을 위해서라도 말이오."

술자리에서 보였던 약해진 모습은 찾아볼 수가 없었다. 어두운 성벽 위에서 롤만은 전의로 불타오르고 있었다.

"나 혼자 남겨 두고 둘이서만 무슨 얘기를 그렇게 재밌게 하는 것이오?"

숙소에서 잠을 자고 있는 줄 알았던 슐노반이 두 사람 등 뒤로 나타났다.

"자네 왔군. 자네가 술에 취해 쓰러지기에 우린 시원한 바람이나 쐴까 해서 나왔네."

롤만이 웃으며 말을 하자 슐노반이 헛기침을 했다.

"졸려서 잠시 눈을 붙인 것이오. 누가 술에 취해 쓰러졌다는 것이오?"

"나도 봤어."

이안의 말에 슐노반이 미간을 잔뜩 찌푸리고는 두 사람 옆에 섰다.

세 사람은 나란히 서서 강을 바라보았다.

전쟁 이야기는 더 이상 나오지 않았다.

그저 밤이 깊도록 각자 상념에 빠져 강을 바라볼 뿐이었다.

2백 년 전만 해도 테니마르 가문의 땅은 지금보다 훨씬 넓었다.

하지만 언데드를 만들어 왕국을 혼란에 빠트린 죄로 인해 쓸 만한 땅을 주변 영주들에게 대부분 빼앗겼다.

영지는 쪼그라들었고, 그나마 남은 영지 관할 지역도 돈이 없어 관리가 제대로 되지 않았다.

그렇다 보니 다리는 부서진 채 방치가 되었고, 도로는 정비가 되지 않아 길이 사라지고 마차가 제대로 다닐 수 없게 됐다.

그런 곳이 영지 곳곳에 널려 있었다.

하지만 얼마 전부터 변화가 일어났다.

"좀 쉬었다 하십시오."

밀로는 무거운 돌을 수레로 옮기는 촌장에게 다가가 말했다. 하지만 중년의 촌장은 웃으며 말했다.

"아닙니다, 밀로 님. 어서 이 다리를 복구해야 마을로 더 많은 사람들과 물건들이 들어올 수 있지 않겠습니까?"

"그래도⋯⋯."

"마을 사람들에게 임금도 후하게 주시는데, 더 힘을 내야지요. 안 그런가들?"

"맞습니다, 촌장님!"

촌장과 함께 수레를 밀고 있던 마을 사람들이 웃으며 답했다.

밀로는 수레의 앞길을 막지 않기 위해 옆으로 비켜섰다.

'다들 자신의 일처럼 일을 하고 있어. 단순히 임금을 받는

다고 해서 이렇게 열심히 하는 게 아니야.'

밀로는 앞으로 몇 걸음 걸어가 전방을 응시했다.

수백 명이 달라붙어 2백 년 전 전쟁 때 파괴된 다리 보수에 열을 올리고 있었다.

외부에서 고용한 유능한 다리 보수 기술자의 감독 아래 수백 명의 마을 사람들이 한 몸처럼 일을 하는 것을 보고 있자니 밀로의 가슴은 뜨거워졌다.

−영지는 결국 영지민들이 만들어 가는 것이다.

이안의 말을 떠올리던 밀로는 눈가를 훔쳤다. 이제 그 말 뜻을 제대로 이해할 수 있을 것 같았다.

"보기 좋은 모습이구나."

옆에서 들리는 이안의 목소리에 밀로는 깜짝 놀라며 고개를 돌렸다.

"여, 영주님."

눈물을 보인 게 부끄러웠는지 서둘러 눈물을 감춘 밀로는 이안에게 고개를 숙였다.

"오셨습니까."

"저 다리도 2백 년 전에 부서진 것이냐?"

"그렇습니다. 당시 왕실군이 물러가면서 파괴한 영지의 다리 중 하나입니다."

"그렇구나."

담담히 말을 한 이안이 밀로의 붉어진 눈을 바라봤다.

기공권을 수련하며 더욱 당당해진 외모와는 달리 밀로의 마음은 여전히 순수했다.

이안이 몸을 돌려 앞으로 걸어가자 밀로는 급히 그를 따라갔다.

"별일 없었느냐?"

"예, 영주님. 영주님이 도와주신 덕에 이렇게 영지민들이 행복하게 일을 하고 있습니다."

"나는 작은 불씨를 만들어 줬을 뿐이다. 그것을 제대로 살린 것은 너와 가문이다."

"아닙니다. 영주님이 주신 것은 작은 불씨가 아니라 태양처럼 거대한 희망이었습니다."

이안은 피식 웃었다.

"아부만 늘었구나."

"진정으로 드리는 말씀입니다. 저도 영주님처럼 사람들에게 희망을 나눠 주는 존재가 되겠습니다."

밀로는 말을 하며 낯을 붉혔다. 이안처럼 누군가를 돕고 자신의 의지를 지켜 나가기 위해서는 아직 가야 할 길이 멀었다.

이안은 다리 공사 현장과 좀 떨어진 숲에 도착하자 걸음을 멈추고 바위에 걸터앉았다.

"굳이 나처럼 살 필요는 없다. 그게 좋은 게 아니야. 피곤해. 하지만 그럼에도 그렇게 살고 싶다면 말리진 않겠다."

"실망시키지 않겠습니다, 영주님."

밀로는 강한 어조로 말을 하며 주먹을 불끈 쥐어 보였다. 그 순간, 그의 팔뚝이 바위처럼 단단해지며 부풀어 올랐다.

포스검을 맞아도 끄떡없는 강한 팔이었다.

이안은 밀로의 단단한 팔을 바라보며 말했다.

"곧 전쟁이 날 것이다. 알고 있겠지?"

밀로는 올렸던 주먹을 밑으로 내리며 표정이 신중해졌다.

"알고 있습니다. 몽페르도의 무르 영주님이 많은 군사들을 이끌고 전선으로 가셨다고 들었습니다."

"무르 영주는 자신의 판단 아래 이번 전쟁에 참전을 하게 됐다. 그것은 자신의 신념과 영지의 이익과도 관련이 깊다."

등 뒤로 후드를 넘긴 이안은 다소 무거운 눈빛으로 말을 이었다.

"혹시나 해서 하는 말이지만, 전쟁 분위기에 휩쓸려서 전쟁터를 기웃거리지 마라."

이안의 말에 밀로는 속이 뜨끔했다.

사실 로링겐 영주의 장례식에서 만난 무르 영주와 에드릭 노영주는 밀로를 잘 대해 주었다.

그런 친분 때문인지 몰라도 밀로는 무르를 돕기 위해 전선으로 가야 하는 건 아닌지 잠시지만 고민을 하기도 했었다.

그런데 마치 그것을 꿰뚫어 보듯 이안이 말한 것이다.

"전쟁에 참전하는 사람들은 저마다 목숨을 걸고 가는 것이다. 너의 전쟁터는 지금 이곳이다. 이곳 테니마르를 위해 네 목숨을 걸어라."

이안의 말에 정신을 차린 밀로가 공손히 답했다.

"명심하겠습니다."

"그래, 그러면 됐다."

고개를 끄덕인 이안은 바위 위에서 일어났다. 아리나 요새에서 영지로 복귀하는 도중 테니마르에 들른 이유는 전쟁에 대한 주의를 주기 위함이었다.

특히 밀로가 남부의 일원이 되었다는 생각으로 함부로 움직일 수가 있었다.

"어디, 그동안 기공권이 얼마나 깊어졌는지 볼까?"

바람처럼 빠르게 움직인 이안이 주먹으로 밀로의 가슴을 가격하려 했다.

예고 없이 공격을 하는 이안의 행동에도 당황하지 않고 밀로는 재빨리 응수를 하며 뒤로 물러났다.

파파파팡!

두 사람의 주먹이 충돌할 때마다 눈부신 섬광이 일어났다.

"제법이구나."

"영주님이 전수해 주신 구결을 외우면서 신체의 모든 감각이 더 날카로워졌습니다."

"오늘 내 기준을 충족시켜 주면 구결을 몇 자 더 가르쳐 주마."

이안의 말에 밀로는 뛸 듯이 기뻐하다가 이안의 주먹에 얼굴을 그대로 얻어맞았다.

땅에 처박힌 밀로를 보며 이안이 혀를 찼다.

"이러면 국물도 없다. 정신 차려."

"죄송합니다."

눈빛이 바뀐 밀로가 벌떡 일어섰고, 이안이 바람처럼 그를 향해 다가섰다.

진군

　왕실군이 주둔해 있는 남부 전선에서 3일 거리에 위치한 제론평원에 17만 대군이 집결했다.

　보넌의 병사들과 그를 지지하는 남부 영주 연합군이다.

　평원에 군막을 세울 자리가 부족해 일부 병력들은 다른 곳에 숙영지를 편성해야만 했다.

　17만이라는 대군에 막대한 전쟁 물자와 기병들의 말까지 한꺼번에 집결하다 보니 그 넓은 평원도 감당할 수가 없었다.

　"돈을 좀 더 써야 했나?"

　말을 타고 가던 스트라니스 가문의 필라슈 영주는 미간을 좁혔다. 다른 영주들에 비해 자신의 병력 수가 적을 뿐만 아니라 전력도 약해 보였다.

이를 만회하기 위해 전쟁 용병들을 1천 명이나 고용해 보충하기는 했지만 어딘지 아쉬움이 남았다.

"용병들을 2천 명만 더 구했어도 좋았을 텐데 말이야."

"매형, 1천 명도 간신히 구한 게 아닙니까?"

천천히 말을 타고 가던 필라슈가 말고삐를 당겨 말을 멈춰세웠다. 그리고 말채찍으로 나란히 멈춰 선 그의 처남이자 호위대장인 하빌의 어깨를 내리쳤다.

"야, 이놈아! 네놈이 용병 시장에 가서 일만 잘 처리하고 왔어도 용병을 3천 명은 구할 수 있었다. 그런데 뭐 잘했다고 말대꾸야, 말대꾸가!"

"매, 매형, 진정하십시오. 그러시다 이안 영주에게 맞은 허리가 다시 아플 수 있습니다."

갑옷을 입고 있어 말채찍 따위에 아플 리가 없었지만 하빌은 아픈 척하며 엄살을 부렸다.

이안 영주에게 맞아 허리를 다쳤던 필라슈는 아픈 기억을 끄집어내는 하빌에게 고함을 쳤다.

"밖에서는 영주라 불러라!"

인상을 쓰며 하빌을 노려보던 필라슈는 다시 말을 출발시켰다. 무능력한 처남과 입씨름을 할수록 복장이 터져 죽을 것만 같았다.

"그런데 매형, 아니 영주님, 갑자기 언덕으로는 왜 모이라고 한 것일까요?"

"나도 모르겠다. 가 보면 알게 되지 않겠느냐."

필라슈는 짜증 섞인 목소리로 대꾸했다.

군막들이 밀집한 곳을 벗어나 평원 서쪽에 위치한 언덕 방향으로 처남과 단둘이서 이동하던 필라슈는 등 뒤에서 들리는 거친 말발굽 소리에 뒤를 돌아봤다.

멋진 말을 탄 무르와 에드릭 노영주가 서로 경쟁하듯 말을 타고 오고 있었다.

"아버지, 양보는 없습니다!"

"누가 양보하라고 하더냐!"

왕국 최고의 전투마로 불리는 몽페르도산 말은 마치 날개라도 달린 것처럼 빠르게 달려오더니 순식간에 필라슈를 지나쳐 갔다.

두두두두.

비록 두 필의 말에 불과했지만 그들이 지나간 자리엔 누런 흙먼지가 구름처럼 피어올랐다.

그대로 먼지를 뒤집어쓴 필라슈는 기침을 하며 앞서 지나간 무르와 에드릭을 노려봤다.

"젠장, 아들이나 그 아비나 똑같군."

과거에 몽페르도 가문의 병사들을 돈 주고 사겠다고 했다가 개망신을 당했던 필라슈는 쿨럭거리며 말의 속도를 올렸다.

얼마 후 언덕 아래에 도착한 필라슈는 말에서 내렸다.

먼저 도착한 영주들이 흩어져서 대화를 나누고 있었다.

'저기들 있군.'

필라슈는 소외되지 않기 위해 자신과 가까운 영주들에게 바로 걸어갔다.

"겨울도 가고 전쟁하기 딱 좋은 날씨요."

잔뜩 허세를 부리며 필라슈가 다가오자 대화를 나누던 얀저스 영주와 렌그렌 영주가 어이없다는 표정을 지었다.

하지만 곧 그를 반갑게 맞이해 주었다.

"오셨구려. 하도 안 오기에 이번 전쟁에서 발을 뺄 줄 알았소. 언제 온 것이오?"

얀저스가 농담 삼아 묻자 필라슈가 얼굴을 살짝 붉히며 답했다.

"어제 밤늦게 도착했소. 평원에 자리가 없다 해서 인근에 숙영지를 편성했었소."

"그렇구려. 집결지엔 왜 이리 늦은 것이오?"

군사를 이끌고 제론평원에 가장 늦게 도착한 필라슈는 헛기침을 하며 염소수염을 훑어 내렸다.

"그게 다 이안 영주 때문이오."

"이안 영주라니, 그게 무슨 뜬금없는 말씀이오?"

뒷짐을 지고 있던 렌그렌이 물었다.

"왜 그날 있잖소. 이안 영주가 반언을 데리고 와서 날 괴롭힌 날. 그날 이안 영주에게 당한 후로 몸이 영 예전 같지 않소."

필라슈는 손등으로 허리를 두드리는 시늉을 하며 서글퍼
했다.

"나이도 쥐꼬리만 한 놈이 어찌나 모질게 때리던지 말로
다 형용할 수가 없소. 몸도 망가지고 마음은 더 망가졌지만,
그래도 대영주를 위해 싸워야 한다는 일념으로 아픈 몸을 이
끌고 온 것이오."

렌그렌과 얀저스는 서로 얼굴을 쳐다봤다.

필라슈가 이안에게 큰 곤욕을 치른 것을 그들도 알고 있었
다.

두 사람도 그날 필라슈의 성에 있었기 때문이다.

하지만 이안이 자리를 피해 달라는 말에 두말 않고 필라슈
의 성에서 황급히 빠져나왔었다.

"누가 이안 영주를 욕하나?"

인상이 험악한 무르가 필라슈의 어깨에 손을 올리며 그의
등 뒤에서 얼굴을 내밀었다.

고슴도치처럼 뾰족하게 자란 무르의 수염들이 필라슈의
얼굴을 찔렀다.

당황한 필라슈가 몸을 돌려 무르를 바라봤다.

"어허! 이게 뭐 하는 짓이오?"

"뭐 하긴, 내 친구를 뒤에서 음해하고 있어서 나서는 것이
다."

"음해라니? 말씀이 과하시오."

"내가 들었다."

무르가 눈을 부릅뜨며 다가오자 필라슈가 놀라 뒷걸음질을 쳤고, 그사이 눈치를 보던 하빌이 중간에 끼어들었다.

"무르 영주님, 우리 영주님께 함부로 하지 마십시오! 우리 영주님은 병자입니다."

"넌 빠져."

하빌을 옆으로 밀쳐 낸 무르는 필라슈의 얼굴에 자신의 얼굴을 가까이 붙이며 나지막하게 말했다.

"테니마르에 배상금을 주기가 아까워 꼼수를 부리다가 이안 영주에게 혼이 났잖아. 그런데 그게 뭐 자랑거리라고 떠들어 대는 것이냐?"

"내가 늦은 이유를 설명하다 보니 어쩔 수 없이 나온 얘기요. 다른 의도는 없었소."

필라슈는 식은땀을 흘리며 말했다.

"그의 말이 맞소, 무르 영주. 우리가 물어봐서 그가 대답한 것이니 진정하시오."

지켜보던 얀저스와 렌그렌이 필라슈를 위해 나섰다.

필라슈를 지그시 바라보던 무르가 피식 웃으며 뒤로 물러났다.

"오해를 했군. 미안하오, 필라슈 영주."

무르가 몸을 획 돌려 에드릭 노영주가 있는 곳으로 걸어가자 필라슈는 숨을 돌리며 이마에 맺힌 땀을 닦아 냈다.

"빌어먹을 멧돼지 같은 놈. 같은 편끼리 너무하는군. 안 그렇소?"

필라슈가 분하다는 듯 말을 하며 두 영주들을 바라봤다.

하지만 그들은 필라슈가 아닌 다른 방향을 쳐다보고 있었다.

보넌 대영주가 소수의 친위대와 함께 말을 타고 오고 있었다.

갑옷을 입고 등 뒤에 망토를 두른 보넌이 말에서 내렸다. 먼저 와 기다리고 있던 영주들이 정중히 예를 표했다.

"오셨습니까, 대영주."

"음, 다들 와 주었구려."

보넌은 영주들과 일일이 눈을 마주쳤다.

사위인 카드레체를 포함해 현직에 있는 14명의 영주들 외에 한 명이 더 있었다.

바로 은퇴한 몽페르도 가문의 노영주 에드릭이었다.

"나도 참석해도 되겠습니까?"

에드릭이 묻자 보넌은 껄껄 웃으며 말했다.

"물론이오. 자, 다들 위로 올라갑시다."

이유도 모른 채 언덕에 모인 영주들이 보넌을 따라 언덕 정상으로 걸어 올라갔다.

언덕은 경사가 심하고 높이가 상당했다.

언덕 정상엔 감시병들이 배치되어 있어서 평원 일대를 매의 눈으로 지켜보고 있었다.

그들은 보넌과 영주들이 도착하자 절도 있게 군례를 취하고는 뒤로 물러났다.

정상엔 바람이 제법 불고 있었다.

망토를 펄럭이며 언덕 정상에서 주변을 둘러보던 보넌이 몸을 돌려 영주들에게 말했다.

"어젯밤 필라슈 영주가 도착하면서 연판장에 서명한 남부의 영주 모두가 약속대로 한자리에 모이게 됐소. 단 한 명도 약속을 어기지 않았으니 나는 말할 수 없이 기쁘고 든든하오. 경들에게 감사하는 마음이오."

"아닙니다, 대영주!"

보넌의 앞에 늘어서 있던 영주들이 겸손하게 말했다.

보넌은 한동안 이들을 바라보다가 말문을 열었다.

"군막이 아닌 언덕에 모이라 한 이유가 다들 궁금할 것이오."

"그렇습니다, 대영주님. 혹 중요한 작전 계획을 하달하기 위함입니까?"

게일론의 영주 브테파고가 물었다. 그의 옆에는 한때 오해

갑질하는 영주님

를 하고 게일론 가문과 영지전을 벌이려 했던 로벨룽의 영주 베르코시가 서 있었다.

이안의 중재로 오해를 푼 두 가문은 그 뒤로 가까워졌고, 군사를 이끌고 이곳에 함께 도착했다.

보넌은 두 자루 도끼를 무기로 사용하는 브테파고를 바라보며 고개를 가로저었다.

"그렇지 않소. 작전 회의는 조금 있다 군막으로 가서 할 생각이오."

"하오면······."

"보여 줄 게 있어서요. 시작해라."

보넌이 친위대에게 손짓을 했다.

"예, 대영주님!"

친위대 장교가 준비된 깃발을 풀어서 좌우로 힘차게 흔들었다. 붉은 깃발은 거대해서 멀리서도 잘 보일 크기였다.

'대체 뭘 보여 준다는 거지?'

무르가 따분하다는 듯 턱을 긁적이고 있을 때였다.

언덕 반대편, 숲에 가려진 저 먼 곳에서 반짝이는 뭔가가 날아왔다.

'저건······.'

무르는 동작을 멈추고 반짝이는 물체를 주시했다.

푸른 하늘을 가르며 포물선을 그리면서 날아오는 것은 겉면에 불이 붙은 거대한 원형의 돌이었다.

"이, 이쪽으로 날아옵니다!"

놀란 필라슈가 고함을 쳤다.

"놀랄 것 없소. 우리가 쏜 것이오."

보넌이 미소를 지으며 말했다.

모두가 놀라는 가운데 불이 붙은 거대한 돌이 언덕 상공을 지나쳐 계속 날아갔다.

영주들이 일제히 몸을 돌려 머리 위로 날아간 돌을 계속 추적해 응시했다.

잠시 후 거대한 돌이 언덕 뒤 지상에 준비된 마차와 충돌했다.

콰앙!

굉음과 함께 마차가 형체도 없이 산산조각 나고 땅이 뒤집어지며 흙들이 사방으로 비산했다.

얼마나 위력이 셌는지 커다란 구덩이가 파이고 땅에서 비산한 흙들의 양 또한 어마어마했다.

후두두둑.

허공 높이 솟구친 흙이 비처럼 쏟아지는 모습을 언덕 위에서 지켜본 영주들은 놀란 표정을 감추지 못했다.

"이, 이게 무엇입니까, 대영주님?"

필라슈가 묻자 흡족한 표정으로 이 상황을 지켜본 보넌이 답했다.

"신형 투석기요. 롤만이 만든 신형 투석기에 조금도 모자라지 않는 성능을 갖췄소. 사거리가 길 뿐만 아니라 멀리서 날린 돌이 마차를 정확히 맞힐 정도로 정확도도 뛰어나오. 위력은 두말할 필요가 없고."

보넌의 말에 영주들이 크게 놀라며 서로를 바라봤다.

롤만의 신형 투석기는 영주들이 가장 두려워하는 무기 중 하나였다.

그런데 그것에 필적하는 투석기를 보넌이 선보인 것이다.

"대단하십니다, 대영주님. 언제 이런 것을 또 준비하고 계셨습니까?"

필라슈가 호들갑을 떨며 물었다.

영주들 모두가 놀라고 있는 가운데 유일하게 태연했던 보넌의 첫째 사위 카드레체가 목소리를 높이며 말했다.

"오해를 하시는 분들이 있을까 싶어 미리 말씀드리겠소. 이 신형 투석기는 롤만의 것과는 상관없이 우리 대영주님께서 오래전부터 개발을 해 온 무기요."

영주들이 그의 말에 또다시 크게 감탄을 하며 고개를 끄덕였다.

"아버지, 대영주가 대단한 병기를 개발한 것 같습니다."

무르는 에드릭에게 작게 말을 했다.

"그렇구나. 적의 신형 투석기를 상대할 때 아주 요긴하게 쓰이겠어."

에드릭은 거대한 구멍이 생긴 땅을 바라보며 흰 수염을 훑어 내렸다.

1만 2천의 대기병단을 이끌고 온 몽페르도 가문의 입장에서는 멀리서 기병들을 위험에 빠트릴 수 있는 적의 신형 투석기가 큰 위협이었다.

그런데 그에 대항할 수 있는, 아군의 무기가 생긴 셈이다.

카드레체의 말이 끝나자 보넌이 영주들을 둘러보며 말했다.

"신형 투석기는 개발이 완료된 지 얼마 되지 않았소. 만들기도 까다로워서 현재 1백 대 정도 완성이 된 상태요. 하지만 그 성능은 적의 투석기를 압도할 만하니 우리의 큰 전력이 될 것이오."

"그렇습니다, 대영주!"

영주들은 새로운 무기에 힘이 난 표정으로 답했다.

"군막에 가서 자세한 얘기를 더 하겠지만 앞으로 우리 남부군은 3군으로 나뉘어 진군할 것이오. 내가 이끄는 중앙군인 1군과 카드레체 영주가 이끄는 제2군, 그리고……."

보넌의 시선이 영주들 뒤편에 서 있는 무르에게로 향했다.

"무르 영주가 이끄는 제3군. 이렇게 큰 틀에서 3군으로 나뉘고, 그 안에 각 영주들이 이끄는 영지군이 배치될 테니, 모두 힘을 합해 싸워 주길 바라오."

"예, 대영주."

"그만 내려갑시다."

보넌이 앞장서서 언덕을 내려가자 영주들이 그의 뒤를 따라갔다.

'빌어먹을, 설마 무르가 이끄는 3군에 내가 속하는 건 아니겠지?'

필라슈는 불안한 눈빛으로 무르의 등을 노려봤다.

언덕에서 내려온 남부의 영주들이 보넌의 넓은 군막으로 다시 모였다. 그 자리엔 샤르엘과 다브렘도 참석했다.

"다브렘을 처음 보는 분들이 대부분일 것이오."

의자에 앉아 있던 보넌이 손짓을 하자 샤르엘과 함께 장인의 뒤편에 서 있던 다브렘이 앞으로 걸어 나왔다.

'굳이 소개까지.'

인상이 다소 딱딱한 다브렘은 과묵한 편이었다. 많은 사람들 앞에서 자신을 소개하는 것이 그리 달갑진 않았다.

하지만 함께 전쟁을 수행해야 하는 입장이니 안면을 익혀두긴 해야 했다.

"다브렘입니다. 잘 부탁드립니다."

영주들에게 인사를 한 뒤 다브렘은 뒤로 물러나 원래 있던 곳에 섰다.

"저 사람이 소문의 그 사람이군."

영주들이 옆에 있는 사람과 작게 얘기를 나누며 고개를 끄덕였다.

로린과 다브렘은 외부에서 부부가 되어 보넌에게 돌아왔다.

성대한 결혼식도 없었고 보넌의 행사에 얼굴을 비치지도 않았다. 따라서 남부 영주들은 다브렘을 실물로 접할 기회가 거의 없었다.

"조금 더 자신을 소개하지 그러나."

샤르엘이 속삭이자 다브렘이 미간을 찌푸리며 말했다.

"못 하겠습니다. 할 말이 있어야죠."

"자네도 어지간하군."

샤르엘은 의자에 앉아 있는 보넌의 뒷모습을 바라보며 언뜻 미소를 지었다.

다브렘이 함께해 줘서 힘이 났고, 그것보다 좋은 것은 성에 있는 이자벨 곁에 로린이 있어 준다는 것이다.

물론, 샤르엘의 모친이 그의 아내를 돌봐 주고 있었지만, 친자매인 로린이 곁에 있어 준다면 이자벨은 더욱 힘이 날 것이다.

보넌은 짧게 인사를 마치고 제자리로 돌아간 다브렘을 슬쩍 쳐다보고는 탁자 위에 놓인 찻잔을 들었다.

긴 회의용 탁자엔 영주들이 마실 찻잔이 놓여 있었다.

"롤만이 남부 전선으로 오고 있소."

"잘됐군요. 멀리 왕성까지 갈 필요 없이 전장에서 승부를 보면 되겠습니다."

얀저스 영주가 말했고, 보넌은 차를 한 모금 마신 뒤 차분히 말했다.

"롤만이 왕성을 비우고 전선으로 직접 왔다는 것은 처음부터 전력을 다한다는 뜻이오. 결코 방심해선 안 될 것이오."

"대영주님의 말씀이 맞습니다. 하지만 롤만이 서부 대신 남부 전선을 택했다는 것은 그만큼 대영주님을 두려워한다는 뜻이 아니겠습니까? 대영주님은 승리하실 것입니다."

필라슈는 두 손을 이리저리 움직이며 보넌에게 아부 섞인 발언을 했다.

"그리되게 필라슈 영주가 힘껏 싸워 주시오. 그래 주실 수 있겠소?"

보넌의 물음에 필라슈는 사뭇 진지한 표정으로 답했다.

"전하를 위해 목숨을 바치겠습니다!"

"아직 대영주요."

"예? 아, 예."

머쓱해진 필라슈는 헛기침을 하며 찻잔에 손을 댔다.

보넌은 탁자 좌우에 길게 앉아 있는 영주들을 바라보며 묵직하게 말했다.

"아더 왕이 죽고 핀델슨 왕가는 무너졌소. 바르체딘이 핀델슨 왕가의 마지막 왕으로 역사에는 기록되겠지만, 나는 그리 생각하지 않소. 트웰도, 바르체딘도 그들은 진정한 왕이 아니었소."

"맞습니다."

영주들이 고개를 끄덕였다. 남부는 트웰이 왕이 되는 것을 처음부터 반대했었다.

"정통성도 없는 방계의 바르체딘에게 항복을 받아 냈다 하여 스스로 왕위에 오른 롤만을 어찌 인정하겠소?"

"지당하신 말씀입니다!"

보넌의 첫째 사위 카드레체가 목소리를 높였다.

보넌은 잠시 말을 끊고 사람들을 바라보다가 입을 뗐다.

"지난번 회합에서 영주들에게 말했다시피, 나는 왕이 되고 싶소. 부끄럽다 생각하지 않소. 적어도 롤만보다는 내가 낫다고 생각하니까. 그리고 그런 나를 지지해 이 자리에 함께해 준 영주들에게 마음 깊이 감사드리오."

자리에서 일어선 보넌이 천천히 고개를 숙였다. 사자 갈기처럼 풍성하고 긴 보넌의 머리카락이 밑으로 쏟아질 정도로 깊숙이 머리를 숙인 것이다.

언덕 위에서 한 차례 고마움을 표했던 보넌이 다시금 머리까지 숙이며 예를 차리자 앉아 있던 영주들이 깜짝 놀라며 분분히 일어나 마주 머리를 숙였다.

"대영주!"

한동안 머리를 숙이고 움직임이 없던 보넌이 천천히 허리를 펴며 고개를 세웠다.

그는 서 있는 영주들에게 미소를 보이며 말했다.

"오늘은 여기 제론평원의 맨땅 위에서 차를 마시고 있지만, 다음엔 왕성의 왕궁에 모여 술을 마십시다."

"하하하!"

포부 가득한 보넌의 말에 무거운 분위기는 걷혔고, 영주들은 호탕하게 웃어 댔다.

"자, 앉으시오."

보넌이 의자에 앉자 일어서 있던 영주들도 다시 자리에 앉았다.

좌중을 쓸어 본 보넌이 말했다.

"언덕에서 말한 것처럼 우리 남부군은 세 개 군으로 나뉘어 전선으로 향할 것이오. 각 군은 정해진 진군로를 따라 적을 섬멸하며 이동해, 1차 집결지에서 다시 모일 것이오. 이제 각 군에 배치될 영지를 알려 주겠소. 혹 불만이 있더라도 전략상 배치한 것이니 그대로 따라 주기 바라오."

"예, 대영주!"

영주들이 동의를 하자 보넌이 자신의 뒤에 서 있는 샤르엘에게 손짓을 했다.

샤르엘은 준비된 종이들을 영주들에게 한 장씩 나누어 줬다. 그곳엔 각 군의 편성 조직도와 진군로가 표시되어 있었다.

'제발 1군인 중앙군으로 편성되어라. 그래야 더 안전하지.'

대영주의 정예 병력이 주축이 되는 중앙군에 들어가고 싶었던 필라슈는 조마조마한 심정으로 조직도를 살펴봤다.

실눈을 뜨고 마음을 졸이며 천천히 조직도를 살펴보던 필라슈는 가슴이 털컥 내려앉았다.

　제3군 몽페르도, 포레아그, 로벨롱, 게일론, 스트라니스.

제3군에는 몽페르도 외 네 개 영지가 포함되어 있었다. 그중 필라슈의 영지인 스트라니스도 있었다.

'망할! 이게 뭐야. 하필 무르 녀석이 지휘하는 제3군에 들어가다니.'

차라리 카드레체가 지휘하는 제2군이 훨씬 좋아 보였다.

일그러진 얼굴로 조직도를 내려다보던 필라슈는 탁자 건너편을 쳐다봤다.

무르가 씨익 웃고 있었다.

"필라슈 영주, 잘해 봅시다."

무르가 손을 흔들었다.

필라슈는 재빨리 무르를 외면하며 보넌을 바라봤다. 확정이 되기 전에 이의를 제기해야 했다.

자리에서 일어선 필라슈가 상석에 앉아 있는 보넌에게 급히 다가갔다.

"대영주님, 제가 제3군에 포함되어 있는데, 저는 다른 곳
으로……."

보넌은 차를 마시며 담담히 말했다.

"벌써부터 내 지시를 거부하는 것이오?"

"예? 그것이 아니오라."

"영주의 병력 수를 감안해 제3군에 배치한 것이니 그대로
따라 주면 고맙겠소."

보넌이 물끄러미 쳐다봤고, 필라슈는 감히 그 시선을 감당
할 수가 없었다.

"생각해 보니 아주 좋은 배치입니다. 이대로 따르겠습니
다."

재빨리 말을 바꾼 필라슈가 속으로 한숨을 내쉬며 자리로
돌아가자 보넌이 영주들에게 말했다.

"내일 전선으로 이동할 것이니, 각 군에 배치된 영주들은
준비를 해 주시오."

"예, 대영주."

"무르 영주님, 이번에 함께 싸우게 됐군요. 잘 부탁드립니
다."

죽은 로링겐 영주의 아들 딘버릭이 무르에게 차분히 말했

다.

포테아그 가문의 영주인 딘버릭은 몽페르도 가문과 가까웠기에 이번 군 편성에 불만이 전혀 없었다.

그것은 로벨롱 가문의 베르코시나 게일론 가문의 브테파고 역시 마찬가지였다.

"그러고 보니 이안 영주와 다들 인연이 깊으신 분들이구려."

무르의 말에 세 영주들이 껄껄 웃어 댔다.

"그렇게 되는군요."

회의가 끝나고 막사 밖에서 영주들과 모여 얘기를 나누던 무르는 한쪽에 꽁하니 서 있는 필라슈를 쳐다봤다.

"필라슈 영주, 거기서 뭐 하시오? 이쪽으로 오시오."

"험, 잘 들리니 그쪽에서 말씀하시오."

"전쟁이 장난이오! 어서 오시오!"

무르가 정색을 하며 진지한 어투로 말을 했다. 그 서슬에 놀란 필라슈가 슬그머니 옆으로 다가와 섰다.

3군에 속하는 네 명의 영주들이 모두 모이자 무르는 그들의 얼굴을 바라보며 힘 있게 말했다.

"내가 비록 주장이 되어 지휘를 하게 됐지만 여러분 모두 뛰어난 영주들이오. 다 함께 힘을 모아서 병사들의 희생을 줄이며 승리를 이끌어 냅시다."

무르의 말에 영주들은 고개를 끄덕였다. 필라슈도 이때만

큼은 무르의 말에 이견이 없었다.

"이젠 정말 봄이군."

지하 수련장에서 수련을 하다 밖으로 나온 이안이 정원의
풀밭에 드러누웠다.

햇볕은 따뜻했고, 정원의 봄꽃들이 화려하게 피어났다.

싱그러운 풀냄새가 이안의 코를 스치고 지나갔다.

아리나 요새에 다녀왔을 때만 해도 겨울의 흔적이 남아 있
었는데, 이제는 찾아볼 수 없었다.

"론도."

풀잎을 하나 입에 물고 푸른 하늘의 구름을 올려다보던 이
안이 론도를 불렀다.

하지만 론도는 못 들었는지 대꾸가 없었다.

이안은 고개를 돌려 근처에 서 있는 론도를 바라봤다. 딴
생각을 하는지 빈 허공을 멍하니 바라보고 있었다.

"론도."

이안이 재차 부르자 그때서야 론도는 정신을 차렸다.

"예, 영주님."

론도가 절도 있게 대답했다.

"무슨 생각을 그렇게 하는 거야? 불러도 대답도 없고."

"죄송합니다, 영주님."

론도의 얼굴이 붉어졌다. 이안은 상체를 세우며 두 무릎에 팔을 걸치고 앉았다.

"무슨 걱정거리라도 있나?"

"아닙니다."

"론도는 참 거짓말을 못 해. 목소리에서 다 티가 나거든."

"그, 그렇습니까?"

거구의 론도는 당황한 기색이 역력했다.

"말해 봐, 무슨 일인지."

이안이 고개를 돌려 론도를 쳐다봤다. 론도는 머뭇거리다 말했다.

"얼마 전 샤르엘이 보낸 편지를 받았습니다."

"편지?"

"예, 전선으로 가는 도중에 보내는 편지라고 했습니다."

"그렇군."

이안은 고개를 끄덕였다.

샤르엘과 론도는 고향 친구였다. 한때 사이가 멀어지기도 했지만 지금은 다시 가까워진 상태였다.

"편지에 무슨 내용이 담겨 있기에 론도처럼 우직한 사람의 마음을 흔들어 놓은 거지?"

이안이 웃으며 물었다.

"그것이…… 자신이 전쟁 중에 죽으면 어린 자식을 가끔 찾아봐 달라는 부탁이었습니다. 저라면 믿을 수 있다고 말입니다."

뜻밖의 내용에 이안의 미소가 사라졌다.

론도는 무거운 눈빛으로 말을 계속했다.

"그리고 만약 자신의 죽음에서 끝나지 않고 보넌 대영주의 가문까지 멸문당할 처지가 되면, 그땐 이자벨과 자식을 알베른으로 데려와 달라고 했습니다. 영주님이 계시는 한 알베른은 세상에서 가장 안전한 곳이라면서 말입니다."

"편지가 아니라 유언장이나 다름없었군."

"그렇습니다, 영주님."

이안은 손에 든 풀잎을 손가락으로 튕겼다. 힘없이 하늘거리던 풀잎이 창처럼 날아가 땅에 박혔다.

"그래서 그런 것이었군. 샤르엘에 대한 걱정 때문에."

"송구합니다. 샤르엘은 어려서부터 늘 당당했습니다. 한 번도 자신의 앞날에 대해 비관한 적이 없었습니다. 그런데 이번에 이런 편지를 보내서 놀랄 수밖에 없었습니다."

"그땐 결혼도 안 하고 아이도 없었잖아. 사람은 지킬 게 많아지면 달라지는 법이지. 약한 모습도 보이고. 하지만 그게 정상이야."

이안이 자리에서 일어나 멀리 하늘에 시선을 뒀다.

"론도의 심정을 이해해. 나도 친분이 있는 사람들이 이번 전쟁에 참전하고 있으니까. 누군가는 희생이 될 테고 나는 가슴이 아프겠지."

"영주님."

"그래서 일부러 심란한 마음을 다지기 위해 아리나 요새에서 돌아온 후로 수련에만 몰두한 거야. 유감스럽게도 이 전쟁에 나는 관여할 수가 없으니까."

돌아선 이안이 론도를 바라보며 미소를 지었다.

"샤르엘에게 답장을 보낼 수 있을지 모르겠지만, 만약 그가 받아 볼 수 있다면 내 말을 전해. 알베른에 그의 아내와 자식이 오게 될 상황이 닥친다면, 내가 지켜 주겠다고."

"영주님, 감사합니다!"

론도는 눈가를 붉히며 한쪽 무릎을 꿇고 고개를 숙였다.

"울기는."

이안은 피식 웃으며 론도의 어깨를 토닥였다.

"그만 일어나."

"예, 영주님."

감동한 표정으로 앉아 있던 론도가 일어서자 이안은 분수대 방향으로 천천히 걸어갔다.

영주관 앞 분수대는 이안에게는 남다른 의미를 가진 장소였다.

지구의 현성이 아닌 이안으로 살아 보자고 맨 처음 다짐한 장소였기 때문이다.

잠시 후 이안은 연못처럼 넓은 테두리를 가진 웅장한 분수대에 도착했다. 물 떨어지는 소리가 맑고 깨끗했다.

'나는 이안으로 잘 살고 있는 건가?'

분수대 조형물에서 떨어지는 반짝이는 물줄기들을 담담히 바라보던 이안이 손안에 물을 담아 얼굴을 적셨다.

"론도."

"예, 영주님."

얼굴에 물을 묻힌 이안이 뒤돌아서서 론도를 바라봤다.

"영지에 각종 공사가 시작됐는데 좀 둘러봐야겠어. 재무관에게 사람을 보내서 오후 일정 비워 놓으라고 해. 내가 관청으로 간다고."

"알겠습니다, 영주님."

겨울이 가자마자 알베른 곳곳에선 많은 공사들이 한꺼번에 시작됐다. 그중 대표적인 것 중 하나가 지방 학교 건립이었다.

꺄뮤 중앙 학교에 올 수 없는 처지의 지방 주민들을 위한 학교로, 그곳엔 지역 치료소도 함께 설치될 예정이다.

올해 들어설 지방 학교는 모두 20곳으로, 가을이 오기 전 모든 학교를 완성한다는 계획이다.

"우리 마을에도 학교가 생긴다니, 정말 믿을 수 없는 일이야."

목재를 나르던 사내의 말에 주변의 사람들이 웃으며 대꾸했다.

"그러게 말일세. 영주님이 세금을 많이 줄여 주셔서 죽자 살자 농사에 매달리지 않아도 되니 우리 아이들 손에 쟁기 대신 책을 들려 줄 수 있게 됐잖아. 이게 다 영주님의 은혜네."

"물론이지, 하하하!"

무거운 자재를 나르면서도 사람들은 힘든 줄 모르고 일을 하고 있었다.

그 모습을 멀리서 흐뭇하게 바라보던 후드 차림의 재무관이 말했다.

"영주님, 이곳 역시 다들 즐거운 분위기 속에서 일을 하고 있습니다."

학교가 세워질 넓은 부지 위에서 열심히 일을 하는 사람들을 지켜보던 이안이 고개를 끄덕였다.

"그래."

저들의 웃는 모습만 봐도 영주로서 뿌듯했다.

잠시 더 지켜보던 이안은 몸을 돌려 숲 방향으로 걸어갔다.

이안과 재무관은 신분을 감추고 학교 공사 현장을 둘러보는 중이었다.

"이제 마지막으로 가실 마을은……."

재무관은 가지고 있던 장부를 보며 말했다.

"루차로 마을입니다."

"잠시 쉬었다 갈까?"

이안은 오후 내내 자신과 함께 돌아다닌 재무관에게 웃으며 말했다.

공사가 벌어지는 학교 현장뿐만 아니라 중간에 다른 공사 현장도 들렀다. 영지 곳곳을 워프로 정신없이 돌아다녔기에 재무관도 피곤할 것이다.

"예, 영주님."

재무관은 힘든 기색 없이 말했다.

사실 그는 이안과 함께 영지를 둘러보는 게 이번이 처음이었다. 그래서 그 감회가 더욱 뜻깊게 다가왔다.

"편히 앉아."

이안이 숲에 있는 땅에 아무렇지도 않게 엉덩이를 대고 앉으며 말했다.

재무관이 이안의 옆에 앉았다.

두 사람은 숲 사이로 불어오는 바람을 맞으며 수통의 물을 나눠 마셨다.

"이렇게 재무관과 단둘이 나온 것은 처음이군."

"그렇습니다, 영주님."

"나도 성장했지만 재무관도 많이 성장을 한 것 같아."

의미 깊은 이안의 말에 재무관은 쑥스러워했다.

"영지에 돈을 많이 쓰고 있는데 지하 금고가 비어 가는 게 아깝지 않나?"

이안이 농담 삼아 물었다.

"전혀 그렇지 않습니다. 영지의 발전을 위해서가 아닙니까? 영지민들이 영주님을 칭송하는 말을 들을 때마다 소신은 이것이 올바른 길이라고 다시 한번 확신을 하곤 합니다. 게다가 지하 금고는 쓴 만큼 또 채워지고 있지 않습니까?"

재무관의 대답에 이안이 미소를 지으며 말했다.

"옆에서 재무관이 많이 도와줘서야."

"아닙니다, 영주님. 소신의 역할은 미미할 뿐입니다."

"겸손은."

기분 좋게 웃던 이안이 다시 말했다.

"검 수련은 잘되나?"

"예, 영주님. 지난번 영주님이 해 주신 말씀을 듣고 깨달은 바가 많습니다. 조급한 마음을 지우고 검을 즐기며 수련하고 있습니다."

재무관은 뒤늦게 검을 배웠다. 그러나 타고난 재능과 뼈를 깎는 노력으로 모두의 예상을 깨고 검술이 급격하게 발전했다.

그러나 어느 순간 초강자가 되고 싶어 하는 마음이 너무 앞섰고, 그것은 재무관을 힘들게 했다.

"내려놓을 때만 보이는 게 있다는 것을 요즘 들어 어렴풋이 느끼는 중입니다."

숲의 나무를 바라보던 이안이 고개를 돌려 재무관을 쳐다봤다.

입가에 은은한 미소를 짓는 재무관의 모습은 오래전, 이안이 지구에서 어머니를 따라갔던 어느 암자의 스님이 짓던 미소와 비슷했다.

한동안 말없이 재무관의 얼굴을 바라보던 이안은 수통의 물을 한 모금 마셨다.

"루차로 마을에 들렀다가 소금 광산으로 가자고."

"소금 광산 말입니까?"

재무관은 의아한 눈빛을 지었다.

욘디아르의 소금 광산은 아직 개발 전이다. 그곳을 보호할 요새 건설도 열흘은 있어야 정식으로 시작이 되고.

"그곳은 아직 공사가 시작되지 않았는데요."

"공사 때문에 가는 게 아니야."

이안은 자리에서 일어나며 말했다. 재무관도 따라서 일어섰다.

"하시면?"

이안은 재무관을 쳐다봤다.

"소금 광산을 예전부터 보고 싶어 했잖아. 관청의 업무 때문에 짬을 낼 수가 없어서 안타깝다고."

"그럼 저 때문에 일부러……."

재무관이 감동한 듯한 표정을 지었다.

"실제 모습이 어떤지 봐야 재무관도 나중에 일을 할 때 도움이 되지."

"감사합니다, 영주님!"

보고 싶던 소금 광산을 기회가 없어 보지 못했던 재무관은 기뻐하며 고개를 숙였다.

"날이 지기 전에 루차로 마을 먼저 가자고."

이안은 재무관의 팔을 붙잡고 워프를 발휘했다.

마법 양탄자를 타고 밤하늘을 비행하던 에딘은 뒤를 돌아봤다. 아나이스가 그의 허리를 붙잡고 졸고 있었다.

"아나이스!"

에딘이 고함을 치자 눈을 감고 졸고 있던 아나이스가 퍼뜩 깨어났다.

"하늘을 날 땐 졸지 말라고 내가 주의를 줬잖아. 위험하다니까!"

빠르게 날아가는 마법 양탄자 위에서 에딘이 큰 소리로 말했다. 높은 하늘에서 떨어지면 목숨이 위험했다.

"불어오는 바람 때문에 눈이 따가워서 눈을 감고 있었어.

자고 있는 게 아니라."

새침하게 말을 한 아나이스는 고개를 길게 빼 아래를 내려다봤다.

강과 들판이 보였고 멀리 불빛도 보였다.

'저긴 어딜까?'

이름 모를 마을을 밝히는 불빛을 내려다보던 아나이스는 에딘의 등에 머리를 기댔다.

마법 양탄자를 며칠 동안이나 타고 있자니 이것도 지겨웠다.

"왜 따라온다고 해서 사람 귀찮게 하는 거야?"

에딘이 투덜거렸다. 그들은 알베른으로 가는 중이었다.

"세상 구경을 하고 싶어서. 그리고 오빠와 결혼할 사람을 빨리 보고 싶기도 하고."

"너 브로나 만나면 잘해 줘야 해."

"알았어. 걱정 마."

에딘은 마법 양탄자를 서서히 하강시켰다.

"오늘은 저기 보이는 마을에서 잠을 자고 가자."

"여긴 어디쯤이야?"

"아직 베니농을 벗어나지 못했어."

로즈 가문의 전함 2백여 척과 보급선 백여 척이 이리아니강과 연결된 바다 인근에 정박해 있었다.

달빛은 밝았고 강과 만나는 해역은 파도가 잔잔했다.

"요새를 비울 생각은 없는 것 같군."

일자 망원경으로 해안가 요새를 관찰하던 시니아스 대영
주가 망원경을 밑으로 내리며 말했다.

오늘 낮에 이곳에 도착한 로즈 가문의 대함대는 보는 것만
으로도 오금이 저릴 만큼 대단한 위용을 과시하고 있었다.

하지만 내륙으로 들어가는 물길의 전초기지라 할 수 있는
왕실의 타르샤 해안 요새는 오히려 성벽의 경계를 더욱 강화
했다.

명백히 항전을 할 태세였다.

"의외군. 아리나 요새에 전력을 집중한다고 해서 저 요새
는 비워 둘 줄 알았는데 말이야. 도리어 전력이 강화되었지
않나?"

성벽 위엔 롤만이 자랑하는 신형 투석기도 배치되어 있었
다. 어제 정탐선의 보고를 받을 때까지만 해도 분명 없던 병
기들이다.

"개전의 중요성을 롤만도 알고 있을 테지요."

제복을 입은 해군 총사령관 브래디가 옆에서 말했다.

시니아스는 들고 있던 망원경을 친위대에게 넘기며 브래
디를 쳐다봤다.

"그렇다면 더욱 철저히 짓밟아 줘야겠군요, 숙부님."

시니아스가 차가운 목소리로 말했다.

"타르샤 요새를 만만히 봐서는 안 됩니다. 성벽은 두껍고 방어 시설 또한 훌륭합니다. 시간이 걸리더라도 저들을 밤낮으로 괴롭히다가 불시에 전력을 집중해 공략하는 게 좋습니다."

"숙부님, 이 많은 군사들이 고작 저 작은 요새 하나 때문에 발이 묶여 시간을 지체한다면, 우리 서부군의 사기가 땅에 떨어질 것입니다. 그것은 차후 더 많은 희생을 불러올 수 있으니, 다소 무리가 있더라도 개전 당일 저 요새는 무조건 함락시켜야겠습니다."

시니아스의 눈은 전의로 불타오르고 있었다.

브래디는 잠시 시니아스를 바라보다가 조용히 고개를 숙였다.

"대영주의 말씀이 맞습니다."

브래디는 아쉽지만 자신의 의견을 굽혔다. 최종 결정권자는 시니아스였고, 그의 말도 일면 타당했기 때문이다.

"그나저나 숙부님, 제가 무리해서 숙부님을 전장에 모시고 온 것 같습니다. 죄송합니다."

가까운 형제인 에뉴딘을 잃고 곧이어 세일라까지 떠나보낸 브래디는 예전의 건강한 모습을 되찾지 못했다.

"괜찮습니다, 대영주. 제가 원해서 온 것 아닙니까? 죽더라도 전장에서 죽어야 돌아가신 에뉴딘 형님을 만났을 때 큰 소리를 칠 수 있을 것 같습니다."

브래디가 낮게 웃으며 말했다.

시니아스는 손을 뻗어 브래디의 손을 붙잡았다.

"숙부님, 고맙습니다. 함께해 주셔서 큰 힘이 됩니다."

"별말씀을요."

"그만 선실로 가시죠."

그들이 타고 있는 배는 로즈 가문이 자랑하는 거함 로즈
호였다. 일반 전함보다 훨씬 크고, 선체도 단단하기 그지없
었다.

갑판을 걷던 그들은 병사의 보고에 발길을 멈췄다.

"대영주님, 라프지아에서 사신이 도착했습니다!"

"사신이?"

시니아스는 눈을 빛내며 옆을 쳐다봤다.

로즈 가문의 전함들 사이를 천천히 통과해 대장선으로 다
가오는 배 한 척이 보였다.

상선으로 위장한 배를 타고 온 라프지아의 대신 당테는 차
가운 눈빛으로 대장선을 바라봤다.

대장선이 가까워지자 그는 그 자리에서 몸을 띄워 대장선
으로 날아갔다.

"막지 마라."

어둠을 가르며 날아오는 당테를 갑판 위의 친위대가 막으려 하자 시니아스가 손짓을 하며 명했다.

갑판 바깥쪽에 도열해 있던 친위대가 무기를 내리며 당테가 순순히 대장선 갑판에 착지하도록 보내 줬다.

공중에서 한 바퀴 회전을 한 당테는 흰 수염을 휘날리며 갑판에 착지했다.

"당테 경이 직접 오셨군요."

사신을 알아본 브래디가 크게 놀라며 앞으로 걸어 나왔다.

당테는 라프지아 국왕의 사촌으로, 왕가의 인물이었다.

라프지아 왕실에서 가장 강한 인물로도 평가되는 그는, 왕을 제외한 최고의 권력자 중 한 명이었다.

그야말로 실세가 사신으로 온 것이다.

"오랜만이오, 브래디 경. 늦었지만 심심한 위로를 드리오. 목숨처럼 가까운 형제를 잃고 얼마나 상심이 크셨겠소."

브래디와 안면이 있던 당테는 카랑카랑한 목소리로 위로를 전했다.

"감사합니다."

과거 에뉴딘의 지시로 라프지아와 로즈를 오가며 라프지아 왕실과 여러 차례 협상을 벌였던 브래디는 당테와 술자리를 가진 적도 있었다.

브래디는 몸을 반쯤 틀어 뒤에 서 있는 시니아스를 소개했다.

"인사하시죠, 당테 경. 로즈 가문의 새 대영주이신 시니아스 대영주님이십니다."

당테는 앞으로 걸어와 시니아스에게 담담히 인사를 건넸다.

"처음 뵙겠습니다, 대영주."

"어서 오십시오, 당테 경. 먼 길 오느라 고생하셨습니다."

"부친을 잃으신 슬픔이 크실 것이라 생각합니다. 애도를 표합니다."

"감사합니다."

시니아스는 당테를 정중히 맞이했다.

"안으로 들어가시지요."

시니아스와 브래디는 사신으로 온 당테와 함께 회의 시설이 갖춰진 넓은 선실로 향했다.

배의 선실이라 여겨지지 않을 만큼 잘 꾸며진 넓은 방 안에서 차를 마시던 당테는 찻잔을 내려놓으며 말했다.

"개전일이 언제인지 알려 줄 수 있습니까?"

당테의 물음에 시니아스는 옆에 앉은 브래디를 한번 쳐다본 뒤 답했다.

"이틀 뒤입니다."

"그렇군요. 얼마 남지 않았습니다."

일흔이 넘은 나이에도 불구하고 목소리가 힘이 넘치는 당테는 고개를 끄덕였다.

그는 잠시 생각하다 말했다.

"얼마 전 대영주께서 보낸 사신이 우리 왕실에 다녀간 뒤로 내부적으로 격론이 벌어졌습니다."

시니아스의 눈빛이 살짝 흔들렸다.

시니아스는 부친의 장례식이 끝나자마자 라프지아 왕실로 원군을 요청하는 사신을 보냈었다.

그러나 사신은 그 자리에서 확답을 못 받고 빈손으로 돌아왔었다.

"비록 우리 왕실이 로즈 가문과 협정을 맺은 바 있으나, 여러 대신들이 멀리 원군을 보내는 것에 부정적인 입장을 표했습니다."

"협정을 맺기까지 수년의 시간이 걸렸습니다. 그래서 라프지아 내부적으로 조율이 다 된 줄 알았습니다만, 그것이 아니었군요."

시니아스는 실망한 속내를 감추며 담담히 말했다.

당테가 브래디를 바라봤다.

"여기 당시 협상을 이끌었던 브래디 경은 알고 계실 겁니다. 로즈 가문과 우리 왕실의 협상이 비밀리에 진행된 것을

요. 뒤늦게 협정 사실을 알게 된 대신들이 반대하는 의사를 개진한 것입니다."

"이해합니다. 하면 라프지아 왕실의 입장은 무엇입니까? 양측이 맺은 협정은 파기가 되는 것입니까?"

시니아스는 마음을 비우고 물었다.

사실 일전에 보낸 사신이 확답을 받지 못하고 돌아왔을 때부터 협정문이 그저 종이 쪼가리로 전락할 수도 있다고 예상은 했었다.

당테는 빙그레 웃었다.

"어찌 신하들 몇 놈이 뒤늦게 난리를 친다 하여 왕실의 명예가 걸린 협정을 파기하겠습니까?"

"그럼?"

"지금쯤 라프지아에서 5만의 병력을 태운 배들이 출발했을 것입니다. 아마 열흘 내로 이곳에 도착할 겁니다."

시니아스의 얼굴이 밝아졌다. 라프지아가 도와주면 이 전쟁에서 승리할 가능성이 더 높아진다.

"다만, 추가 원군은 더 이상 없으니, 이 전쟁에서 우리는 반드시 승리해야 합니다. 라프지아 왕실 원정군을 지휘하는 사령관으로서 말씀드립니다."

당테가 눈을 빛내며 말했다.

그는 단순한 사신이 아니었다. 함께 싸울 라프지아군의 사령관 자격으로 이곳의 상황을 파악하기 위해 먼저 온 것이다.

"경께서 군을 지휘하십니까?"

브래디가 놀라며 묻자 당테가 고개를 끄덕였다.

"그렇소, 사실 대신들의 격렬한 반대에도 불구하고 왕실이 협정대로 원군을 파견한 것은 전하께서 나를 전적으로 신뢰하시기 때문이오. 이번 전쟁에서 승리하겠다고 약조를 드렸으니, 만약 롤만에게 패한다면 나는 얼굴을 들지 못할 것이오."

원군이 파견되도록 힘을 쓴 당테는 품 안에서 라프지아왕이 보낸 친서를 꺼내 맞은편에 앉아 있는 시니아스에게 건넸다.

라프지아 왕실의 인장이 찍힌 서신을 개봉해 내용을 확인한 시니아스는 고개를 끄덕이며 당테에게 말했다.

"내부 반발에도 불구하고 이렇게 라프지아 왕실이 원군을 보내 주셨으니 고마움을 어떻게 표현해야 할지 모르겠군요."

"전쟁에서 승리하면 됩니다. 그리고 라프지아가 약속을 지킨 것처럼, 로즈 가문도 약속을 지켜 주면 됩니다."

당테의 말에 시니아스의 눈썹이 미세하게 꿈틀거렸다.

시니아스는 무거운 표정으로 벽에 걸려 있는 왕국 지도를 바라봤다.

원군의 대가로 로즈 가문은 그들에게 금전적인 보상과 함께 벨로린의 땅을 일부 떼어 주기로 했다.

땅을 주는 것은 내키지 않는 일이었지만, 그러지 않고는 라프지아가 남의 왕국의 내전에 개입해 피를 흘릴 이유가 없었다.

　"걱정 마십시오. 약속을 지킬 테니까요."

　"보넌 대영주와도 얘기가 끝난 것입니까?"

　지도를 보던 시니아스는 고개를 돌려 당테를 쳐다봤다.

　"그렇습니다. 롤만을 왕좌에서 끌어내린 후, 이 왕국의 서쪽은 내가, 동쪽은 그가 통치하게 될 겁니다. 라프지아 왕실에 줄 땅은 내가 통치할 서쪽 영토이니 보넌 대영주로서도 반대할 이유가 없습니다."

　"좋습니다. 아주 좋습니다."

　벨로린의 영토에 제2의 라프지아 왕국을 세우고 싶어 하는 당테는 탁자를 손바닥으로 치며 만족해했다.

　"그럼 대영주, 내일 다시 만나 세부적인 작전 계획을 짜도록 하지요."

　"그러시죠. 멀리서 오시느라 고생하셨습니다."

　막 자리에서 일어서던 당테가 무슨 일인지 다시 자리에 앉았다.

　"아! 한 가지 물어볼 게 있습니다."

　"예, 말씀하십시오."

　시니아스가 손짓을 했다.

　"알베른의 이안 영주는 어느 편입니까?"

"이안 영주요?"

뜻밖의 질문이었다. 시니아스는 브래디를 잠시 바라보다가 답했다.

"어느 편도 아닌 중립을 지키고 있습니다."

"그렇군요."

당테는 깊어진 눈빛으로 흰 수염을 훑어 내렸다.

"한데, 이안 영주는 왜 물어보시는 겁니까?"

"얼마 전, 그가 시페로스에서 큰 사건을 벌였습니다. 모르고 계시는 겁니까?"

"글쎄요, 이안 영주가 몽페르도 가문의 노영주를 구하기 위해 시페로스에서 힘을 쏟은 것 정도는 알고 있습니다만."

시니아스와 브래디가 영문을 모르겠다는 눈빛으로 쳐다보자 당테는 의자에 등을 기대며 담담히 말했다.

"하긴, 극히 일부만 알고 있는 사실이니 전쟁 준비로 바쁜 두 분이 모르실 수도 있겠습니다. 이안 영주가 시페로스에서 전설의 용체를 파괴했습니다."

"뭐라고요? 지금 용체라 하셨습니까?"

깜짝 놀란 시니아스의 눈이 커졌다.

전설의 용체가 실재한다는 것도 놀라운데, 그것을 파괴하다니.

브래디 역시 시니아스처럼 크게 놀라고 있었다.

"나 역시 그 정보를 듣고 믿어지지가 않았습니다. 하지만 확인해 보니 사실이었습니다."

"대체 그 정보를 어디서 들으신 겁니까?"

브래디가 물었다.

"흠, 브래디 경도 알다시피 수십 년째 내전이 벌어지고 있는 시페로스는 우리 왕국과 인접국이 아니오? 자세한 사항은 말씀을 드릴 수 없으나, 헤르가샤 왕의 주변에서 얻은 정보요."

당테는 헤르가샤가 우바도 대협곡에 숨겨진 용체를 차지하기 위해 1만이 넘는 병력과 뛰어난 무장들을 보냈지만 용체를 지키는 자들에게 거의 전멸에 가까운 피해를 입은 일을 말해 주었다.

"그런데 그때 갑자기 이안 영주가 나타나서 용체로부터 힘을 얻은 마법사를 죽이고 용체까지 재로 만들었다고 하오."

"참으로 대단한 일이 있었군요!"

감탄을 한 브래디는 어이가 없었다. 시기적으로 보니 에뉴딘의 장례식을 치르고 시페로스로 가서 그런 놀라운 일을 벌인 것 같았다.

'정말 이안 영주는 세상이 좁다 하고 움직이는군. 대체 용체가 있는 곳은 어떻게 알고 찾아갔으며, 또 그것을 차지하지 않고 그 자리에서 없애 버리다니. 허, 허!'

생각하면 할수록 대단한 사람이었다.

당테는 탁자 위의 찻잔을 내려다보며 눈을 가늘게 떴다.

"신비로운 힘을 얻을 수 있는 용체를 보란 듯이 없애 버리고 그 사실을 헤르가샤에게 전하라 했다고 하오. 이 얼마나 대담하고 무서운 자요. 나는 이 세상에 그런 인물이 있다는 것이 정녕 믿어지지가 않소."

당테의 긴말이 끝나자 방 안은 조용해졌다.

용체 사건에서 보여 준 이안의 무게감 때문이었다.

"그럼 난 이만. 대영주, 내일 뵙도록 하지요."

당테가 침묵을 깨고 자리에서 일어섰다.

"이안 영주가 용체를 파괴했다고요?"

라프지아에서 지원군이 오기로 했다는 사실에 기뻐하던 파렐은 부친의 말에 깜짝 놀란 표정을 지었다.

"그래, 사실이다."

약을 복용한 브래디는 의자에 앉아 당테에게 들은 이야기를 아들에게 말해 줬다.

놀라움 가득한 얼굴로 브래디의 말을 듣던 파렐이 갑자기 웃기 시작했다.

잠시 뒤 웃음을 멈춘 파렐이 침대에 몸을 누이고 있는 브래디를 바라봤다.

"아버지, 역시 이안 영주답습니다. 용체를 부수고 헤르가

샤 왕에게 자신이 용체를 파괴했다고 전하라 하다니."

"이안 영주는 내가 생각했던 것보다 훨씬 강한 사람이다. 실력뿐만 아니라 그 의지도 말이다."

잔기침을 한 브래디는 침대 옆으로 다가온 파렐을 올려다 봤다.

"적으로 만나 싸우게 됐다면, 우리 가문은 용체 꼴이 났을 것이다."

"그러지 않아 얼마나 다행입니까?"

"쿨럭! 쿨럭!"

갑자기 격렬하게 기침을 하는 브래디의 모습에 파렐은 걱정 가득한 눈빛으로 말했다.

"아버지, 로즈로 돌아가시는 게 어떠십니까? 제가 아버지 몫까지 싸우겠습니다."

"내 몸이 어디 있다 한들 마음이 편하겠느냐? 나는 괜찮으니 걱정 말거라."

파렐의 손을 붙잡고 따뜻한 미소를 지은 브래디는 선실 천장을 올려다봤다.

마지막까지 시니아스를 설득해 전쟁을 피해 보려 노력했지만, 전쟁의 수레바퀴는 막을 수가 없었다.

서부 지역 영주들의 뜻도 완강했고.

"부디 형님의 영혼이 로즈 가문을 지켜 줬으면 좋겠구나."

이안이 톰과 함께 인쇄소 건물 안으로 들어오자, 1층 넓은 홀에서 목판을 제작하던 수십 명의 사람들이 하던 일을 멈추고 급히 일어섰다.

"영주님을 뵙습니다."

이안은 다양한 연령대의 목판 기술자들을 바라봤다. 목판을 만들어 본 경험이 있는 기술자들은 3분의 1 정도 됐고, 나머지는 손재주가 좋은 목공이나 다른 일을 하던 사람들이다.

목판 제작이 처음인 이들은 선배들로부터 기술을 전수받아 경험을 쌓고 있었다.

망가진 목판이 바닥에 많이 쌓여 있었다.

이안은 그중 하나를 들어 살펴보다가 고개를 살짝 숙이고 그를 훔쳐보던 소녀에게 말했다.

"네가 한 것이냐?"

"예? 그, 그렇습니다, 영주님."

소녀가 떨리는 목소리로 말을 하자 이안이 빙그레 미소를 지으며 목판을 탁자에 내려놨다.

"아깝구나, 공들인 목판이 작은 실수로 망가지다니. 하지만 다른 부분은 완벽했다. 좋은 실력이다."

혼날 줄 알고 움츠려 있던 소녀는 기뻐하며 큰 소리로 답했다.

"감사합니다, 영주님! 좋은 책을 만들도록 노력하겠습니다!"

"하하하!"

이안이 웃으며 부드럽게 말했다.

"그래, 고생하거라."

이안은 자신 때문에 일을 멈춘 인쇄소 사람들에게 격려의 시선을 주며 말했다.

"앞으로 내가 들어와도 하던 일을 멈추지 말고 계속 진행해도 좋다. 집중을 요구하는 일인데, 나 때문에 그 흐름이 깨져서는 안 되겠지. 모두 하던 일을 계속하도록 해."

"예, 영주님."

공손히 대답을 한 사람들이 각자 정해진 자리에서 다시 목판 제작에 집중했다.

"영주님, 2층으로 모시겠습니다."

톰의 말에 이안이 고개를 끄덕였다.

"그래."

1층 작업장을 지나 2층으로 올라간 이안은 완성된 목판으로 찍어 낸 종이가 펼쳐져 있는 커다란 탁자로 걸어갔다.

"견본으로 찍어 본 것인데, 제가 그 내용을 검수하고 있는 중입니다. 잘못 새겨진 글자가 있을 수 있어서요."

"그렇구나."

"한번 보시겠습니까?"

톰이 내민 종이를 받아 든 이안이 인쇄된 종이를 살펴봤다.

단순히 글만 있는 게 아니라 상단에 삽화도 들어가 있었다.

"멋지다. 목판을 만든 사람의 정성이 느껴져. 책이 이렇게 완성되면 보는 사람도 함부로 책을 다룰 수 없을 거다."

"감사합니다, 영주님."

톰은 기뻐하며 견본으로 찍은 많은 종이들을 계속 보여 줬다.

이안은 귀찮아하지 않고 목판으로 제작된 책의 일부를 확인했다.

신이 나 있는 톰의 모습에 이안은 속으로 미소를 지었다.

'인쇄소를 못 만들게 했으면 큰일 날 뻔했군.'

한참을 2층에서 보낸 이안은 인쇄소 건물 밖으로 나왔다.

"톰, 쉬엄쉬엄해라. 밤늦게까지 인쇄소에 있지 말고."

"예, 영주님."

톰은 도서관과 인쇄소를 오가며 바쁘게 하루를 보내는 중이었다.

"영주님, 저는 인쇄소에 더 볼일이 있습니다."

"그래, 들어가 봐."

톰이 인쇄소로 들어가는 것을 지켜보던 이안은 따뜻한 봄볕을 맞으며 영주관 방향으로 걸어갔다.

론도가 그런 이안의 뒤를 묵묵히 따라갔다.

"영주님."

정보부장이 다가오자 이안은 걸음을 멈추고 그를 쳐다봤다.

전쟁 분위기가 무르익은 요즘, 정보부장은 그와 관련된 보고를 수시로 하는 중이었다.

"로즈 가문의 해군이 타르샤 해역에 어제 도착했다는 보고입니다."

"그럼 곧 전쟁이 시작되겠군."

"그렇습니다. 육로로 이동한 서부 연합군도 전선에 배치됐고, 남부 연합군도 전선에 모두 도착했으니까요. 이르면 내일이라도 개전할 것 같습니다."

"그렇군."

무거운 눈빛으로 푸른 하늘을 바라보던 이안의 눈빛이 흔들렸다.

하늘에서 뭔가가 빠르게 내려오고 있었기 때문이다.

'뭐야, 저건?'

하늘에 떠 있는 점처럼 작은 물체를 뚫어지게 바라보던 이안의 눈가에 점차 미소가 어렸다. 상공의 물체가 무엇인지 알아본 것이다.

"에딘이 마법 양탄자를 타고 왔군."

페르콘에서 마법 양탄자를 직접 조종해 보기도 했던 이안은 하늘에서 들리는 은은한 에딘의 목소리에 그 미소가 더 짙어졌다.

"이안!"

에딘은 영주관 앞에 서 있는 이안을 향해 큰 소리로 그 이름을 불렀다.

알베른성 가까이 내려온 에딘은 성벽 위를 지키는 병사들의 머리 위를 날며 그들에게도 인사를 했다.

"오랜만입니다!"

오랫동안 알베른성에서 지내 왔던 에딘은 경비대 병사들과도 담을 쌓지 않고 잘 지내 왔다.

수상한 물체의 등장에 석궁을 겨눴던 성벽 위 병사들이 에딘을 알아보고는 무기를 밑으로 내렸다.

"오셨습니까, 에딘 님!"

병사들의 인사 소리에 밝은 표정을 짓던 에딘은 마법 양탄자를 선회시켜 이안의 근처에 착륙했다.

"아이고, 허리야."

에딘은 허리를 두드리며 양탄자에서 일어섰다.

장시간 앉은 상태로 마법 양탄자를 조종한 터라 에딘은 허리가 부러질 것만 같았다.

"하늘에서 추락하는 줄 알았다."

이안이 웃으며 에딘을 맞이했다.

허리를 두드리던 에딘이 장난기 가득한 얼굴로 말했다.

"일부러 놀라게 해 주려고 좀 과격하게 비행을 했지. 놀랬지?"

"아니, 사실 어설펐다."

"그래? 동생 때문에 중간에 속도를 낮춰서 표가 났나 보네."

에딘은 아쉬운 표정을 지었다.

몇 달 만에 보는 친구의 얼굴이 무척 반가웠는지 미소를 짓던 이안은 에딘의 등 뒤에 서 있는 아나이스에게 시선을 돌렸다.

아나이스는 바람에 헝클어진 머리카락을 정돈하려 애를 쓰고 있었다. 하지만 꼬인 머리카락들은 쉽게 풀리지 않았고, 아나이스는 당황한 기색이 역력했다.

"반가운 분이 오셨군요."

이안의 다정한 인사에 아나이스는 결국 머리카락을 정돈하는 것을 포기하고는 어색한 얼굴로 마주 인사했다.

"안녕하셨어요, 영주님."

"먼 길 오느라 고생하셨습니다."

"아니에요. 혹 제가 갑자기 와서 실례를 범한 건 아닌지 모르겠어요."

"전혀요. 잘 오셨습니다. 환영합니다."

이안이 따뜻하게 맞이해 주자 아나이스는 헝클어진 머리카락을 손에 잡은 채 미소를 머금었다.

이안에게 결혼할 사람이 있다는 충격적인 말을 에딘에게
들은 뒤로 아나이스는 한동안 실의에 빠지기도 했었다.

그러나 이안에 대한 순수한 호감은 여전히 그녀에게 남아
있었다.

"고마워요."

"제 신하들을 소개하죠. 이쪽은 콘스 경입니다. 정보부를
맡고 있죠. 그리고 이 사람은 호위 장교 론도입니다."

이안은 뒤에 서 있던 콘스와 론도를 연달아 소개했다.

"처음 뵙겠습니다. 콘스라고 합니다."

"론도입니다."

두 사람의 인사에 아나이스는 기품 있는 자세로 고개를 살
짝 숙여 화답을 했다.

"다비드 가문의 아나이스라고 합니다. 만나서 반가워요."

에딘과 둘이 있을 땐 말괄량이 동생이었지만 밖에서는 그
래도 한 가문을 대표하는 신분이라 그녀는 가급적 행동을 조
심했다.

"정보부장은 그만 가 봐도 좋아."

"예, 영주님."

타르샤 해역에 로즈 가문의 해군이 도착했다는 것을 보고
했던 콘스는 자리를 떠나기 전 에딘을 바라봤다.

"보고 싶었습니다, 에딘 님."

"저도 알베른성의 많은 분들이 보고 싶었습니다."

에딘은 어딘지 울컥한 모습으로 말했다.

콘스의 말속엔 잠시 곁을 떠난 가족을 맞이하는 듯한 정겨움이 담겨 있었던 것이다.

사실 에딘은 알베른성의 사람들과 한 가족이나 다름없었다.

콘스가 몸을 돌려 자리를 떠나자 이안은 멍하니 서 있던 에딘의 어깨에 한 손을 올리며 담담히 말했다.

"점심 안 먹었지? 가자 영주관으로."

"어? 어, 그래. 잠시만."

에딘은 마법 양탄자를 둘둘 말아 이안에게 내밀었다.

"네가 보관 좀 해 주면 안 될까?"

"알았어, 어려울 것 없지."

마법 주머니를 꺼낸 이안이 그 안에 양탄자를 집어넣었다.

이안과 에딘, 아나이스는 영주관 방향으로 함께 발걸음을 옮겼다.

'이곳이 알베른성⋯⋯.'

아나이스는 두 사람을 뒤에서 따라가며 성안을 계속 둘러봤다.

알베른성이 처음이었고, 그래서 모든 것이 새로웠다.

"점심 식사 후에 성내를 안내해 드리겠습니다."

앞서 걷던 이안의 말에 아나이스는 활짝 웃는 얼굴로 답했다.

"친절하시네요. 고마워요."

"이안, 그럴 필요 없어. 나도 이곳을 잘 알고 있는데 뭘. 야, 아나이스, 내가 성내 구경시켜 줄게."

갑자기 에딘이 끼어들자 아나이스의 표정이 바뀌었다.

"오빠가 이안 영주님보다 이 성을 더 잘 알 리 없잖아, 안 그래?"

뭔가 꾹 참고 있는 듯한 동생의 말투에 에딘은 뒤늦게 그녀의 눈치를 봤다.

"나도 이 성을 잘 알고 있어. 하지만 이안이 먼저 말을 꺼냈으니…… 그래, 이안이 친절을 베푸는 게 좋겠다. 난 점심 먹은 후에 브로나에게 가 봐야 하니까."

"잘 생각했어, 오빠. 브로나 언니가 얼마나 오빠를 기다리고 있겠어."

아나이스는 그제야 표정을 풀며 부드럽게 말했다.

에딘은 걸으면서 턱을 매만졌다.

'설마 이안에게 결혼할 사람이 있다는 것을 알면서도 딴생각을 계속 품고 있는 건 아니겠지?'

동생이 비록 말괄량이라도 속이 깊고 판단력이 뛰어난 아이였다.

"부모님은?"

앞을 보며 걷던 이안이 묻자 정신을 차린 에딘이 답했다.

"응, 건강하게 잘 계셔."

"페르콘은 어때?"

페르콘에서 전횡을 일삼던 쿠아치노 대원로를 제거하는 데 큰 힘을 보탠 이안이 물었다.

"너 떠나고 나서 왕실에 끝까지 대항하던 쿠아치노 추종 세력들에 대한 대대적인 숙청 작업이 진행됐어."

대세가 왕실로 기울었다는 것을 인지한 대부분의 쿠아치노파들은 항복을 했지만, 모두가 그런 것은 아니었다.

"그렇군."

"나도 아버지와 함께 왕실을 돕기 위해 그 일에 참여했지."

사막의 여러 가문을 멸문시키는 데 동참한 에딘은 어딘지 씁쓸한 미소를 지었다.

"항복하면 그만인데, 왜 끝까지 버티려 했는지 모르겠어. 쿠아치노 때문에 왕국이 부패하고 백성들이 고통받았다는 것을 그들도 모를 리 없을 텐데 말이야."

이안은 고개를 돌려 옆에서 걷는 에딘을 쳐다봤다.

페르콘 왕실의 적을 정리하면서 여러 복합적인 감정이 든 것 같았다.

이안은 가까워지는 영주관을 바라보며 말했다.

"너는 옳은 일을 한 거야."

"맛있게 드십시오."

"잘 먹을게요."

이안이 음식을 권하자 아나이스는 미소를 지으며 식사를 시작했다.

만찬실의 점심은 화려하지 않았지만 음식들이 하나같이 다 맛있었다.

"결국 전쟁이 벌어지는구나. 남부와 서부의 군사들이 전선에 총집결했으니 말이야."

배가 고팠는지 허겁지겁 점심을 먹던 에딘이 벨로린의 전쟁 얘기에 포크를 내려놓았다.

"이르면 내일이라도 개전할 것 같다."

"몽페르도의 무르 영주님과 에드릭 노영주님과는 시페로스에서 가깝게 지냈는데. 무사하셨으면 좋겠다."

표정이 무거워진 에딘의 말에 이안은 고개를 끄덕이며 술잔을 기울였다.

"어서 먹어. 음식 식는다."

"그래."

에딘이 포크를 다시 들었고 이안은 무거워진 분위기를 바꾸기 위해 웃으며 말했다.

"그나저나 네 여자 친구가 너 보면 정말 좋아하겠다. 얼마 전에 만났을 때 너 언제 오는지 아냐고 내게 물었거든."

"아, 그랬어?"

에딘은 몽롱해진 눈빛으로 빈 허공을 응시했다.

"나도 브로나가 보고 싶었어. 그래서 부모님보다 먼저 왔지."

"뭐? 부모님보다 먼저 오다니, 그게 무슨 말이야?"

이안이 묻자 옆에서 얌전한 모습으로 말없이 식사를 하던 아나이스가 대신 답했다.

"아버지와 어머니 두 분이 배를 타고 알베른으로 오시기로 했어요. 영주님이 다스리는 알베른도 구경하고, 무엇보다."

아나이스는 여전히 몽롱한 시선으로 허공을 바라보는 에딘을 가리켰다.

"오빠의 아내가 될 분과 그 가족을 만나기 위해서요."

"그렇군요."

이안은 솔직히 살짝 놀랐다. 혼사를 논의하기 위해 브로나와 그 가족을 페르콘으로 초대할 줄 알았는데, 반대로 다비드 가문에서 직접 찾아오는 것이다.

집안과 신분을 앞세우지 않고 상대를 배려하는 모습이었다.

'역시 에딘의 부모님들은 보통 분들이 아냐.'

고개를 끄덕이던 이안이 아나이스에게 물었다.

"두 분은 언제 오시는 겁니까?"

"정확히는 모르겠어요. 배를 언제 타실지 저희도 몰라서요. 다만, 늦어도 한 달 안에는 오시지 않을까 싶어요."

"네에……."

"죄송해요. 왕국에 큰일이 벌어지고 있는데, 부모님이 찾아와서요."

아나이스는 간단히 부모님이 배를 타고 온다고 했지만 많은 수행원들이 함께 동행할 것이다.

이안도 그 점은 짐작하고 있었다.

빙그레 미소를 지은 이안이 고개를 가로저었다.

"천만에요. 기쁜 마음으로 기다리겠습니다."

"다 실었느냐?"

"예, 재무관님."

상단으로부터 받은 신약 대금을 마차에 실은 병사들이 마차 앞에서 공손히 말했다.

"험, 그럼 금고로 가 볼까?"

재무관은 마차 빈 공간에 자리를 잡고 앉았다.

'약이 여전히 잘 팔린단 말이야……. 해열제도 반응이 뜨겁고.'

좌우로 흔들리는 마차 안에서 재무관은 흐뭇한 시선으로

자신의 옆에 쌓여 있는 금화 상자들을 바라봤다.

'소금 광산에서 소금까지 캐내서 팔면 재정이 그야말로 흔들리지 않을 만큼 탄탄해지겠군. 달달한 최상급 소금이니 말이야.'

며칠 전, 이안과 단둘이서 욘디아르의 소금 광산에 다녀온 재무관은 그 어마어마한 암염 광산의 규모에 새삼 놀라고 말았다.

누군가의 입을 통해 듣는 것과 직접 두 눈으로 보는 것은 하늘과 땅만큼 다가오는 느낌이 달랐다.

얼마 후 마차는 성내에 들어섰고 재무관은 마차 창밖을 응시했다.

멀리서 이안이 웬 젊은 여자와 웃으며 걷고 있었다.

'저 사람은 누구지? 처음 보는 사람인데?'

재무관은 지금껏 이안이 린다가 아닌 다른 여자와 저렇듯 친밀한 모습으로 걷는 건 보지 못했었다.

"마차를 멈춰라!"

"예, 재무관님."

영주관으로 향하는 중간에 마차를 세운 재무관이 멀리 걸어가고 있는 이안의 뒷모습을 계속 쳐다봤다.

이안이 성내 건물에 가려져 그 모습이 보이지 않을 때까지 지켜보던 재무관은 턱을 매만졌다.

"흠, 누구일까?"

"성의 분위기가 굉장히 밝아요."

"봄이라서 그럴 겁니다."

이안의 말에 아나이스는 미소를 지었다. 이안과 단둘이서 이렇게 호젓하게 걷는 게 꼭 꿈만 같았다.

'그래, 잠시만이라도 이 순간을 즐기자.'

이안에게 사랑하는 사람이 있다는 것을 생각하면 가슴이 아팠지만 그래도 그의 행복을 기원했다.

"조금 전 본 인쇄소는 정말 대단했어요. 마을에 학교를 세우고 그 학교에 책을 공급하기 위해 인쇄소를 세우다니요. 영주님은 영지를 정말 사랑하시네요."

"이거 낯부끄럽군요. 사실 인쇄소는 톰이 먼저 제안을 한 겁니다."

"그 사서분 말씀이군요."

아나이스는 인쇄소에서 인사를 나눈 어린 사서 톰을 떠올리며 말했다.

"그렇습니다. 나이는 어리지만 생각이 깊고 아주 현명합니다."

이안이 신뢰 가득한 눈빛으로 말했다.

"그래도 영지에 많은 학교를 세우는 것은 영주님의 뜻이잖아요. 인쇄소 역시 영주님이 허락을 해 주셨기에 가능한 거고요. 영주님의 영지 사랑은 부인할 수가 없네요."

"하하하!"

이안은 톡톡 튀는 그녀의 말투에 자신도 모르게 웃음을 터트렸다.

"그런데 지금은 어디로 가는 거죠?"

"신약을 만드는 제약원으로 가는 중입니다."

"네에. 기대되네요."

이안이 외부의 손님들에게 성내를 직접 구경시켜 준 적은 극히 드물었다.

그만큼 에딘의 동생을 이안이 깊이 생각하고 있다는 뜻이었다.

'친구의 동생은 내 동생이기도 하지.'

이안은 해맑게 웃고 있는 아나이스를 보며 지구에서 이별을 한 동생을 생각했다.

"제 얼굴에 뭐라도 묻었나요?"

이안이 지그시 바라보자 아나이스가 얼굴을 살짝 붉히며 얼굴을 매만졌다.

"죄송합니다. 갑자기 아는 사람이 떠올라서요. 아나이스 님과 조금은 비슷한 분위기를 가졌었거든요."

"그랬군요."

"자, 이쪽입니다."

이안은 제약원을 가리키며 아나이스와 함께 안으로 들어

갔다.

⁂

라니엘 영주는 왕실파 영주 중 한 명으로 남부 전선 방어의 한 축을 담당하고 있었다.

하지만 롤만 왕의 지시로 남부 전선으로 군사를 이끌고 온 것이 아니었다.

전선 일대가 바로 그의 영지였기 때문이다. 즉, 그는 자신의 땅을 지키기 위해 나선 것이다.

"단 한 놈도 내 영지를 통과하지 못할 것이다."

전선의 지도를 내려다보던 날카로운 인상의 라니엘은 얼마 전 받은 롤만 왕의 친서를 다시금 들어 읽어 봤다.

적을 상대하되 버틸 수 없으면 과감히 성을 비우고 후방으로 퇴각해도 좋다는 내용이었다.

전쟁을 길게 보라는 조언도 담겨 있었다.

라니엘은 롤만 왕의 친서를 촛불에 불태우고 자리에서 일어섰다.

"퇴각은 없다. 남부 놈들에게 뜨거운 맛을 보여 주겠다."

자존심 강한 라니엘의 말에 지휘실에 모인 10여 명의 부대 지휘관들이 머리를 숙이며 크게 답했다.

"맡겨 주십시오, 영주님! 끝까지 이곳을 지키겠습니다!"

충성심이 가득한 수하들의 목소리에 라니엘은 고개를 끄덕였다.

"고맙구나."

성과 얼마 떨어지지 않은 곳엔 무르가 이끄는 수만의 적들이 도착해 있었다.

"전하께서 신형 투석기 20대를 우리에게 지원해 주셨다, 여러 마법사들과 함께. 영지를 지키기 위해 모인 7천의 병사들이 한마음으로 싸움에 임하면, 적들을 이 성에서 물리칠 수 있다!"

"맞습니다!"

"내일 적의 공격이 예상된다. 돌아가 수하들을 격려하고 술을 조금씩 나눠 주어라. 그들은 술을 마실 자격이 있다."

"예, 영주님!"

부대 지휘관들이 방을 나가자 라니엘은 검을 뽑아 검신의 끝을 노려봤다.

"어디, 얼마든지 오거라. 혼자 죽지는 않을 테니까."

"영주님!"

라니엘의 부관이 방문을 두드리고 급히 안으로 들어왔다.

"무슨 일이냐?"

라니엘이 부관을 쳐다봤다.

"성문 밖에 무르 영주가 수하 한 명과 와 있습니다. 영주님과 대화를 요청했습니다."

"뭐라?"

싸움을 앞둔 적장이 찾아왔다는 말에 미간을 찌푸리던 라니엘은 검을 검집에 넣고 방을 나섰다.

'이자가 무슨 꿍꿍이지?'

성벽으로 향하던 라니엘은 무르가 달랑 수하 한 명만 데리고 왔다는 것을 떠올리고는 다시 밑으로 내려가 성문으로 갔다.

"문을 열어라."

"예, 영주님!"

육중한 성문이 열렸고, 라니엘은 10여 명의 호위들을 대동하고 성 밖으로 걸어 나갔다.

부관의 보고대로 정말 무르가 말을 탄 채 기다리고 있었다.

라니엘이 성문을 열고 나오자 무르는 말에서 훌쩍 뛰어내려 앞으로 걸어왔다.

수 미터 거리를 두고 라니엘과 마주 선 무르는 웃는 낯으로 말했다.

"오랜만이오, 라니엘 영주."

"무슨 일이오?"

냉랭한 라니엘의 반응에 무르는 굵은 목소리로 말했다.

"긴히 나누고 싶은 말이 있는데, 술 한잔 합시다."

"술? 크하하하!"

어이없다는 듯 크게 웃던 라니엘이 허리의 검을 뽑아 땅바닥에 꽂았다.

그리고 땅에 꽂힌 검 앞에서 차가운 목소리로 말했다.

"내 영지를 공격하기 위해 온 자가 술을 마시자니 어이가 없구나. 네놈의 피로 만든 술을 마신다면 모를까 너와는 술을 마실 일이 없을 것이다."

"우리의 목표는 당신이 아니오. 아시잖소. 그러니 길을 열어 주시오."

"그 말을 하기 위해 온 것이냐?"

"그렇소."

무르는 앞으로 한 걸음 나서며 간곡하게 말을 이었다.

"애꿎은 피를 흘릴 필요가 있겠소? 남부의 병사들은 당신의 영지를 통과하며 어떠한 해도 입히지 않을 것이오. 이 무르가 목숨을 걸고 맹세하겠소."

"나는 한때 왕실과 영주로서 핀델슨 왕실을 위해 롤만 왕과 싸운 적이 있다. 그때 사로잡힌 나를 롤만 왕이 살려 주었다. 나뿐만 아니라 수천의 병사들과 함께 말이다. 어찌 그 은혜를 저버릴 수가 있겠느냐!"

스윽.

검을 뽑아 든 라니엘이 무르를 겨누며 호통을 쳤다.

"꺼져라! 한 번만 더 항복을 권유하면, 네놈이 혼자 왔다 해도 죽여 버릴 것이다!"

"음."

무르는 묵직한 신음성을 내뱉었다.

라니엘의 성격이 보통 강직한 게 아니라는 것을 그도 잘 알고 있었다.

말없이 라니엘을 바라보던 무르는 몸을 돌려 말에 올라탔다.

"아쉽지만 어쩔 수 없구려. 그럼 전장에서 봅시다."

"너희는 이번 전쟁에서 패할 것이다."

"두고 봅시다, 어찌 되는지."

차가운 눈길로 라니엘과 성을 바라보던 무르가 말고삐를 움직여 아군의 진영으로 향했다.

무르와 동행했던 그의 호위대장 융디왈은 들고 있던 흰색 깃발을 성 앞 들판에 던져 버렸다.

더 이상 이 깃발은 필요 없을 것이다.

석양에 물든 들판을 가로질러 작은 숲을 통과한 무르는 탁 트인 또 다른 들판에 도착했다.

그곳에 남부 영지 연합 제3군에 속하는 4만 병력이 모여 있었다.

아군 진영에 도착한 무르는 곧장 커다란 군막으로 향했다. 그곳엔 3군 소속의 네 영주들이 무르를 기다리고 있었다.

"어찌 됐소?"

게일론의 영주 브테파고가 묻자 무르는 의자에 앉으며 묵직하게 말했다.

"라니엘은 내 제안을 받아들이지 않았소."

무르의 대답에 군막 안의 영주들은 고개를 끄덕였다. 이미 어느 정도 예상은 했던 바였다.

그럼에도 무르가 라니엘을 찾아간 것은 자그마한 가능성 때문이었다.

"이제 어쩔 것이오?"

필라슈는 겁 없이 적 진영에 다녀온 무르에게 넌지시 물었다.

무르는 탁자 위의 지도를 보며 말했다.

"예정대로 내일 공격을 시작할 것이오."

브로나의 집에서 한참을 머물다 저녁을 먹고 밤에 돌아온 에딘은 이안과 둘이서 술잔을 나누며 그동안 밀린 이야기를 나눴다.

"와, 나 없는 동안 대체 얼마나 많은 일들이 있었던 거야?"

차원의 균열과 그것을 지키기 위해 평생 헌신하고 있는 에렌투 수도원 사람들, 샬렌의 등불 속에서 만난 로신 교주, 용의 심장을 가진 그라일라와 최근에 이안이 용체를 파괴한 일 등.

어느 것 하나 특별하지 않은 사건이 없었다.

"나도 네 옆에 있었어야 했는데."

에딘은 놀라운 경험을 함께하지 못한 것에 대한 짙은 아쉬움을 나타냈다.

이안은 술을 마시며 말했다.

"넌 그때 페르콘에서 아버지를 도와 중요한 일을 하고 있었잖아."

"그렇긴 하지만……. 아무튼 내가 없는 동안 더 바쁘게 지냈구나. 고생했다."

"고생은."

"아, 맞다!"

에딘은 자리에서 벌떡 일어나 방 안을 이리저리 둘러보며 말했다.

"블란조르 님 어디 계셔?"

"저기 창가에."

이안이 활짝 열린 침실의 창문을 가리키자 에딘이 그쪽을 바라보며 말했다.

"블란조르 님, 죄송합니다. 옆에 계시다는 걸 깜빡했습니다. 그동안 잘 계셨습니까?"

블란조르의 존재를 알고 있는 에딘은 머리를 긁적이며 뒤늦게 인사를 했다.

창가에서 밤하늘을 올려다보던 블란조르는 피식 웃으며 고개를 돌렸다.

처음엔 이안에게 왜 저런 녀석과 친구가 되려 하냐고 놀려 대기도 했지만, 이안의 눈이 정확했다고 인정할 수밖에 없었다.

─다시 봐서 반갑다고 전해 줘라.

"너 다시 봐서 반갑대."

이안이 말을 전해 주자 에딘은 함박웃음을 지었다.

"고맙습니다."

이안은 에딘과 블란조르 사이에서 몇 차례 더 대화를 나누도록 도와줬다. 그리고 그들의 대화가 끝나자 술잔을 내려놓고 자리에서 일어섰다.

"에딘, 지하 금고로 가자."

"지하 금고? 거긴 왜?"

"가 보면 알아."

이안은 에딘을 데리고 지하 금고로 내려갔다.

넓은 석실에 들어선 에딘은 금고에 쌓여 있는 많은 금화 상자들을 바라보며 미소를 지었다.

"이거 보여 주려고 한 거야?"

"아니."

이안은 안쪽으로 걸어가 커다란 물체를 덮고 있는 흰 천을 잡아당겼다.

그 순간, 삼각형 형태를 띤 할파츠 마법 증폭 장치가 그 모습을 드러냈다.

"어! 이건······."

눈이 동그랗게 커진 에딘이 놀란 얼굴로 마법 증폭 장치로 다가갔다.

할파츠로 제작된 마법 증폭 장치에서 흘러나오는 신비로운 붉은 빛이 에딘의 얼굴을 은은하게 밝혔다.

자신의 키만 한 할파츠 마법 증폭 장치의 겉면을 손으로 만지며 한동안 감탄을 하던 에딘이 몸을 돌려 이안을 바라봤다.

"대단한 마법 증폭 장치야. 대체 이건 어디서 난 거냐?"

"듀크웨일."

이안은 에스카를 구해 준 대가로 듀크웨일로부터 마법 증폭 장치를 받게 된 일을 설명해 줬다.

"한번 툭 던져 본 말인데, 진짜 주더라고. 자존심은 있어 가지고."

"이거 굉장한 거야."

"알아, 나도. 지난번 설산 공동에서 용체를 공간 이동 시킬 때 사용된 게 바로 이것과 같은 거라고 했으니까."

이안은 마법 증폭 장치를 바라봤다.

"그래서 가지고 온 거야. 네 마법 공부에 도움이 될 것 같아서. 너도 그때 온전한 모습의 마법 증폭 장치를 보고 싶어 했잖아."

이안의 담담한 말에 에딘은 고개를 끄덕이며 기뻐했다.

"고맙다. 네 말대로 이 마법 증폭 장치를 연구하면 관련 마법 분야에 굉장한 도움이 될 거야!"

비록 에딘이 고대 사막의 대마법사 칼자이너의 유산을 얻었다 해도 모든 마법 분야에 뛰어날 수는 없었다.

마법 증폭 장치 분야는 칼자이너도 많은 지식을 남겨 놓지 않았기 때문이다.

그 때문에 걸작이라 부를 만한 이 할파츠 마법 증폭 장치는 에딘에게 많은 공부를 시켜 줄 수 있는 물건이었다.

"한번 사용하면 망가진다고 하던데, 어떨지 모르겠다."

"걱정 마. 내가 연구를 해서 두고두고 사용할 수 있는 방법을 한번 찾아볼게. 완성도 높은 이 거대한 할파츠 마법 증폭 장치라면 정말 사용할 데가 많을 거야. 어쩌면 그동안 미완으로 남은 바위 골렘의 핵을 만드는 데 도움이 될 수도 있고."

"오, 그래?"

이안의 눈이 반짝였다.

"아, 확실한 건 아니고, 그냥 가능성이 있다는 거지."

"이놈이 아주 좋은 녀석이었네, 하하하!"

이안은 웃으며 신비로운 붉은 빛을 뿜어내는 할파츠 마법 증폭 장치를 손으로 쓰다듬었다.

"이거 내가 집으로 가지고 가서 연구를 해도 될까?"

"당연하지."

이안은 마법 주머니를 꺼내 마법 증폭 장치를 집어넣었다.

"가자, 네 집으로. 아나이스도 네가 오기를 기다리고 있을
거야."

에딘이 연구실로 쓰던 방에 무거운 마법 증폭 장치를 옮겨
다 준 이안은 오래 머물지 않고 바로 집을 나섰다.

"피곤할 텐데, 그만 들어가서 쉬세요."

이안이 집 밖으로 배웅 나온 아나이스에게 말했다.

"오늘 환대해 주셔서 고마웠어요."

"별말씀을. 앞으로 이 성이 내 집이다 생각하고 편히 쉬세
요. 필요한 게 있으면 말씀하시고요."

앙렌리드에 있을 때 이안은 에딘의 가족으로부터 손님이
아닌 가족처럼 대우를 받았다. 그것을 잊지 않고 있던 이안
이 부드럽게 말했다.

"감사합니다."

"그럼."

이안이 몸을 돌려 영주관으로 향했다.

이안의 뒷모습을 집 앞에서 한동안 지켜보던 아나이스는

집 안으로 들어갔다.

페르콘에서 부모님이 오실 동안 그녀는 에딘과 함께 이 집에서 함께 생활을 할 예정이었다.

집도 크고 빈방도 여러 개 있어서 지내는 데는 불편함이 없을 것 같았다.

"오빠, 안 피곤해?"

"먼저 자. 난 이걸 좀 살펴봐야겠다."

방 안에서 마법 증폭 장치를 살펴보던 에딘이 종이에 무엇인가를 열심히 기록하며 말했다.

술도 마시고 피곤도 했지만 에딘은 당장 하고 싶은 걸 해야만 했다.

"이게 뭐야?"

"할파츠로 제작된 마법 증폭 장치."

"그게 뭔데?"

"나중에 자세히 설명해 줄게."

아나이스는 마법 증폭 장치를 유심히 쳐다보다가 말했다.

"오빠, 아까 제약원에서 말이야, 부원장이라는 분과 인사를 나눴거든. 혹시 그분이 오빠가 말한 그분이야?"

"……."

종이에 기록을 하던 에딘이 손을 멈추고 뒤돌아봤다.

아나이스는 별일 아니라는 듯 손사래를 치며 말했다.

"괜찮아. 그냥 궁금해서 물어본 거야."

"맞아, 린다가 이안이 사랑하는 그 사람이야."

"그렇구나. 어쩐지 두 사람이 서로를 바라보는 시선이 좀 그랬어."

장난스럽게 콧잔등을 찡그린 아나이스는 길게 하품을 했다.

"피곤하다. 난 그만 가서 잘게. 오빠도 일찍 자."

"너 정말 괜찮은 거지?"

"당연하지."

아나이스는 허리에 양손을 척 올리며 턱을 치켜세웠다.

"오늘 이안 영주님과 꽤 오랫동안 성내를 돌아다니며 얘기를 나눴다고. 그 정도면 나도 만족해. 잘 자."

"어, 어, 그래. 잘 자."

아나이스가 방을 나가자 에딘은 머리를 긁적였다.

"괜찮은 것 같기도 하고 아닌 것 같기도 하고."

마법 증폭 장치를 바라보던 에딘은 책상에 종이와 펜을 내려놓고 방을 나왔다.

"야, 아나이스! 오빠랑 차 마실래? 브로나가 준 야생 찻잎이 있어!"

"그럴까?"

먼저 잠을 잔다고 들어갔던 아나이스가 나왔다.

잠시 후, 두 사람은 주방에서 따뜻한 찻주전자를 들고 거실로 나와 마주 앉았다.

"알베른은 공기부터가 고향과는 다른 것 같아."

"어때? 알베른에 오길 잘한 것 같아?"

에딘의 물음에 아나이스는 찻잔을 들며 망설임 없이 답했다.

"물론이지. 내일은 꺄뮤도 구경할 거야."

"그래, 나랑 함께 나가자."

"오빠 저거 연구해야 하잖아."

아나이스가 방 쪽을 가리키자 에딘이 웃으며 말했다.

"나중에 해도 돼. 난 네가 더 중요하니까."

에딘의 마음을 느꼈는지 아나이스는 활짝 미소를 지었다.

"고마워, 오빠. 차 맛있다."

"그렇지?"

에딘은 흐뭇한 얼굴로 동생을 바라보며 찻잔을 들었다.

개전

　칠흑 같은 어둠에 잠긴 이른 새벽, 시니아스는 선실 벽에 걸린 부친의 초상화를 바라보고 있었다.

　병사하기 직전에 그려진 초상화로, 앙상하게 마르고 볼품 없는 초라한 모습이었다.

　에뉴딘은 일부러 이 초상화를 자식들에게 남겼다.

　자신의 마지막 모습을 통해 그들도 결국 언젠가 죽게 되는 평범한 인간에 불과하다는 경종을 울려 주기 위해서다.

　깊은 눈빛으로 에뉴딘의 초상화를 바라보던 시니아스가 입을 뗐다.

　"아버지, 아버지는 임종 직전 왕좌에 대한 미련을 남김없 이 버리셨습니다. 하지만 저와 형제들은 그럴 수 없습니다.

반드시 롤만을 왕좌에서 끌어내리고 아버지의 초상화를 그 자리에 올려놓겠습니다."

앞으로 걸어간 시니아스는 부친의 초상화에 손을 올렸다.

"하델과 레버스도 마음속으로 저와 같은 다짐을 하고 있을 것입니다. 지켜봐 주십시오."

시니아스의 형제들인 하델과 레버스는 내륙으로 진군하는 서부 연합군과 함께 있었다.

형제들을 대표해 부친에게 개전의 결의를 한 시니아스는 풀어 놓았던 검을 차고 선실을 나섰다.

싸늘한 새벽 공기가 흐르는 로즈호의 넓은 대갑판엔 브래디를 비롯한 주요 지휘관들이 모여 있었다.

"쿨럭, 쿨럭."

소매로 입을 막으며 기침을 하는 브래디 곁으로 다가온 시니아스가 그의 손을 붙잡았다.

타르샤 해역에 도착한 뒤로 더욱 몸이 안 좋아진 브래디의 모습에 시니아스는 안타까운 심정이었다.

"숙부님."

"죄송합니다, 대영주. 소신이 중요한 순간에 분위기를 흐리고 있군요."

"아닙니다. 그런 말씀 마십시오."

부드럽게 말을 한 시니아스는 브래디의 옆에 서 있는 파렐을 바라봤다.

파렐은 등에 작은 석궁을 메고 허리에는 비수들이 꽂힌 복대를 차고 있었다. 그뿐만 아니라 두 자루 장검을 허리 양쪽에 한 자루씩 차고 있었다.

"파렐, 너도 이번 작전에 함께 가는 것이냐?"

"그렇습니다."

로즈 가문의 해군 돌격대에서 잠시 복무를 하기도 했던 파렐이 공손히 답했다.

"부친의 곁에서 일을 도와라."

"대영주님, 이미 돌격대 병사들은 제가 간다는 것을 알고 있습니다. 로즈 가문의 일원으로 제 책임을 다할 수 있게 해 주십시오."

옆에서 기침을 하던 브래디가 고개를 끄덕였다.

"전쟁터에 나선 이상 누구든 전장에 나서야 합니다. 대영주, 파렐이 참여하는 것을 허락해 주십시오."

"음, 알겠습니다, 숙부님."

파렐의 돌격대 합류를 결국 승낙한 시니아스는 더는 시간을 지체하지 않고 옆으로 걸어갔다.

해군 돌격부대 부대장인 드반크가 상의를 벗은 모습으로 서 있었다.

온몸에 흉터가 많은 탄탄한 체격의 장년인 드반크는 깊은 바다까지 잠수해 들어갈 수 있는 사람으로, 육상 전투 능력 또한 탁월했다.

브래디와 호형호제하는 사이로, 그는 로즈 가문이 인정하는 초강자급 강자였다.

"드반크 경, 그럼 잘 부탁하오."

"예, 대영주님. 요새 성문을 반드시 확보하겠습니다."

에뉴딘에 이어 그의 아들인 시니아스를 대영주로서 섬기기로 맹세한 드반크는 공손히 머리를 조아리며 답했다.

"무리할 필요는 없소. 적들의 시선이 이곳으로 집중될 때까지 먼저 움직이지 마시오."

"그리하겠습니다."

덥수룩하던 수염을 말끔히 깎은 드반크는 새벽어둠 속에서 흰 이를 드러내며 미소를 지었다.

묵직하게 묵례를 한 드반크와 파렐은 몸을 돌려 배 난간으로 다가가더니 주저 없이 그대로 바다를 향해 뛰어들었다.

첨벙.

시니아스와 브래디가 배 난간으로 다가가 아래를 내려다봤다.

수영과 잠수에 능한 수백 명의 해군 돌격대원들이 머리만 내놓은 채 떠 있었다.

곧 그들은 일정한 대열을 이루며 멀리 떨어진 타르샤 해안 요새 근처의 해안가를 목표로 은밀히 움직이기 시작했다.

횃불을 든 수십 명의 기병들이 자갈이 깔린 해안가에 나타났다.

그들은 파도가 철썩이는 어두운 바다를 상당히 오랫동안 날카롭게 주시하다가 길게 이어진 해안을 따라 일렬로 이동했다.

그들이 멀리 이동해 보이지 않게 되자 어두운 바닷속에서 수백 개의 사람 머리가 천천히 수면 위로 모습을 드러냈다.

"푸후!"

긴 시간 숨을 참은 로즈 가문의 돌격대원들이 가쁜 숨을 토해 냈다.

"서둘러라!"

드반크의 지휘 아래 수백 명의 돌격대원들이 해안에 깔린 자갈을 밟으며 내륙으로 빠르게 상륙했다.

타르샤 요새의 순찰병들이 이곳에 다시 나타나기 전에 목표 지점으로 이동을 해야만 했다.

물기가 툭툭 떨어지는 얼굴로 한참을 달려간 그들은 타르샤 요새의 동쪽 성벽 인근 숲에 도달할 수 있었다.

타르샤 요새의 남쪽과 서쪽이 해안을 바라보는 성벽이라면 동쪽과 북쪽 일부 성벽은 내륙 쪽에 위치해 있었다.

이들의 목표는 동쪽 성벽을 타고 넘어가 성문이 있는 북쪽을 공격해 성문을 안에서 열어 주는 것이었다.

굉장히 위험한 작전이었다.

"동이 트면 본대에서 요새를 공격하기 위해 움직일 것이다. 우리는 이 숲에서 대기하다 싸움이 벌어지면 동쪽 성벽으로 간다."

"예, 대장님!"

"멀리서부터 헤엄치고 여기까지 달려오느라 고생들 했다. 무기를 점검하며 휴식을 취하도록 해."

"예!"

수백 명의 돌격대원들이 주변을 경계하며 숲에 흩어져서 휴식을 취하기 시작했다.

동이 트려면 조금 더 기다려야 했다.

드반크는 석궁을 확인하는 파렐에게 다가갔다.

"대영주님 옆에서 참모 역할이나 할 줄 알았는데, 직접 전투에 참전하다니."

"그러게 말입니다. 제가 왜 그랬는지 모르겠습니다. 벌써부터 후회가 되는군요."

파렐이 미소를 지으며 말을 하자 드반크가 피식 웃었다. 그는 파렐의 옆에 주저앉으며 낮은 목소리로 말했다.

"아까 대영주의 말씀이 맞아. 부친이 많이 아픈데 옆에서 힘이 되어 드렸어야지. 개전 당일 죽는다면 얼마나 큰 불효인가?"

"그건 같은 입장 아닙니까?"

파렐은 주변에 흩어져 있는 용맹한 돌격대원들을 둘러보며 말했다. 해군들 중에서도 정예병들이 바로 이들이었다.

"모두들 목숨을 걸고 온 사람들입니다. 저만 특별한 존재는 아니지요."

"자네 많이 바뀌었군. 이 정도로 생각이 트인 사람이 아니었는데 말이야."

드반크의 말에 파렐은 잠시 생각하다가 석궁을 한쪽에 내려놓았다.

"아마 이안 영주였으면 저와 같은 행동을 했을 것입니다."

"이안 영주라……."

드반크는 에뉴딘의 장례식장에서 스치듯 만난 이안을 떠올리며 고개를 끄덕였다.

"내가 평가할 대상은 아니지만, 확실히 비범해 보이긴 하더군. 그런데 자네, 이안 영주에게 너무 빠져 있는 것 아닌가? 알베른에 사신으로 자주 다녀온 것은 아네만, 그래도 자넨 로즈 사람이야."

"맞습니다, 전 로즈 사람입니다. 그러니 이렇게 부대장님과 함께 있는 게 아니겠습니까?"

"넉살도 늘었군. 나도 한번 알베른에 다녀와야겠는걸. 대체 알베른에 뭐가 있기에 거길 다녀오면 이렇게 변하는지 말이야."

웃음기 가득한 얼굴로 말을 하던 드반크는 파렐의 어깨에 손을 올렸다. 그리고 웃음기를 지우며 진지하게 말했다.

"자네 아버지를 존경하는 사람으로서 한마디만 하겠네."

"말씀하십시오."

"죽지 말게."

수평선 너머에서 태양이 꿈틀거리며 일어났다.

바다에 빛이 뿌려지고 바다의 본모습이 세상에 드러나기 시작했다.

로즈호 갑판 위에서 동이 트기를 말없이 기다리던 시니아스는 오른손을 어깨높이로 들어 올렸다.

그의 시선은 저 멀리 해안가에 우뚝 서 있는 요새로 가 있었다.

"공격해라."

말과 함께 시니아스가 손을 아래로 내렸다.

마침내 롤만에 대한 공격이 시작된 것이다.

시니아스의 명령이 떨어지자, 로즈호 갑판에 서 있던 거구의 나팔수가 자신의 몸보다 큰 거대한 뿔 나팔을 입에 대고 길게 불었다.

뿌우우우우! 뿌우우우!

뿔 나팔에서 뿜어져 나오는 웅장한 소리가 바다로 퍼져 나갔다.

그 순간 바다에 새카맣게 떠 있는 소형 상륙선 수백 척들이 일제히 노를 저으며 앞으로 나아가기 시작했다.

상륙선 한 척당 수십 명씩 타고 있었다.

"투석기에 맞아 허무하게 죽기 싫으면 죽자 살자 노를 저어라!"

"으샤! 으샤!"

무기 대신 길쭉한 노를 잡은 해군 병사들이 호흡을 맞추며 폭발적으로 노질을 했다.

2백여 척의 전함과 백여 척이 넘는 보급선에서 내려진 수백 척의 상륙선들이 타르샤 해역을 뒤덮으며 해안가로 나아가는 모습은 두 번 보기 어려운 장관이었다.

그러나 그 장관을 깨는 매서운 공격이 곧 이어졌다.

타르샤 해안 요새에서 투석기 공격을 시작한 것이다.

"돌이 날아온다!"

"옆으로 이동해라!"

불붙은 거대한 돌들이 포물선을 그리며 상륙선들을 향해 마구 떨어졌다.

풍덩! 풍덩!

상륙선 옆으로 투석기에서 날린 돌들이 떨어질 때마다 배들이 뒤집어질 듯 출렁이며 요동쳤다.

"야, 이 개자식들아! 신형 투석기라더니 형편없구나!"

옆에 떨어진 투석기 돌의 영향으로 물벼락을 맞은 병사가 기세를 높이며 외치다 눈이 커졌다.

쇄애애액!

스산한 소리를 내며 떨어진 불붙은 돌이 이번엔 그가 탄 배를 정확히 직격한 것이다.

콰앙!

비웃던 병사의 몸을 두부처럼 으깨 버린 돌이 상륙선을 두 조각 내며 바닷속으로 들어갔다.

"으아아악!"

두 동강 난 배에서 튕겨져 나간 병사들이 허공 높이 떠올랐다가 아래로 추락했다.

첨벙!

돌을 맞아 침몰한 배의 주변은 금세 시신이 떠올랐고 붉은 피로 붉게 물들어 갔다.

"노를 잡아!"

목숨이 붙어 있는 병사들을 근처의 상륙선들이 구해 냈고, 그들은 이를 갈며 다시 해안 요새를 향해 미친 듯이 노를 저어 갔다.

"또 온다!"

누군가 큰 목소리로 외칠 때였다.

뱃전에 타고 있던 로즈 가문의 마법사가 손을 앞으로 내밀었다.

하늘에서 떨어지던 불붙은 돌의 속도가 느려지더니 살짝 방향을 바꿔 배들이 없는 빈 바다로 추락했다.

풍덩!

물이 높게 치솟았고, 그 마법사는 곧이어 다른 배에 떨어지는 돌을 막기 위해 마법 방패를 만들어 날렸다.

반투명한 푸른빛의 마법 방패가 회전하며 날아갔고, 잠시 뒤 배로 떨어지던 불붙은 거대한 돌의 측면에 박혔다.

콰앙!

큰 소리와 함께 돌의 일부가 파괴되며 방향을 바꾸더니 역시 빈 바다로 떨어졌다.

짧은 순간 두 척의 배를 구해 낸 마법사는 머리에 눌러쓴 후드를 등 뒤로 넘기며 고함을 쳤다.

"상륙선을 보호해라!"

로즈 가문의 나이 지긋한 마법사가 외치자 상륙선 곳곳에 흩어져 있던 다른 마법사들이 전면에 나서며 적 진영에서 날아오는 거대한 돌들을 막기 시작했다.

그러나 아무리 마법사들이라 해도 그 많은 아군의 상륙선들을 모두 보호해 줄 수는 없었다.

그들의 능력도 한계가 있었다.

"얼마 안 남았다! 죽을힘을 다해 노를 저어라! 놈들에게 뜨거운 맛을 보여 주자!"

해안 요새가 가까워질수록 로즈 가문의 병사들 눈엔 독기
가 더 짙어졌다.

상륙선들이 해안 요새와 가까워지는 것을 차가운 눈빛으
로 바라보던 시니아스는 시선을 더 멀리 두었다.

"숙부님, 드반크 부대장이 이끄는 돌격부대가 지금쯤이면
움직이고 있겠지요?"

브래디는 바다에서 침몰하는 아군의 상륙선을 바라보며
무거운 표정으로 고개를 끄덕였다.

"그럴 겁니다."

"제시간에 맞춰 성문을 열어 줘야 아군의 피해를 줄이며
적 요새를 점령할 수 있을 텐데요."

"드반크 부대장을 믿어 보시지요."

브래디는 기침을 하며 답했다.

"저도 기대는 하고 있습니다. 용맹무쌍한 드반크 부대장
의 전투력을 감당할 자가 저 요새에 있으리라고는 생각하지
않으니까요."

드반크와 파렐은 숲에서 먼바다를 응시했다.

아군의 상륙선들이 투석기 공격을 받으면서도 멈추지 않
고 계속 전진하고 있는 것이 보였다.

수백 명의 돌격대원들은 그 모습에 전의가 불타올랐는지 뜨거운 목소리로 말했다.

"대장님, 명령을 내려 주십시오!"

드반크는 전쟁이 시작됐지만 바로 움직이지 않았고 적절한 때를 기다리고 있었다.

그리고 이제 그때가 왔다고 판단을 내린 그는 왼쪽을 바라봤다.

말을 탄 적 순찰병들이 숲 앞을 지나쳐 요새로 돌아가려 하고 있었다.

"놈들을 없애라!"

"예!"

돌격대원들이 숲에서 튀어 나가 단검을 던지고 석궁을 사용해 적들을 순식간에 쓰러트렸다.

일부는 방패로 버티며 도주하려 했지만 포스검을 날린 돌격대 조장의 공격에 등이 관통된 채 얼마 못 가 들판에 쓰러지고 말았다.

"이제 동쪽 성벽까지 전력으로 달린다! 도중에 적들에게 들킬 테지만 멈춰선 안 된다. 죽어도 성벽 위까지 올라가서 싸우다 죽는다!"

"예, 대장님!"

드반크는 파렐을 바라보며 말했다.

"가세."

"예."

눈을 빛낸 파렐은 수백 명의 돌격대원들과 함께 숲을 빠져나와 성벽을 향해 일직선으로 내달리기 시작했다.

말처럼 튼튼한 다리근육을 가진 수백 명의 돌격대원들은 경사진 개활지를 순식간에 돌파해 동쪽 성벽 가까이 접근했다.

평소보다 훨씬 빠른 놀라운 속력이었다.

"적이다!"

갑자기 동쪽 성벽 근처에 나타난 로즈 가문의 병력에 놀란 요새 병사들이 달려오는 돌격대원들을 향해 활을 쏘기 시작했다.

비록 해안가 성벽과 성문 방향의 성벽에 더 많은 병사가 배치되어 있긴 했지만, 동쪽 성벽에도 적지 않은 병사들이 배치되어 있었다.

화살이 비 오듯 날아왔지만, 돌격대원들은 달려가는 속도를 늦추지 않았다.

바다를 헤엄쳐 건너오기 위해 무거운 갑옷을 벗어 버리고 맨몸으로 온 그들의 달리는 속도는 성벽 위 궁수들이 보기에도 바람처럼 빨라 보였다.

"크악!"

옆구리에 화살을 맞은 돌격대원이 휘청거렸지만 멈추지 않고 이내 다시 속도를 내며 성벽을 향해 달려갔다.

여기서 쓰러지면 성벽 위의 궁수는 다른 동료들을 먹잇감 삼아 활시위를 겨눌 것이다.

버틸 수 있을 때까지 버티며 놈들의 시선을 잡아 둬야 했다.

화살을 맞은 돌격대원은 동료들을 위해서 움직일 수 없을 때까지 마지막 힘을 쥐어짜 내며 성벽을 향해 달려갔고, 그런 사람이 한두 명이 아니었다.

화살을 서너 발씩이나 맞고도 성벽을 향해 달려오는 독한 저들의 모습에 화살을 날리던 성벽 위 병사들은 놀라지 않을 수 없었다.

"지독한 자식들!"

기어이 성벽 아래까지 도착해 쓰러지는 와중에도 돌격대원들은 공격 본능을 잊지 않았다.

"같이 죽자, 흐흐흐."

몸에 여러 발의 화살을 맞은 돌격대원이 죽어 가며 석궁을 쐈다.

성벽 밑으로 기름통을 던지려던 요새 병사의 목에 석궁으로 날린 화살이 틀어박혔다.

"커헉!"

거구의 요새 병사는 기름통을 든 채 비틀거리다 옆으로 쓰러졌다.

"조심해!"

화롯불에 기름통이 떨어지는 모습을 본 성벽 위 병사들이
놀라 고함을 쳤다.

그 순간 기름통이 폭발하며 주변에 화염이 솟구쳤다.

"으아아아!"

곧이어 주변에 쌓여 있던 또 다른 성벽 방어용 기름통들에
까지 불통이 튀었고, 연속해서 폭발이 일어났다.

콰콰쾅!

큰 소리와 함께 성벽 위는 불과 검은 연기로 뒤덮였고, 주
변은 삽시간에 아수라장이 되었다.

성벽 난간에 걸쳐지는 갈고리와 연결된 줄을 잘라 내던 요
새 병사들이 화염에 휩싸이며 요새 안쪽으로 떨어졌다.

"으아악!"

예기치 못한 사고에 동쪽 성벽 일대가 혼란에 빠졌고, 그
틈에 드반크가 가장 먼저 성벽 위로 올라섰다.

"이놈들아! 살고 싶으면 무기를 버려라!"

두 자루 검을 든 드반크가 풍차처럼 몸을 회전시키며 성벽
위를 휩쓸었다.

성벽 난간에 붙어서 돌격대원들이 올라오지 못하게 막고
있던 요새 병사들이 비명과 함께 짚단처럼 쓰러졌다.

로즈 가문이 자랑하는 무장 드반크의 검은 요새 병사들이
막기엔 역부족이었다.

드반크는 포스검을 사용하는 적 장교의 몸을 단칼에 베어

버린 후 뒤를 돌아봤다.

파렐이 자신처럼 성벽 위로 올라와 적들과 싸우고 있었다.

포스를 사용할 수 있는 돌격대 조장들도 속속 성벽 위로 올라오고 있었다.

드반크와 파렐, 돌격대 조장들이 요새 병사들과 치열하게 싸우며 성벽 위에 공간을 확보하자, 그때부터는 수백 명의 돌격대원들이 물밀듯이 위로 올라왔다.

동쪽 성벽 일부를 로즈 가문이 신속하게 장악한 것이다.

얼굴에 피를 뒤집어쓴 드반크는 성벽 아래와 개활지에 쓰러져 있는 수하들을 바라봤다.

4백의 돌격대원 중 백여 명 정도가 성벽을 밟아 보지도 못하고 중간에 쓰러졌다. 죽은 자도 있었고 부상이 심해 거동하지 못하는 자도 있었다.

잠시 그 모습을 바라보던 드반크는 차가운 눈빛으로 해안가 방향을 쳐다봤다.

상륙선들이 해안에 상륙해 수없이 많은 병력을 토해 내고 있었다.

"성문을 장악한다!"

"예, 대장님!"

파렐과 3백의 돌격대원들은 드반크와 함께 동쪽 성벽을 빠르게 내려와 북쪽에 있는 성문 방향으로 내달렸다.

수천의 병력이 주둔 중인 타르샤 요새는 내부가 상당히 넓고 건물도 많았다.

대로처럼 뻗은 길을 따라 요새 병사들을 베어 내며 선두에서 달리던 드반크는 번쩍이는 섬광이 앞에서 날아오자 다급히 검을 휘둘러 막았다.

콰앙!

불꽃과 함께 드반크가 요새에 들어와 처음으로 뒤로 밀려났다. 그를 뒤따르던 돌격대원들도 드반크와 함께 자연히 걸음이 멈출 수밖에 없었다.

'강한 놈이군.'

검을 잡은 손아귀가 찌릿찌릿했다.

드반크는 미간을 찌푸리며 전방을 응시했다.

3층으로 된 요새 건물 지붕 위에서 웃는 인상의 사내가 활을 들고 서 있었다.

"네놈은 누군데 남의 요새에 들어와서 설치는 것이냐?"

"보면 모르겠느냐, 이 씨부럴 놈아! 네놈들 목을 따러 온 사람이다!"

거친 드반크의 입담에 그렉의 둘째 아들인 나드로는 더욱 미소가 짙어졌다.

그는 드반크에게 재차 활시위를 겨냥했다.

"그 더러운 입을 날려 주마."

피잉!

화살이 없는 빈 활시위를 당겼지만 놀랍게도 화살 형태를 띤 눈부신 화살이 번개처럼 날아갔다.

포스로 만든 화살을 날린 것이다.

"그리고 널 따라온 놈들도 함께 저승으로 보내 주겠다."

나드로가 보이지 않을 정도의 빠르기로 활시위를 연속해 당기자, 이번엔 수십 개의 화살이 하늘로 솟구쳐 드반크 뒤에 모여 있는 수백의 돌격대원들을 향해 떨어졌다.

"이 망할 자식이!"

자신에게 날아온 포스 화살을 막아 내던 드반크는 깜짝 놀라며 뒤를 돌아봤다.

파렐과 조장들이 검을 휘둘러 포스 화살을 막아 냈지만 모두 막지는 못했다. 일부 화살들이 대원들 사이로 파고들었다.

콰콰쾅!

폭음과 함께 적지 않은 돌격대원들이 피를 뿌리며 사방으로 튕겨져 나갔다.

"이 개 같은 놈이 꼼수를 부리다니!"

화살 한 발로 자신을 묶어 놓고 수하들을 공격한 상대에게 머리끝까지 화가 난 드반크가 땅을 박차고 올라 쌍검을 허공에서 휘둘렀다.

반월 형태의 붉은 검기들이 나드로에게 쏜살처럼 날아갔다.

"그럼 성문을 열기 위해 뒤통수를 치는 네놈들은 깨끗한 놈들이냐?"

나드로가 비웃으며 붉은 검기를 피해 옆 건물 지붕 위로 몸을 날렸다.

그가 피한 자리에 떨어진 붉은 검기들이 지붕을 산산조각 내며 폭발했다.

콰쾅!

"전략이라는 것이다!"

나드로를 쫓아간 드반크가 허공 높은 곳에서 떨어지며 검을 내리쳤다.

두 자루 검이 붉게 타오르며 머리 위로 떨어지자, 나드로는 활대를 검처럼 사용해 두 자루 검을 무리 없이 막아 냈다.

그 모습에 드반크는 속이 서늘해졌다.

'이놈이 정말 보통 놈이 아니구나.'

드반크는 상대를 빨리 제압하고 성문으로 가고 싶었지만, 상황을 보니 그럴 수 있는 상대가 아니었다.

"파렐! 이놈을 죽이고 나는 나중에 따라가겠다! 시간이 없으니 네가 병력을 지휘해 성문을 열어라!"

"알겠습니다! 조심하십시오!"

임무가 중요했다. 파렐은 지체 없이 돌격대원들과 함께 성문 방향으로 달려갔다.

"하하하! 성문에 간다고 해서 뾰족한 수가 있을 줄 아느냐?"

"네놈 걱정이나 해라. 그 재수 없는 활을 내 손으로 부러 트려 줄 테니."

거친 입담과 달리 드반크의 쌍검은 섬세하기 그지없었다. 나드로는 감히 경시하지 못하고 싸움에 집중했다.

"루펜 님, 나드로 님이 요새로 침투해 온 적장을 막아 내 긴 했지만, 나머지 적들이 성문으로 이동 중입니다."

요새 성벽 위에서 싸움을 지휘하던 그렉의 장남 루펜은 수 하의 보고에 고개를 끄덕이며 해안가 쪽 성벽 난간으로 걸어 갔다.

해안에 상륙한 적들이 요새 성벽에서 쏟아지는 화살 공격 을 방패로 막으며 북쪽 성벽으로 이동 중이었다.

그곳엔 요새의 성문이 버티고 있었다.

로즈 가문의 병력이 움직이는 방향에 맞춰 성벽 위를 이동 하던 루펜이 수하에게 말했다.

"시니아스가 오늘 끝을 내려고 하는 것 같다. 장단을 맞춰 주기엔 요새 병사들의 목숨이 아깝구나."

"하시면……."

성벽 위에서 불화살을 날리는 아군 병사의 어깨를 토닥여 주며 걸어가던 루펜이 말했다.

"놈들의 힘을 조금 더 뺀 뒤에 미리 계획한 대로 움직인
다."

"예, 루펜 님!"

성문이 있는 북쪽 성벽 방향으로 걸어가던 루펜은 멀리 바
다를 바라봤다.

해안가에 1만 가까운 병력을 상륙시킨 수백 척의 상륙선
들이 더 많은 병사들을 상륙시키기 위해 모함이 있는 본대로
돌아가고 있었다.

"첫 승리에 목말라 있군."

루펜은 차가운 미소를 지었다.

'빌어먹을, 어이가 없군.'

파렐은 적과 싸우며 성문 쪽을 다시 쳐다봤다. 성문 입구
에 커다란 돌들이 산더미처럼 쌓여 있었다.

많은 돌격대원들을 희생시키며 성문 앞까지 찾아왔지만,
뜻밖에도 저런 장애물이 버티고 있었다.

돌을 다 치우기 전까지는 성문을 열 수가 없는 것이다.

"1조부터 5조까지는 적을 막고 나머지는 성문 앞의 돌을
치운다!"

파렐은 여기서 뼈를 묻을 각오를 했다.

성문 밖엔 아군이 이미 도착해 있는 상태였다.

서걱! 서걱!

파렐이 신들린 사람처럼 검을 휘두르자 성문 앞에 모인 돌격대원들을 둥그렇게 포위하며 공격을 지휘하던 적 장교가 비명을 지르며 옆으로 쓰러졌다.

"누구든 가까이 오는 놈들은 가차 없이 베어 버릴 것이다!"

적이 가지고 있던 방패를 빼앗아 든 파렐과 돌격대원들이 진형을 이루며 주변을 쏘아봤다.

죽음을 도외시한 돌격대의 기세에 포위를 한 요새 병사들이 질린 표정을 지었다.

그들 주변에는 요새 병사들의 시신과 돌격대원들의 시신이 뒤엉켜 있어서 땅바닥엔 그야말로 피가 강처럼 흐르는 듯했다.

요새 밖의 상황도 처참했지만 이곳의 모습도 그에 못지않았다.

"네놈이 뭔데 우리 요새에 들어와 큰소리를 치는 것이냐!"

돌격대원들을 포위한 요새 병사들이 창검을 들고 물밀듯 달려들려 할 때였다.

요새 곳곳에서 짧고 긴 나팔 소리가 반복해서 울려 퍼지기 시작했다.

나팔 소리를 들은 요새 병사들이 공격을 멈추고 서로를 바라봤다. 그리고 천천히 뒤로 물러나더니 요새 안쪽으로 사라져 버렸다.

'뭐지?'

피가 묻은 검과 방패를 들고 있던 파렐이 무기를 가슴 아래로 내리며 앞으로 걸어 나왔다.

그는 가까이 보이는 주변 성벽을 둘러봤다.

성벽 위의 적들이 질서 정연하게 성벽을 내려오고 있었다.

마치 싸움을 포기한 듯한 모습에 파렐은 물론 주변의 돌격대원들도 모두 의아해했다.

충분히 더 싸울 수 있는데, 그냥 퇴각을 하는 모양새였다.

콰앙! 콰쾅!

신형 투석기가 있던 곳에서는 큰 폭음 소리가 연달아 났다. 아마도 거대한 투석기를 파괴하는 것 같았다.

"성문을 막아 놓고 어디로 철수를 하는 걸까요?"

돌격대 조장의 말에 파렐이 답했다.

"또 다른 출구가 있겠지."

성벽을 지키는 병사들이 사라졌지만 로즈 가문의 병사들은 성벽을 한 명도 넘어오지 않고 있었다.

갑작스러운 상황을 수상히 여긴 것 같았다.

"아무튼 우리는 돌을 걷어 내고 성문을 연다."

"예, 파렐 님!"

악전고투를 벌이며 성문 앞에서 버텼던 돌격대원들이 힘

을 합해 커다란 돌들을 옮기는 데 집중했다.

파렐은 계단을 통해 북쪽 성벽으로 올라갔다.

뒤늦게 로즈 가문의 병사들이 밧줄을 타고 성벽으로 올라오고 있었다.

"성벽은 비었다! 적들이 퇴각했다!"

파렐의 고함 소리에 성벽 아래의 수많은 로즈 가문의 병사들이 함성을 질러 댔다.

"와아아아!"

뒤돌아선 파렐은 다시 성문으로 내려왔다.

그곳엔 옆구리에 부상을 입은 드반크 부대장이 그를 기다리고 있었다.

"괜찮으십니까?"

"별거 아니니 신경 쓸 필요 없네."

"그자는 어찌 됐습니까?"

"나와 싸우던 도중 나팔 소리를 듣더니 몸을 빼 사라지더군. 쫓아가려다가 성문이 먼저다 싶어서 달려왔지."

드반크는 성벽을 넘어오는 수많은 아군을 바라보며 찜찜한 표정을 지었다.

"싸우다 만 느낌이 들어서 정말 기분이 더럽군. 승리한 느낌도 안 나고."

"적 지휘관이 누군지 궁금해지는군요."

파렐은 말을 하며 뒤를 돌아봤다.

돌격대원들이 돌들을 걷어 내고 마침내 성문을 열고 있었다.

타르샤 요새의 지하 통로를 통해 요새를 빠져나온 수천의 병사들은 요새에서 제법 멀리 떨어진 내륙 쪽 강변으로 신속히 이동했다.

그곳엔 10여 척의 왕실 해군 배들이 그들을 기다리고 있었다.

"부상자들을 먼저 태워라!"

병사들에게 지시를 내린 루펜은 강변 나무 밑에 앉아 있는 동생에게 걸어갔다.

나드로는 팔이 피로 물들어 있었다.

"고생했다."

"조금만 늦게 철수 지시를 내렸어도 그 대장 놈을 잡을 수 있었는데, 아쉽습니다."

"그 반대가 아니고?"

"아, 형님."

나드로가 인상을 쓰자 루펜은 피식 웃으며 동생 옆에 엉덩이를 깔고 앉았다.

"오늘 하루는 버티려 했는데, 아쉽구나."

"어쩔 수 없지요. 시니아스가 첫날부터 전력을 다할 줄 알았겠습니까? 그리고 어차피 시니아스를 잡을 곳은 아리나 요새가 아닙니까?"

"그렇긴 하지."

아쉬움을 털어낸 루펜은 미소를 지으며 자리에서 일어섰다.

"그만 배로 가자."

"예, 형님."

두 사람은 배를 탔고, 얼마 후 타르샤 요새의 병사들을 태운 왕실 해군의 배들이 강변을 떠나 유유히 내륙 안쪽으로 나아갔다.

"다 만들고 나니 참 보기가 좋습니다."

반언은 배를 어루만지며 흐뭇하게 웃었다.

족히 10여 명은 탈 수 있는 나룻배는 튼튼하면서도 외양이 매우 아름다웠다.

"만드는 내내 투덜대더니 이제 만족하느냐?"

밀레아너스의 말에 반언이 태연히 말했다.

"험, 제가 언제 투덜댔다고 그러십니까? 생사람 잡지 마세요."

반언이 발뺌을 하자 밀레아너스와 그로만이 껄껄 웃으며 창고 입구를 바라봤다.

날이 더없이 화창하고 좋았다. 강물도 잔잔해서 완성된 배를 띄우기엔 안성맞춤이었다.

그로만은 밀레아너스에게 말했다.

"그나저나 소소한 재미로 만든 배인데, 영주님이 진수식까지 준비해 주셨으니, 이거 참 낯간지럽습니다."

그로만은 지금이라도 진수식을 취소하고 싶었다. 그러나 이미 집 앞 강변엔 라인딘이 지휘하는 악단을 이끌고 이안이 와 있었다.

"형님, 이 배가 어디 보통 배입니까? 영주님도 손을 보탠 배가 아닙니까? 부끄러워하지 마시고 즐기십시오. 저와 큰형님이 돕긴 했어도 이 배는 형님의 배입니다."

"막내 말이 맞네. 자, 어서 배를 가지고 가세. 영주님을 오래 기다리게 해선 안 되지."

"알겠습니다."

그로만은 담담히 미소를 지으며 반언과 함께 양쪽에서 나룻배를 들려 했다.

하지만 반언이 손을 내저었다.

"형님은 물러나십시오. 저 혼자 들겠습니다."

"무거울 텐데."

"이 정도 배는 빗자루 들듯 가볍게 들고 갈 수 있습니다."

진수식이 벌어지는 것이 흥겨웠는지 반언은 웃으며 나무 받침대 위의 나룻배를 머리 위로 번쩍 들어 올렸다.

"형님들, 가시죠."

반언이 배를 들고 창고를 성큼성큼 나서자, 그로만과 밀레아너스가 그 뒤를 따라갔다.

"한적해서 너무 좋다. 풍경도 좋고."

에딘과 함께 진수식을 구경하기 위해 온 아나이스는 강변에 핀 꽃과 풀 들을 둘러보다가 강에 시선을 뒀다.

"이곳이 마음에 들어?"

"응, 풍경도 아름답고, 원로님들도 너무 좋으셔."

알베른의 원로들이 하나같이 쟁쟁한 강자라는 것도 놀라웠고, 그중 한 명인 전 왕실 기사단장이 소탈하게 이런 곳에서 지내는 것도 존경스러웠다.

아나이스가 조금 전 이곳에 도착했을 때, 세 원로들은 에딘의 동생인 그녀를 진심으로 반겨 주었고, 아나이스는 그것에 감동받은 상태였다.

"그럼 여기서 지내. 그로만 원로님의 집에서 빨래도 하고 식사도 준비하면서. 또 아냐, 네게 검을 가르쳐 주실지."

"검?"

아나이스가 눈을 반짝였다.

"그래, 너 책 읽는 것도 좋지만 검을 배우고 싶다고 했잖아."

에딘은 장난스럽게 말했다. 하지만 받아들이는 아나이스는 진지한 표정으로 턱을 매만졌다.

"음, 정말 그래 볼까?"

"뭐라고?"

화들짝 놀란 에딘이 급히 말했다.

"노, 농담이야. 너, 절대 그러면 안 돼. 그로만 원로님은 조용히 지내고 싶어 하시는 분이라고."

"훗, 놀라긴."

코를 찡그리며 깔깔거리던 아나이스는 뒤를 돌아봤다.

이안이 악단의 단원들과 스스럼없이 웃으며 얘기를 나누고 있었다.

'자연스러워 보여.'

사람을 대할 때 따뜻함이 없으면 저런 모습이 자연스럽게 나올 수가 없었다.

"오늘 린다 부원장님의 연구실에 놀러 가기로 했어."

"어, 그래?"

에딘은 살짝 놀란 눈빛으로 아나이스를 쳐다봤다.

어제 동생과 함께 까뮤를 구경하던 중에 우연히 길거리에서 린다를 만났었다. 그때는 그런 약속을 하지 않았었다.

"언제 만나서 그런 약속을 했어?"

"아침에."

성내를 산책하던 아나이스는 공교롭게도 아침에 린다를 또 만났고, 반가워하던 린다가 먼저 제안을 한 것이다.

"잘됐다. 린다는 좋은 사람이야."

"맞아, 나도 느껴져. 그래서 친하게 지내보려고."

"그래, 친하게 지내면 좋을 거야."

한동안 아나이스를 깊은 눈빛으로 바라보던 에딘이 미소를 보이며 고개를 끄덕였다.

"어, 저기 오신다!"

강변 아래에 서 있던 아나이스가 위를 올려다보며 말했다.

거구의 반언이 나룻배를 머리 위로 들고 강변 쪽으로 성큼성큼 걸어오고 있었다.

"이안에게 가자."

"응."

두 사람은 악단 앞에 서 있는 이안 곁에 섰다.

배 진수식 참석자는 축하 연주를 해 줄 라인딘 악단 외에 이렇게 세 사람이 전부였다.

이안이 마음만 먹으면 이 일대 강변을 모두 사람들로 채울 수 있었지만, 그렇게 하지 않았다.

그로만이 반대할 게 뻔했기 때문이다.

그래서 최소한의 진수식을 꾸민 것이 바로 지금의 모습이었다.

"연주 시작해."

이안이 손짓을 하자 라인딘이 악단을 지휘해 연주를 시작했다.

강변 아래로 내려오던 반언과 원로들은 진수식을 기념하는 축하 연주 소리에 미소를 지으며 밑으로 왔다.

특히 반언은 신이 났는지 몸을 좌우로 흔들면서 내려왔다.

그에 맞춰 그의 머리 위에 있던 나룻배도 이리저리 흔들렸다.

"하하하! 라인딘, 연주 소리가 흥겹구나!"

반언이 큰 소리로 칭찬을 하자 라인딘은 얼굴을 붉히며 더 큰 동작으로 지휘를 했다.

오늘은 악기 대신 그의 손에 작은 지휘봉이 들려 있었다.

잠시 뒤, 반언과 두 원로들이 이안 앞에서 멈춰 섰다. 반언은 여전히 배를 머리 위에 들고 서 있었다.

"원로님들의 정성이 듬뿍 담긴 배라서 그런지 정말 멋지군요."

"감사합니다, 영주님."

배를 제작한 그로만이 대표로 공손히 말했다.

"그런데 설마 강에 뜨자마자 물이 새는 것은 아니겠지요?"

이안이 넌지시 농담을 하자 원로들과 에딘, 아나이스가 웃음을 터트렸다.

"반언 원로가 팔이 아플 것 같군요."

이안은 준비한 포도주병을 들어 반언이 들고 있는 나룻배의 앞부분에 술을 뿌렸다.

"어떤 물결에도 가라앉지 않는 배가 되기를 기원합니다."

이안이 간단한 축사를 하자 지켜보던 에딘과 아나이스가 크게 박수를 쳤고, 악단의 연주 소리는 더욱 힘차졌다.

"그럼 강에 배를 띄우겠습니다."

반언은 앞으로 몇 걸음 걸어가 작은 선착장에 섰다.

배를 제작하며 동시에 만든 강변 선착장은 몇 사람이 서면 꽉 찰 정도로 작은 크기였다.

그러나 나룻배를 정박시키는 용도로는 손색이 없었다.

"우리 형님들을 잘 모시거라, 이 녀석아!"

반언이 큰 소리로 외치며 배를 선착장 옆 강물에 가볍게 내려놨다.

풍덩!

큰 물결과 함께 옆으로 흔들리던 배가 어느새 중심을 잡으며 평온한 모습으로 강물 위에 자리를 잡았다.

"보십시오! 배가 가라앉지 않고 잘 떠 있습니다, 크하하하!"

반언이 좋아하며 웃자 지켜보던 사람들도 같이 기뻐했다.

악단의 연주는 어느새 멈췄고, 이제는 승선해 실제로 배를 타 보는 일만 남았다.

"배에 오르시지요, 영주님."

그로만은 첫 승선의 영광을 이안에게 돌렸다.

"아닙니다, 그래도 배의 주인인 원로님이 먼저 타셔야죠."

이안이 사양을 하자 그로만이 마지못해 먼저 배에 올랐다.

슐노반과의 재대결 이후 검술 수련 대신 창고를 넓히고 그 안에서 배를 만드는 일에 집중했던 그로만은 편안해진 얼굴로 배 내부를 둘러본 후 말했다.

"모두 타시죠. 제가 노를 젓겠습니다."

삐걱. 삐걱.

그로만의 나룻배는 원로들과 이안, 에딘, 아나이스, 라인딘을 태우고 강 하류 방향으로 천천히 내려갔다.

이안과 원로들은 멋진 연주를 들려준 라인딘도 기꺼이 배에 승선시켰다.

"가끔 놀러 와 연주 좀 해 다오, 어?"

반언이 자신의 옆에 앉아 있는 라인딘의 어깨를 감싸 안으며 말했다.

반언은 나름 부드럽게 말했지만 특유의 거친 목소리로 인해 듣기에 따라 반협박조로 들리기도 했다.

"하, 하지만 영주님의 허락 없이는……."

난처한 얼굴로 뒷말을 흐리던 라인딘에게 이안이 웃으며 말했다.

"원로님의 말씀대로 가끔 찾아뵙고 연주를 해 드려라."

"예, 영주님."

자리에서 일어선 이안은 배 안의 사람들을 바라봤다.

반언과 라인딘은 배 중간에 앉아 얘기를 나누고 있었고, 뱃머리 쪽엔 밀레아너스와 에딘, 아나이스가 웃음꽃을 피우며 대화를 나누고 있었다.

'보기 좋군.'

배 안에서 여유를 즐기는 사람들의 모습을 잠시 바라보던 이안이 뒤를 돌아봤다.

그로만이 배 후미에서 길쭉한 노를 잡고 천천히 노를 젓고 있었다.

"교대할까요?"

이안이 배 후미로 가서 그로만에게 말했다. 그로만은 미소를 지으며 말했다.

"아닙니다, 지금이 좋습니다."

고개를 끄덕인 이안은 그로만의 앞에 앉아서 흘러가는 강물과 주변 풍경을 감상했다.

"강 밖에서 보는 풍경과 강 안에서 바라보는 풍경이 비슷하면서도 많이 다르군요."

"그렇습니다. 많이 다르지요."

그로만이 담담히 말했다. 이안은 강변에 활짝 핀 꽃을 바라보며 말을 이었다.

"어제 전쟁이 시작됐습니다. 로즈 가문이 타르샤 해안 요새를 점령했다고 하더군요."

"그렇습니까?"

개전 소식을 접한 그로만은 잠시 침묵하다가 차분하게 말했다.

"생전에 아더 왕은 에뉴딘 대영주가 바다 함대를 이끌고 내륙으로 들어오는 것을 무척이나 우려했었습니다. 아리나 요새를 증축한 것도 그 때문이었지요. 하지만 그것은 에뉴딘 대영주가 살아 있을 때나 적용되는 것이니, 로즈 가문은 쉽지 않은 전쟁을 수행해야 할 것입니다."

불과 얼마 전까지 아더 왕 곁에서 대영주들과의 전쟁을 대비해 왔던 그로만은 타르샤 해안 요새가 로즈 가문에 넘어간 것을 대수로운 일로 여기지 않고 있었다.

"이 전쟁은 롤만과 보넌, 둘 중에 한 사람이 죽기 전까지는 끝나지 않을 것입니다."

"전쟁 중에 양측이 협상할 여지가 전혀 없다고 보는 겁니까?"

"두 사람은 물과 불처럼 섞일 수 없는 사람들입니다. 일찍이 그것을 눈치챈 아더 왕은 그것을 정치적으로 이용하기도 했습니다."

"그렇군요."

흘러가는 강물에 한동안 시선을 두던 이안이 자리에서 일어섰다.

"가 봐야 할 곳이 있어서 그만 배에서 내려야겠습니다."

"배를 돌리겠습니다."

그로만이 선착장으로 돌아가려 하자, 이안이 웃으며 만류했다. 모두가 즐기고 있는 이 순간을 중간에 끊고 싶지 않았다.

"굳이 그럴 필요 없습니다."

"영주님! 어디 가시려는 겁니까?"

이안이 배에서 내린다는 말에 반언이 물었다.

"테니마르에 다녀오려고. 그곳에 있는 조각가에게 의뢰한 작품이 있거든."

배의 선원들이 갑자기 분주하게 움직이기 시작했다.

눈을 지그시 감고 갑판 아래 선실에 앉아 있던 외팔의 중년인이 풀어 놓았던 검을 허리에 차고 선실을 나섰다.

갑판 위로 올라온 붉은 눈썹의 중년인은 눈앞으로 다가오는 거대한 항구를 바라보며 나지막하게 감탄을 했다.

코페나 항구는 시페로스에 본 그 어떤 항구와 비교해도 뒤지지 않을 만큼 크고 좋았다.

"이안 영주는 훌륭한 항구를 소유하고 있군."

감탄을 하던 보엥은 옆으로 다가온 사람을 바라봤다. 자신의 승선을 허락해 준 이 배의 선장이었다.

그는 다른 곳으로 가는 길이었지만 보엥의 부탁을 받고 코페나 항구까지 데려다준 것이다.

"고맙네, 내 부탁을 들어줘서."

"아닙니다, 보엥 님."

"이게 내가 가진 전부네."

보엥은 가지고 있던 돈을 선장에게 건네려 했다. 하지만 선장은 한사코 받지 않으려 했다.

"괜찮습니다, 보엥 님. 이곳은 항구세도 없어서 딱히 제가 돈이 들어갈 일도 없습니다."

선장은 보엥을 이곳에 내려 주고 곧장 떠날 생각이었다.

"게다가 보엥 님은 과거에 절 구해 주시지 않았습니까? 제 성의라 생각해 주십시오."

보엥은 선장의 얼굴을 물끄러미 바라보다가 손에 든 돈을 다시 품속에 넣었다. 억지로 돈을 떠넘기는 것도 상대의 호의를 무시하는 처사였다.

"자네의 호의를 잊지 않겠네."

"별말씀을요. 저어, 그런데 알베른엔 무슨 일로 가시는지 여쭤봐도 되겠습니까?"

선장이 조심스럽게 물었다.

가까워지는 코페나 항구를 바라보며 한동안 말이 없던 보엥이 천천히 입을 뗐다.

"시페로스는 이제 지겨워져서 말일세."

조각가 클라이드에게 블란조르의 조각상을 의뢰했던 이안은 그를 만나기 위해 테니마르로 가던 중, 방향을 바꿔 남부 전선으로 향했다.

이번 전쟁에서 중립을 선언했지만, 그렇다고 아예 무관심하게 지낼 수는 없었다.

전쟁이 어떻게 흘러가는지 하루하루가 궁금했고, 지금이라도 롤만과 보넌, 시니아스, 그리고 그들을 지지하는 수십 명의 영주들을 한데 모아 놓고 전쟁을 끝낼 수 있는 방안을 논의하고 싶었다.

ㅡ불가능하다. 네가 아무리 그들과 친분이 있고 모두가 두려워하는 강자라 해도, 지금의 상황을 유지하자는 것은 결국엔 지금 왕좌에 있는 롤만을 지지하는 것으로밖에 저들에게는 비치지 않을 테니까.

"알아, 나도. 답답해서 한번 해 본 소리야."

워프로 이동하던 이안이 말했다.

─지난번에도 말했지만 이번 전쟁을 막고 싶으면 네가 왕이 되면 된다. 그러나 그땐 네가 또 다른 새로운 전쟁의 주역이 되어 앞장서야 할 것이다. 아무리 네가 훌륭해도 결국엔 검으로써 왕이 될 자격을 증명해야 하는 순간이 올 테니까.

블란조르는 미간을 찌푸리는 이안에게 계속 말했다.

─전쟁의 화살은 알베른으로 향할 것이다. 그러니 있는 그대로 지금의 상황을 받아들여라. 네가 마음이 편치 않아도 역사란 그런 것이다.

"역사란 그런 것이다."

과장된 목소리로 블란조르가 했던 말을 흉내 내던 이안은 높은 언덕에 도착해서 멀리 시선을 뒀다

남부 연합군과 왕실 남부 방어선의 한 축인 라니엘 영주가 성을 사이에 두고 격렬한 전투를 벌이고 있었다.

"의외야. 남부 연합군도 사거리가 긴 투석기를 보유하고 있었다니."

남부 연합군이 사용한 투석기의 불붙은 돌들이 라니엘 영주의 성을 사정없이 두들기고 있었다.

원거리 투석 공격으로 인해 라니엘의 성이 조금씩 파괴되고 있었다. 성안에서 화재도 발생했는지 시커먼 연기와 짙은 흰 연기들이 뒤섞여 하늘로 치솟고 있었다.

"몽페르도 가문의 기병들이야."

성벽에서 공성전이 벌어지고 있는 와중에 몽페르도 가문의 기병들이 거대한 충차를 이끌고 등장했다.

길이가 족히 20미터는 될 법한 충차 앞부분에는 성문을 파괴할 뾰족한 나무 기둥이 짐승의 송곳니처럼 날카롭게 튀어나와 있었다.

특히 성문과 직접 충돌할 뾰족한 나무 부위엔 철판까지 덧씌워 있어서 보기에도 매우 위협적이었다.

"저걸 막지 못하면 성문은 부서질 거야."

어제부터 벌어진 공성전으로 인해 성문의 일부가 불타고 약해져 있었다.

그런 상황에서 수백의 몽페르도 기병들이 전투마의 몸에 밧줄을 묶어 끌고 오는 저 거대한 충차는 성문에 치명적일 것이다.

ㅡ무르 저 녀석이 충차 위에 서 있구나.

블란조르가 놀라며 말했다.

"그러게."

이안은 충차의 파괴력을 극대화시키기 위해 기병들을 동원해 성문으로 향하는 무르의 모습을 깊은 눈빛으로 계속 지켜봤다.

"적의 충차를 막아라!"

성벽 위에서 불화살과 기름통이 날아가고, 투석기 공격도 이뤄졌다. 롤만이 라니엘에게 지원해 준 마법사들의 공격도 충차에 집중됐다.

그러나 무르와 남부 연합군은 충차를 보호하기 위해 최선을 다했고, 결국엔 거대한 충차가 성문의 코앞까지 다다르기에 이르렀다.

"밧줄을 잘라라!"

충차 위에 타고 있던 무르가 신호를 보내자 들판 끝에서부터 충차를 끌고 질주해 온 수백의 기병들이 충차와 연결되어 있는 밧줄을 칼로 끊어 냈다.

그리고 놀라운 기마 솜씨로 성문 앞에서 방향을 바꿔 옆으로 빠져나갔다.

들판을 달려오며 가속력이 붙은 충차는 멈추지 않고 앞으로 빠르게 직진해 검게 그슬려 있던 라니엘의 성문을 향해 빛살처럼 돌진했다.

무르가 충차에서 뛰어내린 순간, 벼락 치는 소리와 함께 충차가 성문과 충돌했다.

콰아앙!

충차가 성문을 종잇장처럼 파괴하며 안으로 밀고 들어갔

다.

성문이 환하게 열리자 충차의 뒤를 따라오던 몽페르도 기병들과 제3군에 속하는 연합군이 물밀듯 성안으로 쇄도해 들어갔다.

"영주님!"

무르의 호위대장 융디왈이 별도로 끌고 온 말의 고삐를 건네자 땅바닥을 구르며 온몸이 흙투성이가 된 무르가 재빨리 말안장에 올라탔다.

그는 차가운 시선으로 성벽 위를 둘러봤다.

성벽 위에서 이틀에 걸쳐 남부 연합군을 막아 내던 라니엘의 병사들이 점점 적어지고 있었다.

성문이 열리자 지상에서 전투를 벌이기 위해 성벽을 내려가는 중인 것 같았다.

"아버지는?"

"못 보셨습니까? 노영주님은 앞장서서 성내로 들어가셨습니다."

"지켜만 보시라니까."

병사들에게 시야가 가려져서 부친이 안으로 들어가는 것을 미처 보지 못했던 무르는 인상을 쓰며 말의 허리를 찼다.

"안으로 들어간다!"

"예, 영주님!"

무르는 수하들을 이끌고 성내로 들어갔다.

충차는 불이 붙어서 활활 타오르고 있었고, 그 주변으로 성안으로 들어오는 남부군을 막기 위해 라니엘의 병사들이 애를 쓰고 있었다.

하지만 몽페르도 기병들이 전투마를 앞세우며 창과 검을 휘두르자, 방어선이 속절없이 무너져 갔다.

"항복한 자들은 죽이지 마라!"

무르는 넓은 성내로 들어가며 수하들을 향해 외쳤다.

성내 길을 따라 전투를 벌이며 안쪽으로 계속 들어가던 무르는 중간에 에드릭을 발견했다.

"아버지!"

무르가 다가오자 피 묻은 투구를 벗고 적의 시신 사이에 앉아 있던 에드릭이 무르를 바라보며 말했다.

"항복할 기회를 줬는데도 끝까지 싸우더구나. 과연 듣던 대로 라니엘의 병사들은 용감한 자들이다."

"다치셨습니까?"

무르가 말에서 내려 묻자 에드릭은 자신의 옆구리를 내려다봤다.

석궁으로 쏜 강철 화살이 갑옷을 뚫고 박혀 있었다. 성내 건물에 숨어서 쏜 적 병사에게 불의의 일격을 당한 것이다.

"예전 같으면 당하지 않았을 텐데, 나도 늙었나 보다."

쓴웃음을 흘린 에드릭은 화살을 뽑아 바닥에 버린 후 일어섰다.

"살짝 박힌 것이니 걱정할 것 없다. 어서 가서 성을 장악해라."

"그러게 영지에나 계시지, 몸도 편찮으신 분이 뭐 하러 따라오셨습니까?"

무르가 속상한 표정으로 말을 하자 에드릭은 껄껄 웃기만 했다. 그도 전쟁이 시작된 지 얼마 안 돼 부상을 당한 것이 민망한 듯했다.

"상처를 봐드려라."

무르가 병사들에게 명을 한 후, 다시 말에 올라 성 안쪽으로 들어갔다.

적장인 라니엘 영주를 잡아야 성안의 싸움이 끝날 것이다.

'대체 어디 있는 거지? 겁쟁이처럼 숨어 있을 위인이 아닌데.'

라니엘을 찾아다니던 무르의 귀에 병사들의 고함 소리가 들렸다.

"저기 라니엘이다!"

소리가 들린 곳으로 말을 몰아간 무르는 북쪽 성벽 일부가 무너진 것을 발견했다.

말을 타고 그곳을 통해 성 밖으로 나가 보니 수백의 라니엘군이 라니엘과 롤만이 지원해 준 마법사들을 호위하며 퇴각하고 있었다.

퇴각하던 라니엘은 무르가 지켜보고 있다는 것을 느꼈는

지 말을 멈춘 채 뒤돌아서서 외쳤다.

"무르, 네가 두려워서 도망치는 것이 결코 아니다! 우리는 다시 전장에서 만날 것이다!"

라니엘은 성안에서 끝까지 싸우다 죽을 각오였지만, 그의 신하들과 롤만의 명을 받고 온 마법사들은 성문이 열렸으니 다시 기회를 보는 것이 옳다며 그를 어렵게 설득을 했다.

"다시 만나도 결과는 변하지 않을 것이오, 라니엘 영주!"

무르가 고함을 치자 라니엘은 분한 눈빛으로 그를 노려보다가 말을 다시 출발시켰다.

적은 병사로도 많은 적을 막을 수 있는 전투가 바로 공성전이었다. 그 이점을 유지하지 못한 채 겨우 이틀 만에 성을 빼앗긴 것이 뼈아팠다.

"영주님, 쫓아갈까요?"

몽페르도의 기병을 이끄는 지휘관 중 한 명인 제1기병단 단장이 차가운 목소리로 물었다.

무르는 잠시 생각하다가 고개를 가로저었다.

"그럴 필요 없다. 보내 주어라."

"예, 영주님."

라니엘이 병사들과 함께 북쪽으로 퇴각하는 모습을 지켜보던 무르 곁으로 필라슈가 다가왔다.

"아니, 무르 영주, 왜 그냥 놓아주는 것이오? 잡아서 죽여야지."

싸움이 다 끝난 후 화려한 갑옷을 입고 나타난 필라슈는 무르에게 큰 소리로 따져 물었다.

"그렇게 잡아 죽이고 싶으면 당신이 가면 되잖소. 어디 있다 지금 나타나서 큰소리요?"

투구의 안면 가리개를 위로 올린 무르가 필라슈를 노려보며 말했다. 움찔한 필라슈는 헛기침을 하며 답했다.

"내가 고용한 용병들과 내 영지의 병사들이 피를 흘리며 용감히 싸웠소. 그만하면 내 역할을 충분히 한 것 같은데, 어찌 야박하게 그런 소리를 하시오? 도망가는 라니엘을 쫓아가서 없애자는 게 못 할 소리는 아니지 않소?"

그의 말도 틀린 것은 아니었다.

무르는 라니엘이 몸을 숨긴 무성한 북쪽 숲을 바라보며 말했다.

"숲으로 도망간 자를 쫓아간다 해서 잡을 수 있다는 보장도 없고, 무엇보다 이곳은 라니엘의 영지요. 영지민들에게 존경받는 그를 죽이면 우리가 이곳을 지나는 동안 그의 영지민들이 얼마나 큰 반감을 갖겠소?"

"그럼 우리에게 대항하도록 계속 살려 둘 것이오? 군사를 모아 또 우리 앞을 막으면 어찌할 것이오?"

퉁명스러운 필라슈의 말에 로링겐 영주의 아들이자 포테아그 가문의 영주인 딘버릭이 나섰다.

그는 조금 전 도착해 무르와 필라슈의 대화를 모두 듣고 있었다.

"그땐 라니엘을 쓰러트려도 괜찮을 것입니다. 한 번은 그를 몸성히 보내 줬으니, 우리에게도 명분이 있는 것이지요."

"아니, 무슨 놈의 전쟁을 이곳 영지민들의 눈치를 봐 가면서 한단 말이오? 나 원 참."

투덜거리는 필라슈를 지나쳐 딘버릭은 무르의 옆으로 말을 몰아갔다.

"고생하셨습니다, 무르 영주님. 성을 함락시키는 데 무르 영주님과 몽페르도 기병들의 힘이 컸습니다."

거대한 충차로 성문을 박살 내기 위해 전날부터 계획을 세운 것은 무르였다.

산적처럼 생긴 무르답게 다소 무모한 작전이었지만 결과는 대성공이었다.

무르는 껄껄 웃으며 딘버릭을 쳐다봤다.

"모두가 힘을 모아 이룬 결과이니 그런 공치사는 할 필요 없소."

두 영주가 웃으며 말 머리를 돌려 성안으로 들어가자, 홀로 남은 필라슈는 미간을 찌푸리며 두 사람의 등을 노려봤다.

"끼리끼리 잘들 노는군."

"매형!"

필라슈는 옆을 돌아봤다. 하빌이 말에서 내려 절뚝이며 다가오고 있었다.

다리를 보호해 주던 갑옷이 길게 파손되어 있었다.

"매형, 저 싸우다 다쳤습니다."

하빌이 울먹이며 말하자 필라슈는 주변을 쓸어 본 뒤 말에서 내려 그에게 속삭이듯 말했다.

"주위를 돌아봐라. 누가 다쳤다고 너처럼 질질 짜는 놈이 있는지. 쪽팔리니까 못난 짓 좀 그만해."

"아까 매형에게 달려들던 놈과 싸우느라 크게 다쳤는데, 어찌 그리 말씀하십니까? 섭섭합니다."

하빌은 고통스러워하며 피가 흘러내리고 있는 다리를 가리켰다.

"나는 영주다. 넌 호위대장이고. 본분을 잊지 마."

싸늘하게 말을 한 필라슈는 다시 말에 올랐다.

"너 말고도 호위대장 하고 싶은 놈들은 널려 있으니까."

필라슈가 매몰차게 말을 하고 자리를 뜨자, 하빌은 충격을 받았는지 입을 쩍 벌리고 서 있다가 실망한 듯 중얼거렸다.

"개 같은 매형. 그동안 내가 얼마나 열심히 섬겼는데, 위로는 못 해 줄망정 나를 자르겠다고 하다니."

"그러게 말입니다. 가족 사이에 그러면 안 되지요."

하빌의 옆으로 용병대장 카르칸이 다가왔다.

전쟁 용병인 그는 수백 명의 수하들을 이끌고 필라슈의 용병으로 참전을 하고 있었다.

라니엘의 병사 몇을 검으로 베어 죽인 카르칸의 흉갑엔 피가 잔뜩 묻어 있었다.

　그는 하빌에게 은근한 어조로 말했다.

　"저희가 필요하면 언제든 말씀하십시오. 돈만 주면 무슨 일이든 다 하니까요."

　의미심장한 그의 말에 하빌은 깜짝 놀란 표정으로 카르칸을 쳐다보다 황급히 자리를 떴다.

　"흐흐흐."

　누런 이를 드러내며 웃던 카르칸이 수하들과 함께 하빌의 뒤를 따라갔다.

　"시간이 많이 지체됐네."

　남부 전선을 둘러보다 보니 어느새 해가 지려 하고 있었다. 남부 연합군은 세 갈래로 나뉘어서 진군하는 중이었고, 그들의 전황을 둘러보느라 시간이 많이 흐른 것이다.

　ㅡ클라이드에게는 나중에 가 보는 것이 어떠냐?

　블란조르가 넌지시 말했다.

　"아니야, 그래도 가 봐야지. 조각상을 완성시켜 놓고 날 기다리고 있을지도 모르잖아."

　이안은 부상자들을 부축해 뒤로 후퇴하고 있는 카드레체

군을 멀리서 바라보며 말했다.

무르를 주축으로 한 제3군이 라니엘 영주에게 승리를 한 반면, 카드레체의 제2군은 기세 좋게 왕실령으로 진군했다가 숲에 매복한 왕실군에게 일격을 당해 후퇴하는 중이었다.

그렇다고 큰 피해를 본 것은 아니어서 전열을 재정비한 후 반격에 나설 것 같았다.

-난 못 보겠다.

"뭘?"

이안이 옆으로 고개를 돌려 블란조르를 쳐다봤다.

-내 조각상 말이다.

"아, 그래서 클라이드에게 나중에 가자고 한 거야? 민망해 할 필요 없어."

이안이 웃음기 가득한 목소리로 말했다. 하지만 블란조르는 진지했다.

-난 벌써 수백 년 전에 한 줌 흙으로 돌아갔어야 할 운명이다. 그런 내가 지금에 와서 내 흔적을 남겨 놓는 것이 옳은 일인지 모르겠다.

깊은 고뇌가 담긴 블란조르의 말에 이안은 잠시 침묵하다 담담히 말했다.

"조각상만 흔적인가? 나도 블란조르가 만든 흔적이잖아."

뜻밖의 말에 블란조르의 눈빛이 흔들렸다.

"너무 깊이 생각할 필요 없어. 누군가 기억해 준다는 것은 좋은 일이니까. 내가 영원히 블란조르를 기억해 줄게."

말없이 이안을 바라보던 블란조르가 헛기침을 하며 다른 곳으로 시선을 돌렸다.

─오글거린다, 이 녀석아.

이안은 빙그레 미소를 지으며 산 정상에서 몸을 돌려 반대편을 바라봤다.

"그만 클라이드에게 가 보자고."

"어라, 오늘은 고기가 들어가 있군."

멀건 수프에서 고기 한 점을 발견한 틸라우그는 횡재를 했다는 표정으로 딱딱한 빵 위에 고기를 올려놓은 후, 한참을 바라보다가 입안에 넣었다.

고된 노역을 마치고 감방에 돌아와서 먹는 저녁 식사는 하루 일과 중 가장 중요한 순간이었다.

그래서 틸라우그는 배식으로 나온 빵과 수프를 신성한 의식을 치르듯 조금씩 아껴 먹었다.

하지만 아무리 아껴 먹어도 양이 많지 않아 금방 바닥을 드러냈다.

"벌써 다 먹었네."

빈 수프 그릇을 보며 입맛을 다시던 틸라우그는 작업반장

도네오를 바라봤다.

저녁 식사를 눈 깜짝할 사이에 마친 그는 샬렌교 경전을 들여다보고 있었다.

'저 자식은 경전이 지겹지도 않나?'

고개를 절레절레 흔들던 틸라우그는 맞은편에 앉아 있는 테일란을 힐끔 쳐다봤다.

저녁 배식은 손도 대지 않고 벽에 머리를 기댄 채 멍하니 앉아 있었다. 마치 무슨 큰 걱정거리라도 있는 듯한 모습이었다.

"야! 안 먹냐?"

틸라우그가 물었지만 테일란은 별 대답이 없었다.

"아니, 이 새끼는 싸가지없이 커서 그런가, 어른이 물어도 대답이 없어. 안 먹냐고, 이 새끼야!"

"생각 없어요. 당신이나 먹어요."

테일란이 발치에 있는 수프 그릇과 딱딱한 빵을 발로 밀었다.

그 모습에 틸라우그는 화를 내기는커녕, 기뻐하며 자리에서 일어섰다.

"고맙다, 이 새끼야. 너처럼 젊은 놈은 몇 끼 굶어도 돼."

희희낙락한 표정으로 앞으로 걸어간 틸라우그는 허리를 구부려 테일란 발치에 있는 수프 그릇과 딱딱한 빵을 집으려 했다.

"빵은 내가 먹겠소."

그런데 갑자기 옆에서 튀어나온 세르지가 새치기해 빵을 자신의 입에 허겁지겁 쑤셔 넣었다.

졸지에 빵을 잃은 틸라우그의 인상이 험악해졌다.

"아니, 이 빌어먹을 자식이 어디다 손을 대는 거야?"

틸라우그는 세르지를 두들겨 패고 싶었지만 꾹 눌러 참았다. 문 앞 복도에 간수들이 오가며 순찰을 돌고 있었다.

"너, 캐튼을 믿고 자꾸 이러는 것 같은데, 너 정말 그러다 나한테 뒈지는 수가 있다."

화를 억누르며 세르지를 노려보던 틸라우그는 테일란 옆에 앉으며 말했다.

"네가 안 먹으니까 배에 기름만 낀 저놈이 빵을 처먹잖아, 이 자식아. 대체 무슨 일이냐?"

"상관 말아요."

귀찮다는 듯 테일란이 말을 하자 틸라우그는 그를 빤히 쳐다보다가 수프 그릇을 집어 들었다.

"먹어, 이 자식아. 그래야 내일도 노역장에서 버티지."

"입맛 없어요."

"누군 입맛이 있어서 먹냐? 어서 처먹어, 인마."

틸라우그가 재차 수프를 권하자 테일란이 고개를 돌려 그를 쳐다봤다.

여전히 틸라우그가 싫었지만 이 순간만큼은 감방 식구의

동료애가 그에게서 느껴졌다.

테일란은 수프 그릇을 받아 그 자리에서 단숨에 비우고는 숨을 길게 몰아쉬었다.

"이제 말해 봐, 무슨 일인지."

"아버지가 전장에서 돌아가시는 흉몽을 꿨어요. 그래서 기분이 찜찜해요."

"그러니까 흉몽을 꿨다고 저녁까지 거르면서 걱정을 하고 있었던 거냐?"

"당연하죠. 아버지 옆에서 예전처럼 도와드렸어야 하는데……. 사실 롤만 왕이 왕성을 점령하는 데 내가 큰 기여를 했거든요. 롤만 왕도 내 공을 인정하고 치하했었어요."

테일란을 물끄러미 바라보던 틸라우그는 고개를 돌려 복도를 슥 하고 살폈다.

복도를 서성거리던 간수들의 기척이 느껴지지 않자 틸라우그는 손을 번쩍 들어 테일란의 뺨을 냅다 후려쳤다.

"왜 때려요?"

테일란이 눈을 부릅뜨며 틸라우그를 노려봤다.

"미친 개소리를 하니까 때리지. 아버지 걱정하는 거야 그럴 수 있다지만, 뭐? 롤만 왕이 널 인정해? 개가 웃겠다, 이 자식아! 난 또 뭐 대단한 일이라도 생겨서 밥을 거른 줄 알았네."

틸라우그가 일어나 자신의 자리로 돌아갔다.

"진짜라니까요."

억울한 표정으로 말을 더듬던 테일란은 주변을 돌아봤다.

도네오는 무심한 표정으로 경전을 읽고 있었고, 캐튼과 세르지는 한심하다는 듯 그를 쳐다보고 있었다.

'빌어먹을, 아무도 내 말을 믿지 않는군.'

테일란은 눈을 감고 벽에 뒷머리를 기댔다.

'그나저나 전쟁이 벌어지긴 한 건가? 어디서 소식을 들을 곳도 없으니 답답해 미치겠군.'

전쟁이 끝나면 다시 오겠다는 빌로프의 말을 떠올리던 테일란은 전날 꾼 흉몽을 애써 잊으려 노력했다.

버려진 채석장 인근에 집을 짓고 사는 클라이드는 옷에 돌가루가 붙어 있지 않는 날이 없었다.

매일같이 작업실에서 돌을 다듬어 새로운 존재로 탄생시키고 있었기 때문이다.

작업실을 나서며 작업복과 머리카락에 묻은 돌가루들을 툭툭 털어 낸 클라이드는, 작업실 옆에 아담하게 지어진 집으로 들어갔다.

그의 아들 헨리가 역시 작업복 차림으로 저녁을 준비하고 있었다.

"아버지, 내일은 마을에 가서 감자하고 밀 좀 사와야겠어요."

"그래라. 마을에 간 김에 네 옷도 좀 사고."

"옷요? 옷은 왜요?"

"마을에 갈 때마다 넌 그 옷을 그냥 그대로 입고 가잖느냐."

헨리는 자신의 작업복을 내려다봤다. 해지고 구멍이 난 작업복은 볼품이 없었다.

"뭐 어때요? 다들 제가 무슨 일 하는지 아는데요."

"아무리 그래도 마을에 갈 땐 말끔히 입고 가거라. 그래야너 좋다는 사람도 생기지."

부친의 말에 헨리는 머리를 긁적였다.

"전 돌만 있으면 돼요."

"바보 같은 소리 하지 마라. 돌과 결혼할 수는 없는 거다."

식탁 앞에 앉은 클라이드는 벽장에 세워 놓은 아내의 조각상을 물끄러미 바라봤다.

"내가 아무리 돌을 사랑한다 해도 하늘에 있는 네 어머니보다 사랑하진 않는다. 잡화점집 둘째 딸이 널 좋게 보고 있다니 신경 좀 써라."

"네, 아버지."

마지못해 대답을 한 헨리는 아버지가 직접 제작한 화덕에서 갓 구워 낸 빵을 꺼내 왔다.

구워진 둥근 빵 속엔 각종 야채가 버무려져 있어서 그냥 이대로 먹으면 한 끼 식사로 충분했다.

"드세요, 아버지."

"그래, 어서 먹자."

두 사람이 식탁에 앉아 저녁 식사를 막 시작할 때였다. 현관문 두드리는 소리가 났다.

"제가 나가 볼게요."

자리에서 일어선 헨리가 입안에 든 빵을 우물거리며 현관문을 열었다.

등을 돌리고 서 있던 이안이 몸을 돌려 헨리를 바라봤다.

"헨리, 잘 있었나?"

"여, 영주님!"

당황한 헨리는 입안에 가득한 빵을 재빨리 삼킨 후 허리를 깊숙이 숙였다.

"영주님을 뵙습니다."

"들어가도 되겠나?"

"물론입니다, 영주님."

공손히 말을 한 헨리는 옆으로 비켜서며 주방에 있는 아버지에게 소리쳤다.

"아버지! 이안 영주님이 오셨습니다!"

아들의 목소리를 들었는지 클라이드가 주방에서 급히 뛰어나왔다.

"어서 오십시오, 영주님."

클라이드는 이안을 크게 반기며 인사했다. 이안은 두 사람의 목숨을 구해 준 생명의 은인이었다.

"이거 미안하게 됐군. 저녁 식사를 하는 중이었던 것 같은데 말이야. 내가 방해를 했어."

"아닙니다, 영주님. 그렇지 않아도 기다리고 있었습니다. 영주님이 의뢰하신 블란조르 경의 조각상은 며칠 전에 완성이 됐습니다."

"아, 그런가?"

이안은 밝은 표정으로 고개를 끄덕였다.

혹시 너무 일찍 온 것은 아닐까 했는데, 다행히 조각상이 완성된 것이다.

"조각상이 있는 작업실로 모시겠습니다."

클라이드는 멀리서 와 준 이안에게 조각상을 바로 보여 주려고 했다.

이안은 미소를 지으며 손사래를 쳤다.

"급할 것 없으니 저녁 식사를 마저 하게."

"아닙니다, 영주님. 저희들은 괜찮습니다."

영주를 기다리게 할 수는 없었다.

"내가 안 괜찮아."

이안은 클라이드와 헨리의 등을 양손으로 부드럽게 밀며 주방 쪽으로 걸어갔다.

"냄새가 아주 좋군. 저 빵에서 나는 것 같은데."

주방에 도착한 이안이 단출한 저녁 식사를 바라보며 말했다.

"어서 앉게."

이안이 주방까지 와서 식사를 권하자 두 사람은 할 수 없이 의자에 앉았다. 하지만 빵을 먹자니 옆에서 지켜보는 이안의 시선이 신경 쓰여 목구멍으로 넘어가질 않았다.

"아, 미안하네. 빵 냄새가 너무 좋아서 나도 모르게 지켜보고 있었군. 어서 먹게."

이안이 헛기침을 하며 뒤돌아설 때 뭔가 눈치를 챈 클라이드가 조심스럽게 말했다.

"영주님, 빵이 더 있습니다만, 입맛에 맞으실지 모르겠습니다. 드시겠습니까?"

"자네들 저녁인데 내가 빼앗아 먹을 순 없지."

"아닙니다, 영주님. 내일 아침에 먹을 것까지 같이 구워 놓아서 양은 충분합니다. 저희는 또 준비하면 됩니다."

"험, 그렇다면 내가 부탁을 좀 하겠네. 저녁을 먹지 않아서 나도 배가 고프던 참이었어."

이안은 야채 호빵처럼 생긴 빵의 모습에 군침이 돌았다. 이쪽 세상에 와서 이런 형태의 빵을 본 것은 클라이드의 집이 처음이었다.

이안이 식탁의 빈 의자에 앉았고, 헨리는 아직 열기가 남

아 있는 뜨거운 야채 빵을 접시에 담아 왔다

"속이 뜨겁습니다, 영주님."

"그래, 고맙네. 자, 어서 먹지. 즐거운 저녁 식사가 아닌
가?"

이안이 소탈하게 웃으며 야채 호빵처럼 생긴 빵을 먹기 시
작했다.

고기 없이 야채로 버무린 빵의 속은 간이 잘 배어 있어서
짭조름했고, 빵의 겉은 화덕에서 잘 구워져 바삭했다.

"담백하면서 맛있군."

이안이 맛있게 먹으며 칭찬을 아끼지 않자 클라이드와 헨
리는 서로 얼굴을 쳐다보며 미소를 지었다.

"크로티에 있는 제 고향 음식입니다. 빵을 반죽해 그 안에
다진 야채나 고기를 넣은 뒤에 화덕에 구워 내지요."

"그렇군."

지구에서 먹던 야채 호빵을 떠올리던 이안은 고개를 끄덕
였다.

'오늘 오길 잘했군. 이계인들이 침공한 이후로 야채 호빵
은 잊고 살았는데. 다른 곳도 아닌 이쪽 세상에서 호빵 맛을
느껴 볼 줄이야.'

지구에서의 향수를 느낀 이안은 품 안에 있는 마법 주머니
에서 술병을 꺼내 들었다.

"훌륭한 저녁 식사를 대접받았으니, 나도 답례를 해야겠

지."

이안은 클라이드 부자와 어울려 제법 긴 시간 동안 술을 마셨다. 명성 높은 이안과 술자리까지 함께한 클라이드 부자는 세상을 다 가진 기분이었다.

무엇보다 돌을 조각하는 그들을 장인으로서 존중해 주는 이안의 태도에 깊은 감명을 받았다.

"마음에 드실지 모르겠습니다, 영주님."

술자리를 마치고 작업실로 온 클라이드 부자는 긴장한 표정으로 흰 천의 끝을 잡아당겼다.

이안에게 의뢰받은 블란조르의 조각상이 마침내 공개되는 순간이었다.

"아!"

이안은 2미터 가까운 높이로 제작된 블란조르의 전신 조각상을 마주하자 저도 모르게 탄성을 뱉어 냈다.

허리에 검을 찬 블란조르가 차가움과 뜨거움이 공존하는 미소를 지으며 전방을 응시하고 있었는데, 그 눈매나 표정이 실제의 모습과 거의 똑같았다.

분위기까지 완벽히 재현해 낸 것이다.

"정말 대단하군."

이안은 채색까지 된 블란조르의 석상 주위를 천천히 돌며 다시 한번 감탄했다.

뛰어난 예술적 감각을 지닌 클라이드는 혼신의 힘을 다해 역작을 완성해 냈다.

"영주님, 부족한 부분이 있다면, 그것은 저의 능력이 부족해서이니 용서해 주십시오."

"그 무슨 소리인가? 겸손이 지나치군. 내 기대를 뛰어넘은 훌륭한 작품이네. 마치 살아 있는 것 같아."

이안이 크게 기뻐하며 웃자, 긴장된 표정으로 서 있던 클라이드와 헨리는 그제야 긴장을 풀며 안도했다.

클라이드는 이안에게 의뢰를 받은 직후부터 오로지 석상에만 매달려 작업에 매진했다.

실물을 보지 않고 오직 이안이 그려 준 다양한 각도의 그림과 이안이 들려준 블란조르의 비사를 바탕으로 제작된 석상은 그래서 더욱 빛이 났다.

조각상을 전면에서 바라보던 이안이 블란조르를 향해 시선을 돌렸다.

블란조르는 여러 감정이 담긴 눈빛으로 석상을 응시하고 있었다.

"수고했네, 클라이드."

"감사합니다, 영주님."

"잠시 자리 좀 비켜 주겠나?"

클라이드는 공손히 답했다.

"예, 영주님."

클라이드는 이안이 혼자서 차분하게 석상을 감상하려 한 다고 생각하며 헨리와 함께 작업실을 조용히 나갔다.

작업실 문이 닫히자 이안이 블란조르에게 말했다.

"내가 보기엔 석상이 실물보다 훨씬 더 멋진 것 같은데? 이래선 곤란하지. 다시 만들어 달라고 해야 하나?"

이안이 짐짓 심각한 표정을 지으며 농담을 했다.

─뭐가 더 멋지다는 것이냐? 내 모습을 그대로 재현한 것 뿐인데.

"석상이 마음에 드나 보지?"

이안이 은근한 어조로 물었다.

석상을 보며 과거를 회상했던 블란조르는 헛기침을 했다.

─저 조각가는 특별한 손재주가 있구나. 수고비를 따로 챙 겨 줘라.

"안 그래도 그러려고. 이건 너무나 특별한 거잖아."

두 사람은 말없이 석상을 바라봤다.

오래전 역사에서 갑자기 사라졌던 블란조르가 석상을 통 해 현실로 다시 등장한 것이다.

이안 앞에서는 감정을 깊이 드러내지 않았지만, 사실 블란 조르는 석상을 마주 한 순간, 가슴이 뜨거워졌다.

말없이 석상을 바라보던 블란조르가 천천히 입을 뗐다.

-고맙다.

"다른 곳은 다 전투를 벌이고 있는데, 우리만 아직 전투를 치르지 않고 있군요."

다브렘이 어두운 성벽 계단을 오르며 말하자 옆에서 걷던 샤르엘이 대꾸했다.

"조만간 큰 전투가 우리를 기다리고 있을 걸세. 이 성을 저들이 고이 내준 것은 그 전투에 힘을 집중하기 위해서일 거야."

보넌이 지휘하는 제1군인 중앙군은 공성전을 준비했지만 뜻밖에도 적들이 성을 비우고 그대로 철수해 버렸다.

그래서 싸우지도 않고 언덕 위의 성을 점령할 수 있었다.

성벽 위에 오른 두 사람은 성벽 아래 들판을 가득 채운 수많은 불빛들을 바라봤다.

10만에 이르는 남부 연합 중앙군이 드넓은 들판에 숙영지를 편성해 밤을 보내고 있었다.

"전장에서 보기 힘든 평화로운 밤이군요."

"그렇군."

샤르엘과 다브렘은 잠시 숙영지를 바라보다가 발걸음을 뗐다.

"그런데 자네가 허리에 차고 있는 검은 알카스 신전에서 가지고 온 그 검 아닌가?"

"맞습니다."

다브렘은 허리에 차고 있던 린암 왕의 검을 손으로 매만졌다.

"그건 왜 차고 다니는 건가?"

"특별한 의미는 없습니다. 고생해서 가지고 온 검인데, 이대로 처박아 놓기도 뭐해서 제가 차고 있는 것이지요. 덧붙이자면 기존에 제 검은 알카스 신전의 신관과 싸우다 손상이 돼서 새 검이 필요하기도 했고요."

"난 자네가 그 검 때문에 고생을 시킨 장인어른에게, 무언의 항의를 하기 위해 그 검을 일부러 차고 다니는 것으로 생각했네. 한데 그것이 아니었군."

다브렘의 무뚝뚝한 얼굴에 미소가 어렸다.

"형님만 알고 계십시오. 사실 그런 의미도 좀 있습니다. 1년을 고생했는데, 한번 보고는 툭 내던지는 모습에 얼마나 속이 상하던지, 장인만 아니었으면 그 자리에서 욕을 했을 것입니다."

다브렘의 대답에 성벽 위를 걷던 샤르엘이 낮게 웃으며 말했다.

"자네에게는 미안한 말이지만, 그 검은 부러트리는 게 좋을 것 같군."

"굳이 그럴 이유가 있을까요? 5백 년을 버틴 핀델슨 왕실은 역사 속으로 이미 사라졌는데요. 장인어른도 그래서 이 검을 제게 주신 게 아닙니까?"

어느새 린암 왕의 검과 정이 붙은 다브렘은 난감한 표정을 지었다.

"음."

깊은 눈빛으로 린암 왕의 검을 바라보던 샤르엘이 말했다.

"그 검에는 린암 왕의 피가 묻어 있네. 난 그것이 마음에 들지 않아."

"걱정 마십시오, 대장장이에게 맡겨서 그 흔적은 이미 모두 없앴으니까요."

채엥!

검을 뽑은 다브렘은 자신의 손바닥을 베어 그 피를 린암 왕의 검신에 묻혔다.

"게다가 제 피를 묻혔으니 더는 린암 왕의 영혼도 이 검을 통해 힘을 발휘하지는 못할 것입니다."

손에 상처를 내어 검에 피를 바르는 다브렘의 행동에 샤르엘은 미간을 찌푸렸다.

저렇게까지 하는데 더는 검을 버리라 말할 수가 없었다.

"그나저나 카드레체 형님이 워버런 숲에서 매복에 당하다니, 장인어른이 들으시면 크게 노하시겠습니다."

옷자락을 찢어 손바닥을 동여맨 다브렘이 말했다.

"그러게 말일세. 장인어른이 워버런 숲을 조심하라고 미리 주의를 줬는데도 실수를 범했으니."

붉은 로브를 입은 샤르엘은 나지막하게 혀를 찼다.

제2군은 워버런 숲에서 왕실군의 매복 공격을 당한 후 전열을 정비해 반격을 시도했지만 더 큰 피해만 입고 현재는 뒤로 후퇴를 한 상태였다.

조금 전, 전서구를 통해 그 상황이 전해졌다.

"저기 계시는군요."

성벽 위의 첨탑에 보넌이 서 있었다.

친위대가 길게 늘어 서 있는 첨탑 계단을 통해 위로 올라간 두 사람은 보넌의 등 뒤에 섰다.

"장인어른, 보고드릴 게 있습니다."

멀리 북쪽 방향을 바라보고 있던 보넌이 묵직한 목소리로 말했다.

"카드레체 소식이더냐?"

"그렇습니다. 워버런 숲에서 전투가 벌어졌는데, 적들의 공세가 거세 뒤로 밀려났습니다. 하지만 크게 우려할 정도의 심각한 병력 손실이나 피해는 보지 않았다고 합니다. 여기."

샤르엘이 전서구를 통해 받은 보고서를 내밀자 보넌이 몸을 돌려 그것을 받았다.

첨탑을 밝히는 불빛을 통해 보고서를 읽은 보넌은 한동안 말이 없다가 샤르엘 옆에 서 있는 다브렘을 바라봤다.

"다브렘."

"예, 장인어른."

"자칫하면 제2군이 워버린 숲에서 발이 묶일 수도 있다. 네가 가서 카드레체를 도와야겠다."

"제가 말입니까?"

다브렘은 샤르엘을 슬쩍 쳐다보고는 대답했다.

"알겠습니다, 장인어른. 지금 바로 출발하겠습니다."

다브렘이 첨탑을 내려가려는 순간이었다.

갑자기 성내에서 불길이 치솟으며 아군의 비명 소리가 터져 나왔다.

"적이다!"

첨탑 위에 있던 세 사람은 갑작스러운 상황에 굳은 표정으로 성 안쪽을 내려다봤다.

왕실군이 버리고 간 성안에 산더미처럼 옮겨 놓았던 아군의 군수품들이 불타오르고 있었다.

"성 지하에 적이 숨어 있다!"

보넌의 병사들이 성 지하에서 튀어나오고 있는 적들을 뒤늦게 발견하고는 큰 소리로 외쳤다.

"이런 쥐새끼 같은 놈들!"

정면 승부를 즐겨 하던 보넌은 성안에 병사를 숨겨 놓은 저들의 계략에 분노했다.

성 지하에서 숨어 있다 나온 수십 명의 왕실군들은 하나같이 몸이 날랜 자들이었다.

그들은 남부군의 군수품에 불을 지른 후, 그들이 나왔던 지하 공간으로 다시 도망치려 했다.

왕실군이 지하에서 뛰쳐나와 불을 지르고 도망치기까지 걸린 시간은 극히 짧았기 때문에 혼란을 틈타 상당수가 빠져나갈 수 있을 듯 보였다.

그러나 검은 망토를 두른 보넌의 친위대가 어느새 지하 입구에서 그들을 기다리고 있었다.

"어딜 가느냐!"

친위대원들이 검을 휘둘렀다.

"크아악!"

임무를 띠고 숨어 있었던 수십 명의 왕실군들이 순식간에 친위대의 칼을 맞고 쓰러졌다.

첨탑 위에서 이 모든 것을 지켜보던 보넌은 사위들과 함께 땅으로 내려왔다.

병사들이 군수품에 붙은 불길을 잡느라 애를 쓰고 있었다. 이 성을 중간 보급 기지로 삼으려 했던 보넌의 얼굴이 점점 굳어져 갔다.

"장인어른, 죄송합니다. 성안을 꼼꼼히 확인했어야 했는데, 제 불찰입니다."

샤르엘의 말을 듣던 보넌이 손을 들어 그의 말을 막았다.

"그만, 네 잘못이 아니다."

불타는 군수품을 바라보던 보넌은 성 밖으로 나와 밖을 살펴봤다.

성안에서 소동이 벌어지자 비상 나팔 소리가 울렸고, 잠을 자던 10만 병력이 모두 깨어나고 있었다.

중앙군에 소속된 영주들도 말을 타고 급히 달려오고 있었다.

모두들 성안에 불길이 치솟자 당황한 듯했다.

"보았느냐? 이것이 바로 롤만의 전쟁 방식이다. 수단과 방법을 가리지 않고 반드시 이기겠다는 그의 전의가 느껴지지 않느냐?"

싸늘한 미소를 지은 보넌은 몸을 돌려 두 사위들을 바라봤다.

"하지만 롤만은, 결국 내게 꺾일 것이다."

오전 집무실 회의에 참석하기 위해 마차를 타고 알베른성으로 들어온 재무관은 영주관으로 이동하다 중간에 아나이스와 만났다.

"안녕하세요, 재무관님?"

아나이스가 밝은 표정으로 알은체를 하자 재무관은 웃으며 마차에서 내렸다.

"안녕하십니까, 아나이스 님. 어딜 가시기에 그렇게 표정이 밝으십니까?"

며칠 전 이안과 다정하게 걷던 여자가 에딘의 동생이었다는 것을 이제는 재무관도 알고 있었다.

"린다 부원장님 집요. 약초에 대해 알려 준다고 했거든요."

"아, 그렇습니까? 두 분이 무척 가깝게 지내시나 보군요."

재무관이 지나가는 말로 물었다.

"왠지 통하는 게 많아서요. 배울 점도 많고요. 훌륭한 분이잖아요."

"네에…… 그렇기야 하지요."

재무관은 아나이스의 기색을 은근히 살폈다.

'흠, 내 오해였나 보군. 우리 영주님에게 마음이 있다면 린다와 가깝게 지내려 하지는 않았을 텐데.'

"또 봬요."

"예, 아나이스 님."

재무관을 지나치던 아나이스가 문득 걸음을 멈추고 그를 쳐다봤다.

"그런데요, 재무관 님."

"말씀하십시오."

"반언 원로님은 제자가 있으신가요?"

"어떤 제자를 말씀하시는 겁니까?"

아나이스는 재무관이 허리에 차고 있는 검을 가리켰다.

"검술 제자요."

"아, 검술요."

재무관은 어깨에 힘을 주며 말했다.

"반언 원로님은 제자를 두지 않았습니다. 한데 그건 왜 물어보시는 겁니까?"

"그냥 궁금해서요. 그분은 제자를 받으실까요?"

"글쎄요…… 그건 원로님만이 아시겠지요."

"고맙습니다. 오빠가 재무관님 칭찬을 많이 했는데, 역시 만나 뵈니 그 말이 맞는 것 같아요. 친절하게 답변도 해 주시고요."

"별말씀을요."

재무관은 헛기침을 해 댔다.

"그럼 가 볼게요."

아나이스가 콧노래를 부르며 린다의 집 방향으로 걸어가자 재무관은 턱을 매만졌다.

"원로님에게 제자가 있는지 왜 물어본 것일까? 설마 그분의 제자가 되고 싶어 하는 건 아닐 테지?"

멀어지는 아나이스의 뒷모습을 바라보던 재무관이 마차에 다시 올랐다.

잠시 후 영주관에 도착한 재무관은 1층 홀로 걸어 들어가다가 움찔하며 멈춰 섰다.

'뭐야, 깜짝 놀랐잖아. 사람인 줄 알았네.'

넓은 홀 중앙에 사방을 압도하는 기세로 서 있는 석상을 보고, 순간 사람으로 착각을 했던 재무관은 겸연쩍어하며 가까이 다가갔다.

'대단한 분위기를 풍기고 있군. 자유로운 것 같으면서 차가움이 서려 있는 이 눈빛과 미소. 대체 누구의 석상이지?'

재무관은 이 석상을 만든 사람이 지난번 이안의 석상을 만든 그 조각가라고 직감했다.

'틀림없이 그 사람 솜씨야. 생명력이 느껴지잖아.'

재무관은 석상에게 압도당하는 느낌이 들었다.

'만약 이 사람이 진짜 검을 뽑아 휘두르면 내가 막을 수 있을까?'

블란조르의 석상은 재무관에게 큰 충격으로 다가오고 있었다.

재무관이 블란조르의 석상에 흠뻑 빠져 있을 때, 톰이 위층 계단에서 내려왔다.

'재무관님도 저 석상을 보고 놀라셨구나.'

도서관에서 책을 챙겨 들고 인쇄소로 향하던 톰은 빙그레 웃으며 재무관 옆에 나란히 섰다.

그리고 재무관처럼 블란조르의 석상을 감상했다.

재무관은 톰이 다가온 것도 몰랐고, 톰은 그런 재무관에게 굳이 말을 걸지 않았다.

'첫 감상의 순간을 방해하면 안 돼.'

새 책을 접할 때의 즐거움과 설렘을 잘 알고 있는 톰은 석상의 감상도 이와 비슷하다고 생각했다.

더구나 이 석상은 보는 사람에게 여러 감정이 들게 하는 신기한 물건이었다.

한동안 석상을 바라보던 톰은 재무관을 방해하지 않기 위해 조용히 뒤돌아섰다.

"톰."

등 뒤에서 재무관이 부르자 책이 담긴 상자를 품에 안고 있던 톰이 뒤돌아섰다.

"깨어나셨군요. 죄송해요, 제가 감상하시는 걸 방해했네요."

"방해는. 충분히 석상을 감상했다."

미소를 짓던 재무관이 석상을 가리켰다.

"한데, 이 석상은 어떻게 된 거냐? 영주님의 지시로 이 석상이 놓인 것 같은데 말이다."

톰은 책이 담긴 상자를 바닥에 내려놓고 답했다.

"맞아요, 이 석상은 일전에 영주님의 조각상을 만든 클라이드 조각가가 영주님의 의뢰로 제작한 거예요."

"역시 그 사람의 솜씨였군."

재무관은 고개를 끄덕였다. 위대한 조각가라 불러도 모자람이 없는 장인이었다.

"아침에 영주님께서 직접 석상을 이 자리에 배치하시고는 주변에서 지켜보던 시종장님과 병사들에게 위치가 적절한지 물어보셨어요. 도서관에 출근하던 제 의견도 물어보셨고요."

"그렇구나. 이 석상이 누군지도 말씀하시더냐?"

"네, 영주님께서 설명해 주셨어요. 이분은 블란조르라는 분이세요."

"블란조르?"

재무관은 아무리 기억을 떠올려 봐도 그런 이름을 들어 본 적이 없었다.

"생소한 이름이구나."

톰은 웃으며 말했다.

"그러실 거예요. 이분은 7백 년 전에 활동했던 데나온 제국 황제의 호위대장이었으니까요."

"7백 년 전에 활동했던 황제의 호위대장?"

깜짝 놀란 재무관은 새삼스러운 시선으로 석상을 바라봤다.

'어쩐지 평범한 사람의 조각상은 아닐 거라 생각했는데, 그런 과거를 지녔군. 그런데 이 사람을 영주님이 어떻게 아시고 석상으로 제작하신 거지?'

알베른 가문의 선조도 아닌, 전혀 관련이 없어 보이는 옛 사람의 조각상은 재무관의 호기심을 증폭시켰다.

"톰, 영주님이 이 석상을 제작한 이유도 말씀해 주셨느냐?"

"존경받아 마땅한 분이라고 하셨어요. 잊어서는 안 될 분이라고요."

"잊어서는 안 될 사람이라……."

재무관은 긴 세월이 흘러 이미 아무도 기억하지 못하는 인물임에도, 이안에게 칭송되는 블란조르란 사람이 무척 궁금해졌다.

'집무실 회의가 끝나고 여쭤봐야겠군.'

"경들도 알다시피 코페나의 황무지를 개발하는 것은 하루 이틀 만에 할 수 있는 일이 아니다. 그 넓은 코페나에 물길과 저수지를 건설하는 건 많은 시간이 필요하지. 그리고 그 땅이 푸르게 변하는 것은 더 많은 시간이 소요되고."

집무실 의자에 반듯하게 앉아서 신하들을 둘러보던 이안이 말을 이었다.

"그러나 우리의 노력에도 불구하고 코페나의 황무지는 변함이 없을 수도 있다. 돈과 시간, 우리의 땀과 열정이 모두 물거품이 될 수도 있다."

"영주님, 코페나는 반드시 푸르게 변할 것입니다. 코페나 항구도 지금보다 더욱 성장하고 말입니다."

재무관이 큰 목소리로 말했다.

이안은 빙그레 웃으며 재무관을 바라봤다.

코페나 항구가 지금보다 더 성장하려면 주변 환경이 뒷받침되어야 한다.

항구를 벗어나 조금만 걸어가면 먼지가 휘날리는 척박한 땅이 바로 코페나였다. 더 많은 영지민들이 코페나에서 생업에 종사하며 살고 싶어도 이래서는 곤란했다.

"그래, 재무관의 말대로 되어서 10년 뒤 코페나에서 재배된 밀로 빵을 만들어 먹고, 푸른 나무 밑에서 술을 마시며 먼 바다를 바라볼 수 있으면 좋겠군, 하하하!"

이안이 웃자 사람들도 미소를 지었다.

"조사단의 보고와 재무관의 건의대로 수로관과 저수지는 5년에 걸쳐 공사를 진행하는 것으로 최종 결정 하겠다."

"예, 영주님."

신하들이 공손히 대답을 하며 허리를 굽혔다.

회의가 끝날 무렵 이안이 잘랭을 바라봤다. 잘랭은 지저분해진 군화를 신고 서 있었다.

"경비대장."

"예, 영주님."

"신병 교육대에서 숙식까지 함께하고 있다던데 정말인

가?"

잘랭은 단상 위의 이안을 바라보다가 고개를 살짝 숙이며 답했다.

"그렇습니다."

"기동훈련도 아닌 교육장에서 하는 훈련인데 너무 자신을 혹사시키는 것이 아닌가?"

이안이 걱정을 담아 잘랭에게 말했다.

신병들과 함께 뛰고 구르며 그들을 훈련시키는 것은 잘랭만의 방식이었다.

그러나 잘랭은 숙식까지 병사들과 함께하지는 않았다. 기동훈련이 아닌 이상.

그런데 이번엔 신병들과 숙식까지 함께 해결하며 전에 없이 신병 교육에 집중하는 모습이었다.

"소신은 괜찮습니다, 영주님. 이번 신병 교육을 마치면 당분간 또 다른 신병 교육은 없지 않습니까? 그래서인지 더 마음이 가서 그렇습니다."

차분한 잘랭의 대답에 이안은 그의 얼굴을 물끄러미 바라보다가 말했다.

"그래도 쉬엄쉬엄해."

"예, 영주님."

"자 자, 우리 수고하는 경비대장을 위해서 모두 박수 한번 쳐 주자고."

이안이 단상 의자에서 일어나 박수를 치자 집무실에 모인 문관, 재무관, 정보부장, 감사원장, 제약원장 그리고 호위 장교 론도까지 그를 위해 힘차게 박수를 쳐 줬다.

알베른의 경비대 병사들은 모두 잘랭의 손을 거쳤다고 해도 무방했다.

뜨거운 박수 소리에 투구를 옆구리에 끼고 서 있던 잘랭의 눈빛이 흔들렸다.

그는 자신을 향해 웃고 있는 동료 신하들을 천천히 둘러봤다.

'이들과 진짜 정이 들었나 보군.'

잘랭은 박수를 치는 동료 신하들에게 눈빛으로 감사를 표했다. 그리고 몸을 틀어 단상에 있는 이안에게 천천히 허리를 숙였다.

"감사합니다, 영주님. 신병들이 영지의 큰 기둥이 될 수 있도록 교육에 더욱 최선을 다하겠습니다.

"블란조르 경에 대해 자세히 알고 싶다고?"

"그렇습니다, 영주님. 영주님이 그를 존경해 석상까지 만드셨는데 어찌 신하 된 도리로 눈과 귀를 닫고 있겠습니까? 어떤 인물인지 궁금합니다."

계단을 통해 아래층으로 내려가던 이안은 재무관의 말에 옅은 미소를 지었다.

집무실 회의 때 블란조르 석상과 관련해 짧게 언급했지만 재무관은 더 깊게 알고 싶어 했다.

"그의 행적과 관련된 문헌을 주시면, 오늘 밤을 새워서라 도 읽고 오겠습니다."

"아쉽지만 지금은 그런 문헌이 존재하지 않아."

"아, 그렇습니까?"

재무관이 크게 아쉬워하자 이안이 웃으며 말했다.

"블란조르 경의 석상이 굉장히 인상 깊었나 보군. 이렇게 관심을 갖다니."

"석상을 보는 순간 전율이 일었습니다."

"역시 재무관은 제대로 볼 줄 아는군. 비록 석상이지만 생 전의 그의 모습과 다름이 없어."

이안이 확신에 찬 목소리로 말을 하자 재무관이 조심스럽 게 물었다.

"어떻게 그렇게 확신을 하십니까?"

"어떻게 확신을 하냐고?"

계단을 내려와 홀의 중앙에 세워 둔 블란조르 석상 앞에 멈춰 선 이안이 깊은 눈빛으로 말했다.

"그가 바로 여기에 있거든."

이안은 에딘의 연구실 안으로 들어갔다.

에딘이 마법 증폭 장치 옆에 쓰러져서 잠을 자고 있었다. 그의 주변엔 수십 장의 종이들이 흩어져 있었는데, 그곳엔 복잡한 마법어와 마법진이 그려져 있었다.

"자식이, 무리하지 말라니까."

집무실 회의를 마치고 에딘을 만나러 온 이안은 혀를 찼다.

둥근 배를 내놓고 잠을 자는 에딘을 이안이 흔들어 깨웠다.

"야, 에딘."

코를 골며 잠을 자던 에딘이 눈을 번쩍 떴다.

"어? 이안."

부스스한 모습으로 일어나 의자에 앉은 에딘은 길게 하품을 했다.

"밤새운 거냐?"

이안이 묻자 에딘이 머리를 긁적였다.

"어쩌다 보니 그렇게 됐어."

밤을 꼬박 새우며 할파츠 마법 증폭 장치를 연구한 에딘은 조금 전 졸음을 참지 못하고 깜빡 잠이 든 것이다.

사실 그는 해가 높이 뜨도록 한숨도 안 자고 연구에 몰두

했다. 아나이스가 해 준 아침 식사를 먹을 때를 제외하곤 그는 이 연구실에서 벗어나지 않은 것이다.

"무리하지 마. 몸 상한다. 어차피 하루 이틀 만에 끝날 연구도 아니잖아."

"알았어."

크게 기지개를 켜던 에딘의 표정이 갑자기 굳어졌다.

"이런, 큰일이다. 지금 해가 어디 있냐?"

"해는 왜?"

"브로나와 까뮤 식당에서 점심 먹기로 약속했는데."

다급히 의자에서 일어선 에딘은 닫혀 있던 창문을 열고 하늘을 올려다봤다.

다행히 점심때가 지나지 않았다. 서두르면 브로나와의 약속을 지킬 수 있을 것 같았다.

"후우, 다행이야."

창문을 닫고 뒤돌아선 에딘이 밝은 표정으로 말했다.

"고맙다, 친구야. 네가 안 깨워 줬으면 계속 잘 뻔했어."

"괜히 와서 깨워 줬군."

짓궂은 미소를 지은 이안이 할파츠 마법 증폭 장치를 바라보다가 에딘의 어깨를 툭 쳤다.

"나 갈게. 어서 세수하고 브로나 만나러 가."

이안이 연구실을 나가자 에딘이 따라 나가며 물었다.

"잠깐만, 볼일이 있어서 온 거 아니었어?"

"나중에 얘기하자."

"아, 뭔데?"

에딘이 계속 따라오며 묻자 이안은 현관 앞에서 걸음을 멈추고 말했다.

"블란조르의 석상을 영주관 1층에 전시해 놨어. 그거 알려 주려고 온 거야."

"블란조르 님의 석상?"

에딘의 눈이 둥그렇게 커졌다.

"그럼 어제 조각가에게 의뢰한 물건을 받으러 간다는 게 바로 블란조르 님의 조각상이었던 거냐?"

"그래, 인마."

이안이 웃으며 말했다.

"어서 가자."

블란조르의 외모가 에딘은 무척 궁금했다. 물론 이안에게 얘기로는 들었지만 실제로 보는 것과는 또 다를 것이다.

이안은 문을 열고 나가려는 에딘의 어깨를 붙잡고는 차분히 말했다.

"블란조르가 이 말을 전하래. 당장 씻고 브로나와 한 점심 약속을 먼저 지키라고 말이야. 석상은 나중에 봐도 된다고."

"그래도 되겠습니까?"

에딘은 미안해하며 이안이 바라보고 있는 곳을 향해 말했다.

"괜찮아. 석상은 천천히 보면 되지. 어디 사라지는 것도 아니고. 브로나와 점심 맛있게 먹어라."

"고마워. 블란조르 님, 석상은 오후에 가서 보겠습니다!"

에딘이 꾸벅 허리를 숙이자 블란조르의 눈가가 부드러워졌다.

보엥

　보엥은 수중에 있는 돈을 털어 코페나 항구에서 말을 한 필 구했다. 비록 오른팔만 사용할 수 있는 처지였지만, 말을 타는 데는 큰 지장이 없었다.

　말을 사고 남은 약간의 돈으로 노숙을 할 수 있는 도구도 구입한 그는 까뮤를 향해 천천히 말을 몰고 가며 알베른이 어떤 곳인지 조금씩 파악을 했다.

　마을에 들러 사람들과 얘기도 나눠 보고 길가에서 마주친 농부들, 아이들과 몇 마디 농담을 주고받으며 그들의 마음속 얘기도 들어 봤다.

　보엥은 길을 가다 알베른 사람들을 만나면 만날수록 전쟁에 찌들었던 자신의 영혼이 조금씩 맑아지는 신기한 경험을 하게 됐다.

그리고 꺄뮤에 도착했을 무렵 보엥은, 어느덧 반쯤 알베른 사람이 되어 있었다.

알베른성에 도착한 그는 말에서 내려 성문을 지키는 병사에게 말했다.

"시페로스에서 보엥이 찾아왔다고 영주님께 전해 주시오."

이안은 영주관 뒤편에 있는 공터에 쭈그려 앉아 호미로 땅을 일구고 있었다.

역대 알베른의 영주들이 활 연습장으로 사용하던 제법 넓은 공터를 다른 용도로 사용하려고 하는 것이다.

"뭔 놈의 돌들이 이렇게 많이 박혀 있는 거야?"

땅속의 돌을 골라내며 땅을 일구던 이안은 잠시 쉬기 위해 허리를 펴며 일어섰다.

"아이고, 허리야."

앓는 소리를 낸 이안은 자신이 지나온 곳을 바라봤다. 잡풀이 자랐던 땅들이 맨살을 드러내며 뒤집어져 있었다.

"아직도 많이 남았군."

넓은 공터를 둘러보던 이안은 이마에 흐르는 땀을 흙 묻은 손등으로 닦아 냈다.

대다수 영지민들은 손에 흙을 묻히고 땅을 일구며 산다. 힘들어도 그것을 묵묵히 해낸다. 어쩌면 그것을 너무 늦게 경험하고 있는 것인지도 모른다.

'얼마나 값진 땀인가.'

손에 든 호미를 내려다보며 미소를 짓는 이안에게 론도가 말했다.

"영주님, 제가 대신 할까요?"

론도는 땀을 흘리며 일을 하고 있는 이안의 모습을 지켜만 보는 것이 어색하고 불편했다.

"괜찮아, 신경 쓰지 않아도 돼. 내가 하고 싶어서 하는 거니까."

"그럼 여기 돌이라도 나르겠습니다."

이안은 빙그레 웃으며 그것까지는 막지 않았다.

"그러든가."

론도는 이안이 골라낸 돌들을 옮기기 위해 수레를 가져왔다.

"그런데 영주님, 텃밭은 왜 만드시려는 겁니까?"

돌들을 수레에 담던 론도가 아까부터 궁금했던 것을 조심스럽게 물었다.

시종장에게 텃밭을 만드는 방법을 묻고 호미를 구해 달라고 하더니 영주관 뒤편의 활 연습장에 바로 텃밭을 만들기 시작한 것이다.

정성 들여 땅을 일구던 이안이 담담한 눈빛으로 말했다.

"땅을 놀리면 뭐 하나? 활을 쏘지도 않는데, 이 자리에 여러 야채들을 심은 후, 수확의 즐거움을 작게나마 느껴 보자고."

"그럼 앞으로도 계속 텃밭에서 일을 하실 겁니까?"

론도가 다시 묻자 이안이 고개를 끄덕였다.

"그래야지."

이안이 말을 하며 호미로 땅을 부드럽게 갈랐다. 이안의 호미가 지나간 자리의 땅은 더 생기가 흐르는 듯했다.

'영주님이 호미질을 한 땅은 다른 땅과 조금 달라 보이는데? 흠, 그냥 느낌상 그런 건가?'

이안이 호미질을 하는 것을 뒤에서 지켜보던 론도는 고개를 갸웃하고는 돌이 채워진 수레를 끌고 일궈진 공터 밖으로 나갔다.

그때 성문을 지키는 병사가 뛰어와 론도에게 뭔가를 보고했다.

"잠시 기다려라."

"예, 론도 님."

론도는 이안에게 빠른 걸음으로 걸어갔다.

"영주님, 지금 성문 앞에 보엥이라는 사람이 찾아와 영주님을 뵙기를 청한다고 합니다. 시페로스에서 왔다고 하는데,

혹 아시는 자입니까?"

"보엥이 왔다고?"

땅을 일구던 이안이 손길을 멈추고 자리에서 일어났다.

"그가 정말 왔군. 보엥은 내가 용체를 파괴할 때 같이 있었던 사람이야. 시페로스의 두 왕을 번갈아 가며 섬긴 특이한 이력이 있는 초강자이기도 하고. 물론 두 왕을 섬기게 된 배경엔 내가 있었지만."

"그렇습니까?"

론도가 살짝 놀란 표정을 지었다.

"자세한 건 나중에 얘기해 줄게. 나와는 적지 않은 인연이 있는 사람이니, 론도가 가서 그를 정중히 데리고 와."

"알겠습니다, 영주님."

이안은 다시 허리를 숙여 하던 일을 계속했다. 오늘 해가 지기 전까지 이 공터를 갈아엎을 생각이었다.

사실 서두르면 금세 해치울 수도 있었다. 그러나 이안은 그렇게 하지 않고 호미질 한 번도 마음을 모아 정성을 다했다.

따사로운 햇볕 아래에서 묵묵히 일을 하던 이안은 사람들이 다가오는 소리에 호미를 땅에 꽂고는 자리에서 일어나 뒤를 돌아봤다.

보엥이 빈 팔소매를 펄럭이며 당당히 걸어오고 있었다.

"어서 와, 보엥."

이안은 미소를 지으며 그를 반겼다.

이안과 보엥은 나무 그늘에 놓인 의자에 앉아 차를 마셨다. 조금 전까지 이안이 일을 했던 공터가 저만치 보였다.

"텃밭을 만들고 계셨던 겁니까?"

보엥이 묻자 이안은 차를 한 모금 한 후 답했다.

"맞아."

"사람을 시키지 않고 왜 직접 하시는 겁니까?"

"그럴 거였으면 애초에 영주관 뒤에 텃밭을 만들지 않았겠지. 내 손으로 하고 싶었어."

보엥은 시선을 내려 이안의 발을 쳐다봤다. 바짓단은 무릎까지 걷어져 있고 발은 신발도 신지 않은 맨발이었다.

흙이 잔뜩 묻은 이안의 발을 응시하던 보엥이 말했다.

"영주님은 볼 때마다 절 놀라게 하는군요. 제가 아는 그 어떤 영주도 영주님처럼 행동하지는 않을 겁니다."

"그런가? 하하하!"

이안은 웃으며 흙투성이 발가락을 꼼지락거렸다.

"이런 영주도 있고, 저런 영주도 있는 법이지. 아무튼 먼 길 오느라 고생했어. 헤르가샤와는 잘 마무리가 된 건가?"

이안의 물음에 보엥이 씁쓸한 표정으로 근처에 서 있는 나무를 쳐다봤다.

"용체가 파괴되고 자르디 사령관이 죽었다는 안 좋은 소식을 전하고 떠나는 저를 그가 웃으며 보내 줄 리가 없지요. 약간의 물리적인 충돌이 있었습니다."

보엥은 약간의 충돌이라고 했지만 이안의 보기엔 피비린내가 진하게 났을 것 같았다.

"다친 곳은 없나?"

"낌새가 수상해 대비를 했습니다."

"하여간 그 인간도 참 뻔뻔하군. 그냥 떠나도 될 사람이 그래도 신의를 지키려고 우바도 대협곡에서의 일을 전해 줬는데 말이야. 몽페르도 가문의 에드릭 노영주의 뒤통수를 친 인간답군."

"헤르가샤는 영주님을 증오하고 있습니다. 번번이 영주님에 의해 자신의 뜻이 관철되지 못했으니까요."

이안은 콧방귀를 뀌었다.

"그게 왜 나 때문이야? 내가 없었어도 어차피 제 놈은 용체를 차지하지 못했을 텐데. 그리고 애초에 용체가 제 것도 아니면서 뭘 남의 탓을 해. 웃기는 자군. 진짜 한번 가서 손을 봐 줘야 하나."

차가운 눈빛으로 말을 하던 이안은 불어오는 바람에 흔들리는 보엥의 빈 팔소매를 바라봤다.

친분이 쌓이다 보니 보엥의 팔을 자른 것이 마음에 자꾸

걸렸다. 물론 그땐 어쩔 수 없는 상황이었지만.

"그래, 코페나 항구를 거쳐왔다고?"

"그렇습니다. 항구의 규모와 시설에 무척 놀랐습니다. 지역의 중심지가 될 만한 항구라고 생각했습니다."

"고마워. 항구를 만들기 위해 많은 사람들이 노력했지."

이안이 흐뭇하게 웃었다.

"다만."

"다만, 뭐?"

이안은 찻잔을 들며 보엥을 쳐다봤다.

"아쉽게도 항구 뒤편은 거의 황무지더군요. 말을 한 필 구해 코페나를 벗어나는데 바람에 실려 날아오는 흙먼지 때문에 혼이 났습니다."

아픈 곳을 찔리자 이안이 크게 헛기침을 했다.

"두고 보라고, 그 황무지가 어떻게 변하는지."

"무슨 말씀입니까?"

"코페나에 물길과 저수지를 만들어서 황무지를 사람이 살만한 곳으로 만들 거야."

이안은 코페나 황무지 개발 계획을 간략하게 설명해 주었다.

"굉장한 계획이군요."

"그렇지? 10년 뒤에 꼭 잊지 말고 오라고. 코페나가 푸르게 변한 모습을 보게 될 테니까."

보엥은 열정적으로 말을 하는 이안을 물끄러미 바라봤다.

영지를 발전시키고자 부단히 노력하는 이안의 열정을 느낄 수 있었다.

'저런 마음이 지금의 알베른을 만든 것이겠지.'

보엥은 차를 다 마신 후 차분히 말했다.

"꼭 10년 뒤에 와야 하는 겁니까? 계속 있으면 안 되는 겁니까?"

"뭐?"

보엥은 자리에서 일어나 맨발로 의자에 앉아 있는 이안 앞에 한쪽 무릎을 꿇고 앉았다.

"왜 이러는 거야?"

당황한 이안이 의자에서 일어섰다.

"영주님, 이제야 제가 몸과 마음을 의탁할 곳을 찾은 것 같습니다. 영주님을 섬기며 알베른에서 살고 싶습니다."

"내 신하가 되겠다고?"

"그렇습니다. 받아 주십시오. 지금껏 시페로스의 두 왕을 섬겼지만, 그 누구도 영주님과 같은 인품을 지니지 못했습니다. 사사로운 욕심을 배제하고 용체를 파괴하는 올곧은 정의로움을 보고 크게 감명을 받았지만, 그것은 작은 것에 불과했습니다. 알베른에 와 보니 제가 미처 보지 못했던 영주님의 또 다른 면을 알 수 있게 됐습니다."

"일단 일어나서 얘기하자고."

이안은 보엥을 일으켜 세우려 했지만 보엥은 여전히 한쪽 무릎을 꿇은 채 자신의 말을 이어 갔다.

"받아 주시겠습니까?"

"이 사람 정말."

이안은 혀를 차다가 점차 진지한 눈빛으로 변해 갔다.

"보엥은 뛰어난 초강자야. 어딜 가도 훌륭한 대우를 받으며 큰 권력을 누릴 수 있는 사람인데, 그런 것을 포기하고 내 신하가 되겠다고?"

"권력은 누릴 만큼 누려 봤습니다. 한때 그것에 취해 반왕의 곁에서 있어 보기도 했으니까요. 하지만 모두 부질없더군요."

보엥은 고개를 들어 이안을 올려다봤다.

"알베른에서 지내는 며칠 사이에 제 몸과 영혼이 정화되는 느낌을 받았습니다. 시페로스에서는 전혀 느낄 수 없던 감정이었습니다. 영주님, 이 알베른이 지금처럼 유지될 수 있도록 저도 힘을 보태고 싶습니다."

"난 보엥의 팔을 자른 사람이야."

"상관없습니다. 그건 서로 적이었을 때의 일이 아닙니까? 정당하게 싸운 결과일 뿐입니다."

보엥은 말을 하며 빈 팔소매를 손으로 뜯어 버렸다.

이안에 의해 잘린 팔 부위가 드러났다.

"저는 이 흔적이 부끄럽지 않습니다. 영주님을 원망하지도 않습니다."

보엥을 깊은 눈빛으로 바라보던 이안이 그의 앞에 한쪽 무릎을 꿇고 앉았다. 그리고 부드럽게 말했다.

"고마워. 부족한 사람의 신하가 되어 준다니. 앞으로 우리 잘해 보자고."

이안이 승낙을 하자 보엥의 눈에 물기가 고였다. 왠지 떠났던 집으로 돌아온 것처럼 마음이 편안해지며 감정이 울컥한 것이다.

"독한 사람인 줄 알았는데 의외로 눈물이 많네."

"죄송합니다, 영주님."

"그만 일어나."

이안은 미소를 지으며 보엥을 일으켜 세웠다.

보엥을 의자에 앉힌 이안은 자신의 의자에 다시 앉았다.

"봉급은 얼마나 받고 싶어?"

"예?"

"하하하! 웃자고 한 소리야."

눈물을 보인 보엥이 무안해할까 봐 일부러 농담을 한 이안은 찻주전자를 기울여 보엥의 빈 찻잔에 차를 따라 줬다.

"우리 영지엔 실무를 담당하는 신하들과 실무는 담당하지 않지만 필요할 때 나서는 원로들이 있어. 나는 보엥이 원로가 되어 줬으면 좋겠어."

"영주님의 뜻을 따르겠습니다."

"혹시 원로들에 대해 들어 봤나?"

이안이 묻자 보엥은 고개를 끄덕였다.

"오는 길에 거쳐 온 마을에서 소문을 들었습니다. 세 분이
계시다고요."

"맞아, 모두 좋은 사람들이야. 오늘 저녁에 소개해 줄게."

"감사합니다."

이안은 보엥을 미소 띤 얼굴로 바라봤다.

알베른이 마음에 들어 이곳에 정착하고 싶다는 그의 말이
인상 깊었다.

'이제 원로원이라고 불러도 손색이 없겠군. 한 명이 늘어
서 네 명이나 되었으니 말이야.'

밀레아너스와 그로만, 반언은 영주가 보낸 마차를 타고 알
베른성으로 향하고 있었다.

덜컹거리는 마차 안에서 반언이 말했다.

"형님들, 영주님이 왜 성으로 부르신 걸까요?"

"저녁을 함께하자고 하시지 않았느냐?"

밀레아너스가 해가 져 어두워진 바깥을 보며 말했다.

"아, 그거야 명목상 그런 것이고요. 이유가 있지 않겠습니
까?"

"글쎄다, 며칠 전 뛰어난 조각상이 영주관 홀에 전시됐다고 하던데, 그것을 보여 주시려고 하는 거겠지?"

"제 생각은 다릅니다. 뭔가 엄청난 일이 우리를 기다리고 있을 것 같습니다."

"엄청난 일?"

그로만이 쳐다보자 반언이 눈에 힘을 잔뜩 주고 진지한 표정으로 말했다.

"영주님이 왕이 되려고 뜻을 세우신 겁니다. 그래서 우리와 상의하려고 부르시는 거죠, 크하하하!"

제 혼자 심각하다 갑자기 돌변해 크게 웃어 대는 반언에게 밀레아너스가 혀를 차며 타박을 했다.

"그건 네 희망 사항이겠지. 넌 어떻게 틈만 나면 밖으로 나가서 싸우고 싶어 하는 것이냐?"

"무슨 소리세요? 저도 전쟁은 싫어합니다."

반언은 헛기침을 하며 시치미를 뚝 뗐다.

잠시 후, 원로들을 태운 마차가 알베른성의 성문을 통과해 안으로 들어갔다.

"허허, 대단한 작품이군."

밀레아너스는 블란조르의 조각상을 바라보며 감탄했다.

재무관에게 듣던 대로 영주관 1층 홀에 전시된 석상은 강렬한 기상을 품고 있었다.

만약 이 석상이 허리에 차고 있던 검을 뽑아 휘두르는 자세였다면, 심약한 사람은 깜짝 놀라 나자빠졌을 것이다.

그만큼 석상에 내재된 힘이 대단했다.

"블란조르가 어떤 사람이었는지 이 석상 하나만으로도 충분히 알 수 있겠군."

"맞습니다, 큰형님. 한 번쯤 검을 섞어 보고 싶은 충동을 느끼게 하는군요."

반언도 크게 감탄을 했다.

석상을 깊은 눈빛으로 응시하던 그로만이 말했다.

"과거의 인물을 이렇게 생동감 있게 표현해 낸 조각가도 대단한 것 같습니다."

"물론이네. 일전 영주님의 조각상도 훌륭했지만, 이번 작품은 장인의 혼이 담긴 것 같네."

"형님들, 아무리 조각가의 솜씨가 뛰어나도 그 혼자 상상해서는 이런 작품이 절대 나올 수가 없을 것입니다."

반언은 석상의 주위를 한 바퀴 돈 후 말을 이었다.

"영주님이 석상의 전체적인 방향을 제시하셨을 것입니다. 이런 외모까지도 말입니다."

반언의 말에 두 원로들은 고개를 끄덕였다.

검을 전문적으로 수련하지 않은 조각가가 상상만으로 완

성해 냈다고는 믿기지 않을 정도로 석상은 검사의 기세를 잘 표현해 냈다.

검의 경지가 말할 수 없이 높은 이안이 석상의 기초를 깔아 줬을 것이다.

"그런데 영주님은 이 사람과 무슨 사연이 있어서 석상까지 제작하신 걸까요? 수백 년 전 인물인데요."

"글쎄, 그건 영주님만이 아시겠지. 하지만 분명한 건 영주님은 블란조르란 사람에 대해 무척 호감을 갖고 계시다는 거야. 자, 그만 만찬실로 가세."

블란조르의 석상을 감상하던 세 원로들은 멈췄던 걸음을 옮겨 만찬실로 향했다.

"원로님들을 뵙습니다."

만찬실 앞 복도에 서 있던 병사들이 원로들에게 절도 있게 인사를 했다.

"험, 그래 영주님은 안에 계시느냐?"

반언이 묻자 병사가 답했다.

"아닙니다, 원로님. 아직 오시지 않았습니다."

"다행이군. 형님들, 들어가시죠."

반언과 원로들은 만찬실 안으로 들어갔다.

넓은 만찬실 안엔 단 하나의 식탁에만 흰색 천이 깔린 상태로 음식이 차려져 있었다.

"벌써 음식이 준비되어 있군요. 흰 김이 올라오는 것을 봐서는 방금 차린 것 같습니다."

풍성한 음식을 보며 반언이 입맛을 다셨다. 알베른성의 요리장은 음식 솜씨가 뛰어나서 이번 음식도 기대가 됐다.

"자, 앉아서 영주님을 기다리세."

은은한 촛불이 켜져 있는 원형의 식탁에 원로들이 착석을 했다.

"어? 근데 왜 의자가 한 개 더 있지?"

반언은 남은 빈 의자를 바라봤다. 영주의 자리 외에 빈자리가 하나가 더 있는 것이다.

식기와 술잔까지 준비되어 있는 걸로 봐서는 다른 사람이 합석할 것 같았다.

"누가 오는 걸까요?"

반언이 맛있는 음식 냄새에 코를 벌름거리며 물었다.

밀레아너스는 흰 수염을 훑어 내리며 담담히 대꾸했다.

"나도 궁금하구나. 신하들 중 한 명인 것 같지는 않은데 말이다."

"혹시 제약원의 린다 부원장 아닐까요?"

"부원장?"

두 원로들이 쳐다보자 반언은 헛기침을 하며 목소리를 낮췄다.

"형님들도 아시잖습니까? 우리 영주님과 린다 부원장이 아주 가까운 사이라는 것을요. 이번 저녁은 린다 부원장과 함께하는 것일 수도 있습니다."

"그래, 그럴 수도 있겠다."

밀레아너스가 맞장구를 쳐 주자 반언은 계속 말했다.

"이제 영주님도 슬슬 결혼 계획을 세우셔야 하지 않겠습니까? 가족 없이 외롭게 가문을 이끄는 것은 올해가 마지막이어야 합니다. 옆에서 보기가 얼마나 안타깝습니까? 오로지 영지만 바라보고 사시니."

반언은 안쓰럽다는 듯 고개를 절레절레 흔들었다.

"영주님이 들어오십니다."

병사가 만찬실 문을 열며 말을 하자, 원로들은 대화를 중단하고 자리에서 일어나 영주를 맞이했다.

"영주님을 뵙습니다."

원로들의 공손한 인사에 이안은 빙그레 웃으며 안으로 걸어 들어왔다.

"다들 와 줬군요."

방금 전 텃밭에서 일을 끝내고 돌아온 터라 이안의 옷은 일하던 복장 그대로였다.

흙이 묻은 옷과 무릎까지 올라가 있는 바짓단. 그리고 맨발.

아름다운 푸른 대리석이 깔려 있는 만찬실 바닥과 대비되는 이안의 맨발이었다.

"아니, 영주님, 옷차림이 왜 그렇습니까?"

밭에서 일을 하다 온 농부와 같은 이안의 옷차림에 반언이
놀라며 물었다.

"영주관 뒤편에 있는 활 연습장을 텃밭으로 만들려고, 그
래서 호미질 좀 했지."

"텃밭요?"

"그래. 텃밭에서 앞으로 이것저것 좀 키워 보려고. 그런데
땅을 일구다 보니 돌이 많이 나와서 시간이 좀 걸리더라고.
아무튼 늦지 않게 끝나서 다행이야."

이안의 대답에 원로들은 시선을 교환했다.

이안이 손에서 검을 놓고 호미를 잡았다는 것이 예사롭게
다가오지 않았다.

초강자인 그들은 본능적으로 느꼈다. 이안이 더 높은 무예
의 경지에 다다르고 있다는 것을.

원형 식탁에 가까이 다가온 이안이 밀레아너스를 바라보
며 말했다.

"미안합니다. 급히 오느라 겨우 손만 씻고 왔습니다."

"아닙니다, 영주님. 오히려 이런 모습도 보기가 좋습니
다."

"아, 그래요?"

이안은 웃으며 원로들에게 자리를 권했다.

"다들 앉으세요."

"예, 영주님."

이안이 상석에 앉자, 원로들이 각자의 자리에 앉았다.

원로들을 잠시 바라보던 이안이 말했다.

"그동안 그로만 원로님의 집에서 모여 우리끼리 식사를 종종 하긴 했지만, 이렇게 성에서 모여 식사를 하는 건 오랜만인 것 같습니다."

"그렇습니다, 영주님. 요리장의 음식이 그리웠습니다."

반언의 말에 이안이 미소를 지었다.

"식사를 하기에 앞서 소개할 사람이 있습니다. 사실 이 사람 때문에 이 자리를 마련한 것입니다. 론도."

이안이 눈짓을 하자 만찬실 문 앞에 서 있던 론도가 문을 열고 나갔다.

잠시 후, 론도는 보엥과 함께 만찬실로 들어왔다.

원로들의 시선이 자신에게로 모이자 보엥은 먼저 인사를 하며 자신을 소개했다.

"처음 뵙겠습니다, 시페로스에서 온 보엥이라고 합니다."

"보엥?"

원로들이 모두 놀라며 보엥의 빈 팔소매를 새삼스럽게 쳐다봤다. 한쪽 팔소매가 헐렁한 것을 보니 동명이인은 아니었다.

원로들은 이안에게 팔이 잘린 보엥에 대해 어느 정도는 알고 있었다. 이안이 말해 주었기 때문이다.

용체를 파괴하는 현장에 보엥이 있었다는 것도 물론 알고 있었다.

'그가 왜 여기 있는 거지?'

원로들은 공통적인 의문을 가졌다.

하지만 의문은 의문이었고, 손님으로 온 듯한 보엥을 소홀히 대할 수는 없었다.

원로들은 제자리에서 일어나 보엥을 정중하게 맞이했다.

"알베른의 원로 밀레아너스라고 합니다. 만나서 반갑습니다."

"그로만입니다."

"반갑소. 나는 반언이오. 이르카에 있을 때 당신 소문은 조금 들었소. 마샤트 반왕 밑에 쌍검을 사용하는 뛰어난 검사가 있다고 말이오. 그런데 여기서 만나게 되는구려."

"저도 이르카 3대 명장이신 반언 경의 위명은 오래전부터 들어서 알고 있었습니다. 막상 뵙고 보니 소문과 다름이 없군요."

보엥의 칭찬 섞인 말에 반언은 껄껄 웃어 댔다.

"거, 말씀을 시원하게 잘하시는구려. 내가 좀 잘나긴 했지."

거리낌 없이 말을 하는 반언을 보며 보엥의 입가에 미소가 어렸다.

'이안 영주님처럼 가식이 없는 분이군.'

보엥이 원로들과 인사를 나누는 것을 지켜보던 이안이 자리에서 일어나 그에게 다가갔다.

보엥 옆에 선 이안이 식탁 앞에 서 있는 원로들에게 말했다.

"보엥은 단순한 손님이 아닙니다. 알베른 사람이 되기 위해 시페로스를 떠나 여기까지 온 사람입니다. 정식으로 소개하겠습니다. 알베른 가문의 새 원로가 될 보엥입니다."

이안의 소개에 원로들이 모두 눈을 크게 떴다.

상상도 못 한 말이었기 때문이다.

"모두 놀라셨을 겁니다. 갑작스럽게 새 원로가 생겼으니까요. 하지만 보엥은 알베른에 정착하고 싶은 강한 의지를 보였습니다. 그리고 저는 그런 그의 마음을 믿고 받아 주었습니다. 여러분들도 알베른에서 새롭게 시작하는 보엥을 따뜻하게 맞이해 주셨으면 합니다."

"잘 부탁드립니다, 원로님들. 알베른에 누가 되지 않도록 최선을 하겠습니다."

보엥의 진심이 깃든 말에 놀란 얼굴로 서 있던 원로들이 서서히 표정을 풀며 미소를 짓기 시작했다.

그들도 우여곡절 끝에 이안의 영지에 자리를 잡았다. 그 과정이야 서로 다르지만 그 중심에는 이안이 있었다.

"이거 인사를 다시 해야겠군. 손님이 아니라 한 가족이었잖아."

헛기침을 크게 한 반언이 식탁을 돌아 이안과 나란히 서 있는 보엥에게 다가갔다.

"잘 왔네, 보엥. 쓰레기 같은 시페로스의 두 왕을 섬기는 것보다 아름다운 알베른에서 우리 영주님을 섬기는 게 백배는 낫지. 원로원에 들어온 걸 축하하네."

"감사합니다, 반언 원로님."

"이 사람, 딱딱하게 반언 원로라니. 그냥 편하게 형님이라고 부르게. 자넨 앞으로 막내가 될 거야."

반언은 기쁜 마음에 보엥을 힘 있게 끌어안으며 눈을 질끈 감았다.

'됐다! 지긋지긋한 막내에서 벗어날 수 있게 됐어!'

기뻐하던 반언은 포옹을 풀고 보엥을 쳐다봤다.

보엥은 이 상황이 아직은 낯선지 어색해하고 있었다.

"자네도 곧 적응이 될 거야. 밀레아너스 형님이 제일 큰형님이시고, 그로만 형님이 둘째 형님일세. 앞으로 그렇게 부르면 되네."

"막내야, 처음부터 그렇게 몰아붙이듯 하지 마라. 보엥 원로가 당황하겠다."

밀레아너스의 말에 반언이 펄쩍 뛰었다.

"누가 막내란 말입니까? 이제부턴 보엥이 막내지요. 안 그런가, 보엥?"

보엥은 자신을 쳐다보고 있는 반언과 밀레아너스, 그리고 그로만을 바라보다가 천천히 웃으며 말했다.

"셋째 형님의 말씀이 맞습니다. 앞으로 절 막내로 불러 주십시오."

"크하하하! 이 친구 이거, 마음에 쏙 드는군."

반언이 크게 웃었고 밀레아너스와 그로만도 입가에 미소를 띠었다.

마음을 연 보엥이 순식간에 원로들과 가족이 된 것이다.

옆에서 지켜보던 이안은 고개를 끄덕이며 식탁으로 걸어갔다.

"새 원로를 축하하는 기념으로 술잔을 들었으면 합니다."

이안의 말에 반언과 보엥은 각자의 자리로 가서 섰다.

술병을 든 이안이 원로들에게 일일이 술을 따라 줬다.

원로들에게 모두 술을 따라 준 이안이 자신의 술잔에도 술을 채운 후 그것을 눈높이로 들어 올렸다.

"슬픔은 예고 없이 찾아온다고 하지만 기쁨 또한 예고 없이 찾아옵니다. 오늘 나는 그것을 또 한 번 경험했습니다."

술잔을 든 상태로 보엥을 깊은 눈빛으로 바라보던 이안이 말을 이었다.

"알베른에 봉사하기 위해 어떤 조건도 없이 새 원로가 되어 준 보엥 경에게 알베른의 영주로서 감사의 마음을 전하고 싶습니다. 보엥을 위하여!"

"보엥을 위하여!"

이안과 원로들이 보엥의 이름을 부르며 술잔을 비우자, 보엥의 눈동자가 흔들렸다.

그는 속에서 올라오는 뜨거운 것을 꾹 내리누르며 술잔을 허공 높이 들었다.

"알베른을 위하여!"

보엥이 큰 소리로 화답한 한 후 술잔을 단번에 비웠다.

이안과 원로들이 술잔을 내려놓고 새 식구가 된 보엥에게 박수를 보냈다.

"자, 시장들 할 텐데 편하게 술과 음식을 즐기세요."

이안이 자리에 앉으며 기분 좋게 말했다.

화기애애한 분위기 속에서 원로들은 저녁을 먹으며 보엥에게 이런저런 질문을 했다.

때론 아픈 질문도 있었지만, 보엥은 편안한 모습으로 대답을 해 주었다.

"보엥, 말을 놓아도 되겠나?"

"물론입니다, 편하게 말씀하십시오."

50대 초반인 보엥은 반언을 깍듯하게 대했다.

보엥의 술잔에 술을 따라 주며 반언이 넌지시 말했다.

"험, 앞으로 자넨 원로원의 막내로서 때때로 강변에 있는 둘째 형님 집에서 밥도 해야 하고 나룻배도 몰아야 할 거야. 하지만 내가 장담하지, 그 어떤 곳보다 마음은 편할 거야."

"형님이 하시던 일입니까?"

"뭐?"

갑질하는 영주님

당황도 잠시 반언이 맞은편에 앉아서 영주와 대화를 나누고 있는 두 원로들을 슬쩍 쳐다봤다.

"뭐, 그렇다고도 볼 수 있지. 저 노인네들이 은근히 게으르거든."

"하하하, 알겠습니다, 형님. 제가 막내가 되었으니 당연히 해야지요."

"고맙다, 보엥. 오늘은 우리 집에 가서 밤이 새도록 술을 마셔 보자고."

"예, 형님."

반언과 술잔을 부딪친 보엥은 술을 반쯤 비운 후 식탁을 둘러봤다.

영주와 원로들이 허물없이 얘기를 나누고 있었다. 주종의 관계를 넘어선 친구와 같은 느낌이었다.

고향도 없이 어렸을 때부터 세상을 떠돌며 검을 수련했던 붉은 눈썹의 보엥의 입가에 미소가 어렸다.

'좋군.'

to be continued

꿈의 도약, 로크에서 하십시오
(주)로크미디어에서 신인 작가를 모십니다

즐거운 세상, 로크미디어는 꿈을 사랑하고 도전을 두려워하지 않는 작가 분들의 참신한 작품을 기다리고 있습니다. 21세기 장르 문학계를 이끌어 갈 차세대 선두 주자 (주)로크미디어에서 여러분의 나래를 활짝 펴 보시길 바랍니다.

모집 분야 판타지와 무협을 포함한 장르 문학
모집 대상 아마추어 작가, 인터넷 작가
모집 기한 수시 모집
작품 접수 시 유의 사항
1. 파일명은 작가명_작품명.hwp형식을 갖춰 주십시오.
1. 파일에 들어갈 내용은 다음과 같습니다.
   － 성명(필명인 경우 실명을 밝혀 주세요), 연락처, 이메일 주소
   － 제목, 기획 의도
   － A4용지 1장 분량의 등장인물 소개
   － A4용지 2장 분량의 전체 줄거리
   － 본문
1. 작품이 인터넷에 연재되고 있다면, 게시판명과 사이트의 구체적이고 정확한 주소를 기재해 주십시오.

선택된 작품은 정식 계약 후 출판물로 간행되어 전국 서점에 유통됩니다.
작가 분은 (주)로크미디어의 전폭적인 지원하에 전속 작가로 활동하시게 됩니다.
※ 자세한 내용은 로크미디어 홈페이지(rokmedia.com)를 참조하세요.

(03920)서울시 마포구 성암로 330 DMC첨단산업센터 3층 318호
(주)로크미디어 편집부 신간 기획 담당자 앞
전화 : 02) 3273-5135
www.rokmedia.com   이메일 : rokmedia@empas.com

활쓰는 대마법사

한시웅 퓨전 판타지 장편소설

**거침없는 팩트 폭격으로
드래곤조차 눈치 보게 만드는
극강의 꼰대! 아니, 최강의 궁신이 나타났다!**

유일하게 '신'이라 불리는 무인, 궁신 하철혁
자격을 시험받다 우화등선에 실패해
새로운 세상에서 눈을 뜨는데……

내공이 한 줌도 없다?

제로부터 시작하는 이세계 생활에 놀람도 잠시
처음으로 아버지라 느낀 존재가 살해당하고
그 뒤에 모종의 음모가 있음을 알게 되는데!

이세계에서도 궁신의 신화는 계속된다!
군필도 두 손 두 발 드는 FM 정신으로
안 되는 것도 되게 하라!

기어코 무대로

공원동 현대 판타지 장편소설

"관심을 받으면 집중이 잘돼요."
사상 최강의 관종(?) 싱어송라이터가 나타났다!

데뷔 직전 사고로 인해 모든 것을 포기한 도원경
삼 년 뒤, 그에게 기적이 일어났다?

사람들의 시선을 받으면 능력이 발현!

너튜브 영상이 대박 나고
서바이벌 오디션 출연 제의까지?

도원경 사전에 더 이상 포기는 없다!
좌절을 딛고, 『기어코 무대로』!